부여의자

김문주 역사소설

승자가 지워버린 이름

부여의 자

마음
서재

작년 한 해 나는 오롯이 백제의 역사를 곱씹었다. 그것도 패망한 백제의 마지막 왕 부여의자에 빠져 있었다. 신라 화랑에 대한 기록을 찾다가 우연히 발견한 한 문장이 나에게 날카롭게 꽂힌 탓이었다.

《삼국사기》에 의하면, 김유신이 백제를 치겠다고 하자 진덕
여왕이 만류했다.
"작은 나라인 신라가 큰 나라인 백제를 쳐서 어찌 이길 수
있겠는가?"

신라가 당나라에 원병을 요청한 글에도, 백제가 신라의 주요한 성들을 대부분 함락하여 신라가 위태롭다는 내용이 기록되어 있다. 당시 백제를 통치한 이가 의자왕이었다. 조금만 눈여겨 살펴보면 의자왕은 그 누구보다 백제를 강성하게 이끈 왕이었다는 기록을 찾을 수 있다.

나는 1400년 전 백제의 땅, 부여로 향했다. 물이 차오르는 땅을 백성들이 십수 년간 다지고 또 다져 이룩한 왕궁의 땅, 사비. 순하지만 단단한 심성을 가진 백성들을 떠올리자 마음이 애틋했다. 시간은 물결을 앞질러 흐르고, 낙화암은 역사의 아픔을 간직한 채 백마강을 내려다보고 있었다. 의자왕이 섰던 그 자리에 서서 강성했던 백제를 떠올리자 가슴이 떨렸다.

끝없이 펼쳐진 서해 갯벌에는 그때부터 살았을 목숨들이 끈질기게 생명을 이어가고 있었다. 그 갯벌에서 밀려오는 당나라 군사들을 막기 위해 목숨을 버렸던 백제의 백성들. 신라의 침략으로부터 제 나라를 지키기 위해 황산에서 목숨을 바친 백제의 무사들. 나는 그들을 오늘에 되살려보고 싶었다.

의자왕은 집권하자마자 신라의 성을 마흔 개 넘게 함락하며 집권 20년 동안 그 어느 왕보다 백제를 강성하게 이끌었다. 여러 문헌에도 신라가 백제 의자왕 시절에 가장 큰 위기를 겪었고, 그

때문에 당나라를 끌어들일 수밖에 없었다는 기록이 보인다. 그런데 십팔만 나당연합군에 패했다는 한 가지 이유만으로 의자왕은 패망한 나라의 타락한 군주로만 인식되는 것이 현실이다.

　이런 시각은 역사적 사실이 승자의 관점으로 정당화되고 재해석되기 때문일 것이다.《삼국사기》는 고려시대에 기술되었기에 고려 집권 세력이 정권의 정통성과 집권의 정당성을 확보하기 위해 신라를 승자로, 백제를 무능한 부패 세력으로 서술한 면이 있다.

　《부여의자》를 쓰는 동안, 나는 고문古文들을 읽으며 새로운 발견에 기분 좋게 심취했다. 백제의 패망을 정당화한 관점을 지우려고 밤을 지새운 날이 많았다. 백제 무예의 높은 경지를 알게 되었을 때는 백제의 장군들과 무사들이 동지가 되어 말을 걸어오는 듯했다. 백제의 문화재들을 살펴보며 나는 시간과 공간을 넘어 백제로 빨려드는 환각에 빠졌다. 그리고 부여의자, 그를 오랫동안 흠모하며 앓았지만 글을 쓰는 동안 행복했다.

　나는 역사에 무참하게 갇힌 부여의자를 풀어주고, 가장 아름
답고 절박했던 그 시절 백제를 이야기하고 싶었다.
　강은 그대로 누워 있는데 강물만 아래로 유유히 흘러갈 뿐이
다. 가을이 오면 부여에 가 백마강 물소리를 다시 들어봐야겠다.

2018년 여름 김문주

착하고 순결한 백성들이여.

못난 왕을 위해 울지 말지어다.

굳세고도 강건한 웅진 땅이여.

이 땅의 주인은

영원히 이 백성들일 것이니

이들을 순하게 안아주소서.

굴욕의 날

여름밤. 어둠이 검은 기운을 세우고 밀려왔다. 구름이 달을 가리자 별빛에 날이 섰다. 벌레들의 울음소리가 애를 태웠다. 그것은 한 계절을 살고 갈 운명들의 몸부림이었다.

사비성 위에는 어둠에 몸을 내준 사람들이 서 있었다. 성벽에 위태롭게 흔들리던 횃불도 꺼버리고 그들은 멀리 적진의 불빛을 바라보았다. 성 밖에서 수천 개의 횃불이 눈을 부라리며 사비성을 노리고 있었다. 불 냄새를 품은 피비린내가 뱀의 혓바닥처럼 날름거리며 성을 향해 기어오고 있었다.

"소자가 목숨을 걸고 사비성을 지킬 것이니, 속히 웅진성으로 피신하시어 후일을 도모하십시오."

둘째 왕자 태가 힘을 다해 말했다. 태의 목소리가 격앙되어 있어 의자는 오히려 그의 다짐이 불안했다.

"만에 하나 사비성이 무너진다 하더라도 웅진성을 굳게 지키면 저들은 함부로 침범하지 못할 것입니다."

좌평들이 옆에서 고개를 숙였다. 사비성이 무너진다면 그들의 목숨도 함께 버려질 것이었다. 의자는 애가 끊어지고 심장이 터질 듯한 아픔을 오로지 자신의 가슴에 담아야 했다.

"속히 성을 나가야 합니다."

태자 융의 목소리는 울분으로 꽉 잠겨 있었다.

일행은 북쪽 성문의 수로로 내려섰다. 성문을 지키는 군사들의 눈에 띄지 않도록 무릎 위까지 차오르는 물속을 걸어가며 소리를 죽여야 했다. 물에서 올라와 수풀 속을 한참 기어간 후 병관 좌평 의직이 무겁게 말했다.

"어라하! 웅진성 입구에 다다르면 성주인 예식이 마중을 나올 것입니다."

의직은 설움을 참는 듯 어깨를 들썩이고는, 두 손을 땅에 짚고 절을 올린 후 사비성으로 되돌아갔다. 의직의 발소리가 사라질 즈음, 의자는 사비성을 돌아보았다.

저 사비성이 어떻게 만들어진 것인가. 성왕께서 십수 년간 백성들의 공을 모아 웅진에서 사비로 도읍을 옮기셨다. 물이 차오르는 땅을 다지고 또 다져서 사비성을 세우고 백제의 새로운 역사를 꿈꾸었건만. 자랑스러운 땅 사비의 백성들이여. 기어이 오랑캐를 몰아내고 사비의 영광을 되찾으리니 조금만 인내하라.

어두운 하늘의 무게를 감당하지 못한 의자는 고개를 들 수가 없었다. 발아래 풀들이 밟히는 소리가 백성들의 신음 소리로 들렸다.

"아바마마, 기운을 내십시오. 웅진성에 가까이 왔습니다."

태자 융이 왕의 팔을 부축했다.

어둠을 가르고 우뚝 솟은 성벽, 그 위에 타오르는 횃불. 마침내 의자의 눈에 웅진성이 들어왔다. 겨룹산(지금의 계룡산) 자락으로 병풍을 두른 웅진성은 천연의 요새였다.

의자는 포기할 수 없었다. 왕이 백성을, 나라를 포기하다니 생각할 수 없는 일이었다. 백강(지금의 금강)에서 당나라군에게 패한 데 이어 황산벌에서 신라군에게 패했으나, 아직 백제에겐 사비성과 웅진성이 남았다. 왜에서 지원군이 올 때까지 성을 굳게 지키면 국운을 살릴 수 있다.

의자가 태자의 팔을 잡고 걸음을 재촉했다. 호위무사들이 길을 터 태자 융이 앞서고, 왕과 후비 은고의 뒤를 검일과 모척 장군이 호위하며 따랐다.

그 무렵 사비성에서는 둘째 왕자 태가 천정전에 신료들을 불러 모았다. 나당연합군과의 전투에서 목숨을 잃은 여러 장군들은 보이지 않아 그 수가 초라했다. 좌평들 뒤로 줄을 선 대신들의 표정이 비통했다.

금동관을 쓰고 자색포를 입은 왕자 태가 검은 눈썹을 세우며

15

호기롭게 말했다.

"어라하께서는 웅진성으로 가셨소. 난리 중일수록 왕권이 흔들리면 안 되니, 앞으로 이 사비성에서는 내가 왕권을 가지겠소!"

말을 마친 태는 거리낌 없이 붉은 휘장 아래의 왕좌로 성큼성큼 올라섰다. 신하들은 일순간 이해할 수 없다는 눈짓으로 서로의 얼굴을 바라볼 뿐이었다. 태는 왕좌 앞에서 심호흡을 하고는 왕좌에 앉았다.

"왕자마마! 하오나 왕좌에 앉으시면 아니 되옵니다!"

좌평 의직이 사색이 되어 앞으로 나섰다.

"어라하께서 이 사비성을 나에게 맡기신 것은 곧 다음 왕위를 나에게 넘기신다는 뜻이오. 내가 이 사비성의 왕좌에 앉는 것이 무엇이 문제가 되겠소?"

내신좌평이 목소리에 힘을 실어 말했다.

"엄연히 태자가 계시거늘, 어찌 다음 왕위를 함부로 논한단 말입니까? 아무리 난리 중이라 하나 법도에 어긋납니다."

왕자 태가 내신좌평을 손으로 가리키며 소리쳤다.

"웅진성으로 도망간 병약한 태자가 어찌 사비를 지킨단 말이오? 백제의 도읍, 이 사비성을 지키는 이는 바로 나요!"

그때, 뒤늦게 소식을 들은 부여문이 달려왔다. 문은 태자 융의 아들이었다. 왕의 옷을 입고 금관을 쓰고 앉은 태를 보고 문은 몸을 떨었다. 문이 조그만 음성으로 말했다.

"수, 숙부께서 이러시면 아니 되옵니다!"

"네 이놈!"

문을 호통치는 태의 눈에 핏발이 섰다.

"밖에는 나당연합군 십팔만 대군이 우리를 노리고 있다. 어찌 왕좌를 비워둔단 말이냐! 지금 이 사비성에서는 내가 왕이다. 혹여 웅진성으로 피신하신 어라하께 무슨 일이라도 생기면 어찌한단 말이냐!"

그 말에 대신들의 얼굴이 더욱 굳어졌다. 난리 중에 어라하의 옥체에 이상이 생길지 모르니 태가 그의 승계자임을 공포한다는 뜻으로 보였다. 의직이 반백의 눈썹을 꿈틀거리며 태를 쳐다보았다.

"왕자마마. 어라하께서 태자마마를 데리고 웅진성으로 피신하신 것은 웅진성이 백제를 지킬 수 있는 마지막 보루이기 때문입니다. 사비성이 함락되더라도 웅진성에 모든 힘을 결집시키면 백제를 지킬 수 있으리라는 확신 때문입니다. 웅진성에 태자께서 엄연히 살아 계십니다."

왕자 태는 자리에서 벌떡 일어났다.

"그러면 이 사비성에 남은 우리들의 존재는 무엇이란 말이오? 천만에! 내가 이 사비성을 지킬 것이오! 사비성을 굳건히 지킨 후에 어라하를 다시 뵙는다면, 당연히 어라하께서 나에게 왕위를 물려주실 것이오."

태는 자신이 사비성에서 왕권을 가지겠다고 역설한 뒤 자리를 떴다.

좌평들과 대신들은 회의를 했다. 태의 행동이 성급한 면은 있으나 전쟁 중에 자중지란을 일으키면 안 된다고 좌평 임자가 대신들을 진정시켰다. 둘째 왕자 태는 야심이 큰 인물로 평소 이복형인 태자 융을 못마땅하게 여겼다. 결국 왕과 태자가 성을 비운 틈에 왕좌를 노리는 것이었다. 부여문이 핏발 선 눈에 눈물이 고인 채 좌평들을 설득했다.

"안 됩니다. 이것은 명백히 살아 있는 왕권을 찬탈하는 것입니다. 나중에 어라하께서 사비성으로 돌아오시면 우리 모두 역모에 가담한 것이 됩니다."

문의 말에 고개를 끄덕이는 대신들도 몇이 있었다. 풍전등화와 같은 국운을 앞에 두고 사비성 내에서 왕위를 차지하려는 왕자로 인해 늙은 신하들은 더욱 참담할 뿐이었다. 밤은 그래도 깊어만 갔다.

웅진성 앞에서야 의자 일행은 새벽하늘을 올려다보았다. 온몸이 땀에 젖은 의자의 가슴에 내리는 여름 별빛은 오히려 시리고 푸르렀다.

"웅진방령 예식, 어라하를 뵙습니다."

예식이 군사를 이끌고 마중을 나왔다.

"오시느라 노고가 많으셨습니다. 웅진성은 소신 예식이 목숨을 걸고 지키겠나이다."

예식이 재빠른 눈길로 왕의 행색을 훑어보았다. 이제 마흔에 접어든 예식은 뜻대로 풀리지 않는 나라의 운명이 억울하다는 표정이었다.

웅진성은 주변 지리가 험한 데다 성벽이 워낙 두텁고 견고하여 그 누구도 함락하기 어려워 보였다. 예식을 따라 성 안을 둘러보던 은고가 연못을 바라보며 처음으로 입을 열었다.

"말로만 듣던 연지군요. 화려하다 들었는데, 오늘 보니 달도 지고 없어 처연하군요."

은고의 말에 의자도 잠시 걸음을 멈추고 연지를 바라보았다. 웅진성을 만들 때 심었다는 노령의 왕버들이 물 가운데 우뚝 서서 잎들을 천천히 흔들고 있었다.

"피로하실 터이니 바로 숙소로 모시겠나이다. 장군이 쓰던 곳이라 누추합니다. 어라하에 대한 예를 다하지 못함을 용서하십시오."

예식이 안내하는 방에 왕과 비가 들고, 태자와 장군들은 다른 방으로 들었다. 예식이 나간 후에 은고가 초라한 방 안을 둘러보며 나직이 아뢰었다.

"어라하, 아무리 난리 중이라 하나 어라하께서 오신다는 것을 미리 알았을 텐데, 웅진성주와 그 아랫것들의 처신이 어쩐지 미덥지 못합니다."

그 말이 끝나기도 전에 의자가 나무랐다.

"비의 말이 그릇되었소. 지금은 전시이거늘, 어찌 편한 자리에서 쉴 수 있단 말이오."

은고가 입술을 깨물며 고개를 숙였다. 그러나 의자도 예식의 눈빛이 은근히 마음에 걸렸다. 창밖엔 어둠이 힘없이 스러지고 있었다.

날이 밝은 후, 의자가 태자 융과 웅진성의 장군들을 불러 방책을 논의하고 있을 때였다. 갑자기 방령 예식이 방문을 열어젖히고 큰 소리로 외쳤다.

"사비성이 함락되었다 하옵니다!"

의자는 자리에서 벌떡 일어났다.

"그 무슨 말인가? 하루 만에 함락이라니!"

"둘째 왕자님이 스스로 왕위에 올라, 이에 굴복한 태자님의 아드님이신 문과 몇몇 대신들이 백성들과 함께 성을 넘어가 신라군에게 붙잡히는 바람에……."

"태가 왕위에 오르다니!"

의자는 주먹을 쥐었다.

"성을 넘자마자 신라군에게 붙잡혔고, 신라군이 동문의 성벽에 올라 깃발을 꽂았다 합니다. 나당연합군이 동문을 열자 결국……. 둘째 왕자님과 좌평들이 모두 제 발로 걸어 나가 당나라 소정방 앞에 무릎을 꿇었다 하옵니다."

은고가 머리를 짚으며 비틀거렸다. 장군들은 분통이 터지는 표정으로 자리에 주저앉았다. 검일이 왕에게 머리를 숙이며 말했다.

"사비성이 함락되었다 하나 이 웅진성은 철옹성입니다. 웅진성에서 끝까지 버티며 지연작전으로 나가면, 먼 길을 달려온 적들은 보급품 조달이 안 되어 어쩌지 못하고 물러갈 것입니다. 끝까지 웅진성 안에서 버텨야 합니다."

그러자 예식이 검일을 깔보는 듯한 어투로 말했다.

"그대는 신라의 군인이었다가 배반하고 백제로 왔으니 신라군에게 잡히면 죽은 목숨이겠군. 그러나 사태를 잘 파악해야 하네. 당군 십삼만에 신라군이 오만일세. 웅진성이 아무리 험하다 하나 버티기 어렵네."

예식의 말에 태자가 발끈했다.

"그래서 자네는 웅진성마저도 적들에게 내주자는 말인가?"

태자의 호통에 예식은 무슨 말인가를 하려다가 검일과 모척을 노려보았다. 검일과 모척은 신라 출신으로 대야성 전투에서 백제로 넘어온 이들이었다.

의자는 눈을 감았다. 나당연합군이 십팔만이라 하나 절반 이상이 보급부대이고 전투부대는 몇만이 안 될 것이었다. 사비성과 웅진성을 쉽게 내주지 않으면 식량이 부족한 적들이 오래 버티지 못할 것이라 여겼다. 그런데 사비성이 어이없게 무너져버린 것이다.

그날 밤, 의자는 부왕인 무왕을 떠올렸다. 수많은 성을 쌓으며 신라에 빼앗긴 땅을 회복하려 끊임없이 노력했던 무왕. 그 뜻을 이어받아 자신도 신라와의 전투를 지치지 않고 이끌었고, 수십 개의 성을 회복하였다. 그런데 무너지는 것은 이렇게 한순간이란 말인가. 의자는 죄책감과 회한으로 가슴이 문드러졌다.

"어라하, 조금이라도 주무셔야 합니다. 옥체를 보전하셔야 후일을 도모하지요."

은고가 차를 따라 의자에게 내밀었다.

"어라하! 방령 예식이옵니다."

의자를 위로하던 은고는 갑작스러운 소리에 깜짝 놀라 불쾌한 표정으로 자리에서 일어났다.

"들어오시게."

예식은 문을 열고 성큼 들어섰다.

"용단을 내려주소서, 어라하! 이미 웅진성도 버티기 어렵습니다."

의자는 두 눈을 감았고, 은고가 목소리에 날을 세웠다.

"네 이놈! 목숨 걸고 웅진성을 지키겠다고 한 것이 하루도 채 지나지 않았거늘, 어라하께 이 무슨 망언이냐!"

"왕족들이 먼저 사비성을 버렸습니다. 무슨 명분으로 군사들에게 웅진성을 위해 목숨을 내놓으라 한단 말입니까? 차라리 어라하께서 항복을 하시는 것이 웅진성에 있는 백성들의 목숨을 보전하는 방법입니다."

"네 이놈!"

은고가 품에서 단검을 꺼내 예식의 목을 겨누었다.

"그러고도 정녕 백제의 신하냐? 네가 신라와 내통한 것이 분명하구나."

예식은 목에 칼날이 닿아도 눈 하나 깜짝하지 않았다.

"비는 칼을 거두시오. 내 오늘 밤 생각을 해보고 내일 아침 결정을 하리다."

의자의 말에 예식은 고개를 숙이고 나갔다. 은고는 칼을 떨어뜨리고 주저앉아 울부짖었다.

"한낱 방령 주제에 감히 어라하를 겁박한단 말입니까!"

예식이 이미 웅진성을 내놓기로 작정한 것임을 의자도 짐작했다. 왕과 태자가 웅진성에 있었지만, 일개 성주보다 무력할 뿐이었다.

죽어간 성충의 얼굴이 떠올랐다. 그가 목숨을 내놓으면서 지키고자 했던 백제이거늘. 흥수와 윤충과 계백의 모습은 비수가 되어 가슴을 파고들었다. 적들의 창에 찢긴 장군들의 시신이나마 수습하였을꼬. 결국 왜의 지원군은 오지 않는 것인가.

울음을 삼키던 은고는 지쳐 잠이 들었다. 희미하게 어둠에 저항하던 등불도 어느 틈에 꺼져버렸다. 의자는 어둠 속에서 부처님을 불렀다.

백제의 운명이 다했단 말입니까? 백성들이 피를 흘리는 것이 더 이상 부질없는 짓입니까? 정녕 그 방법밖에 없다면 부처님! 저의 죄를 용서하지 마시고 백성들을 불쌍하게 여겨주소서. 모든 죄는 제가 안고 가겠나이다. 불구덩이에 떨어져 천만 겁이라도 죄를 받겠나이다. 백성들을 살펴주시옵소서.

어두웠던 창밖이 맑개지며 의자의 눈앞에 모든 것이 뚜렷해졌다. 은고는 웅크린 채로 잠이 들었다. 은고가 빼들었던 단검이 의자의 눈앞에 있었다. 단검의 손잡이에 은으로 새긴 매화가 서늘하게 반짝였다.

선대왕들께 죄를 지었나이다. 용서하지 마옵소서!

한 줄기 빛이 어둠을 갈랐다. 의자의 손에 들린 단검이 허공에서 몸을 뒤틀더니 다른 팔의 손목을 길게 그었다. 피가 흐르는 손목이 저항하듯 부르르 떨렸다. 감은 두 눈에서 눈물이 흘렀다.

새벽녘, 초췌한 빛 한 줄기가 창문을 건너와 쓰러진 그림자를 비추었다. 은고는 신라 군사에게 쫓기는 꿈을 꾸다 벌떡 일어났다. 꿈속에서 본 백제 군사들의 피비린내가 계속 났다. 그때, 창문으로 들어온 여린 새벽빛이 비추는 곳을 보았다. 왕이 쓰러져 있었다.

"어라하!"

은고가 비명을 지르며 왕에게 다가갔다. 핏물이 고여 있다가 은고의 흰 옷자락을 적셨다. 왕이 자신의 손목을 그은 것이었다.

"어라하! 여봐라! 어라하께서 위중하시다, 여봐라!"

은고는 자신의 저고리 옷고름을 찢어 피투성이가 된 손목을 묶었다. 왕의 체온이 떨어지고 있었다.

방령 예식이 방좌들을 데리고 들어섰다. 왕이 쓰러진 것을 보고 방좌에게 다급하게 소리쳤다.

"효직을 당장 불러오너라."

왕을 안아 침대에 눕힌 후 예식이 말했다.

"웅진성 내에 백제 최고의 명의가 있으니 너무 심려치 마십시오."

효직이 달려왔다. 상처를 살피고 맥을 짚어보고 가슴과 목의 맥도 확인했다.

"서, 설마, 어라하께서……."

은고는 심장이 떨려 말이 제대로 나오지 않았다.

"피를 많이 흘려 호흡이 약하시긴 하나, 생명을 보전하실 수 있을 것입니다."

효직이 방령을 올려다보고 말했다. 얼굴이 하얗게 질려 있던 방령이 다소 안심이 되는 표정으로 말했다.

"꼭 살아나셔야 하네. 소정방과 김춘추가 왕을 상대하려 할 것이니 반드시 살려야 해!"

은고가 고개를 갸웃거리며 예식을 보자, 예식은 비굴한 표정을 짓고 고개를 돌려버렸다. 은고는 그제야 예식의 말이 무슨 뜻인지 알아챘다.

"네 이놈! 어라하께서 저들 앞에 항복하기 위해서 살아야 한단 말이냐!"

은고가 손을 들어 예식의 뺨을 후려쳤다. 예식이 뺨을 실룩거리며 옆에 선 방좌에서 고갯짓을 하자 방좌들이 양쪽에서 은고를 붙들었다.

"어라하께서 깨어나실 때까지 다른 처소에 머무십시오."

"안 된다, 이놈들아! 네놈들이 어라하께 무슨 짓을 할지 어찌 아느냐! 어라하!"

은고는 두 장정에게 붙들려 나가며 소리치다 그만 혼절하고 말았다.

의자는 며칠이 지나서야 깨어났다. 의식을 회복한 의자 앞에 태자 융이 눈물을 흘리고 있었다. 의자는 자신의 목숨이 원망스럽고 수치스러웠다. 태자는 한참을 울다가 왕을 그윽이 쳐다보았다. 차마 아무 말도 하지 못했다. 융은 천천히 일어나 마치 다시 돌아올 수 없는 먼 길을 떠나는 사람처럼 왕을 돌아보며 방을 나갔다.

은고가 들어왔다. 피 묻은 옷에 엉클어진 머리를 하고 달려와 울었다.

"어라하! 예식 저놈이! 저놈이……."

의자는 모든 것을 안다는 듯이 눈을 감았다.

왕이 깨어난 것을 확인한 예식은 태자를 앞세우고 모척과 검일 두 장군은 오라로 묶어 성문을 열고 나섰다. 백제의 철옹성인 웅진성이 성주의 손에 스스로 열리고 말았다.

성문 밖에 선 태자 융은 저 멀리 말을 타고 다가오는 신라의 장군을 보았다. 태자가 선뜻 걸어 나가지 못하자 예식이 방좌들과 함께 앞서 걸었다. 태자가 그 뒤를 따르고, 모척과 검일이 묶인 채로 태자를 따랐다.

신라와 당의 대군이 멀리 구름처럼 펼쳐진 가운데 말을 탄 장수가 앞으로 다가왔다.

"네가 태자 융이냐?"

융이 고개를 꼿꼿이 들어 그를 올려다보았다. 태자보다 나이가 어려 보이는 신라의 장수는 융을 한심한 눈으로 내려다보았다.

"그렇다, 내가 백제의 태자 부여융이다."

"나는 신라의 태자 김법민이다. 당장 무릎을 꿇어라!"

태자가 굴욕적인 표정으로 김법민을 노려보자, 예식이 억지로 태자를 김법민의 말 앞에 꿇어앉혔다. 신라왕 김춘추의 장자 김법민이었다.

"에잇! 툇!"

김법민은 말 위에서 태자 융의 얼굴에 침을 뱉었다.

"예전에 네 아비가 신라의 대야성을 빼앗으며 내 누이의 가족을 죽게 했다. 누이의 시신을 내 손으로 파묻은 후 십수 년 동안 피눈물을 흘렸는데, 오늘에야 네놈 목숨이 내 손에 달렸구나!"

김법민은 오라에 묶인 검일과 모척을 노려보았다.

"배반한 놈들은 폐하께서 처분을 내리실 것이니 기다려라. 손목을 그었다는 겁쟁이 왕이 웅진성을 걸어 나와 내 아버지 앞에 무릎을 꿇는 날, 너희들을 능지처참하리라!"

김법민은 분노를 쏟아놓고 말을 돌렸다. 예식은 꿇어앉은 태자를 일으켜 세워 신라의 진영으로 향했다.

의자는 자리에 누운 채 그 소식을 들었다. 피눈물을 흘리며 혼절하다 깨어난 후 겨우 정신을 차렸다. 그는 간호하는 효직과 은고를 물리치고 혼자 일어나 앉았다.

의자는 자신의 손목에 있는 흉터를 내려다보았다. 생을 버리려고 그었던 자리에 남은 상처가 오히려 생에 대한 미련으로 보였다.

그때, 밖에서 고하는 소리도 없이 천천히 방문이 열렸다. 허리를 깊이 숙이고 다가서는 사람은 복신이었다. 놀라움과 반가움에 의자의 입이 벌어졌다.

"어라하!"

복신이 목소리를 낮추어 의자 앞에 무릎을 꿇었다. 의자는 복신을 보자 울음이 터지려 했으나 입술을 깨물었다.

"어라하! 웅진성이 함락되었다고 모든 성을 다 빼앗긴 것은 아닙니다. 저희들은 주류성과 주변의 험한 몇몇 성들을 끝까지 지켜낼 것입니다."

의자는 사촌인 복신의 두 손을 움켜쥐었다.

왜 이제 왔는가? 자네도 소식이 없고, 왜국의 풍에게서도 소식이 없어, 내가 부끄러운 짓을 했네.

애절한 눈빛만 전할 뿐 의자는 아무 말도 하지 못했다. 복신과 도침, 흑치상지, 왜국에 있는 왕자 부여풍이 끝까지 포기하지 않는다면, 아직 백제는 살아날 가망이 있었다.

"어라하! 저들은 어라하를 겁박하여 당으로 끌고 갈 계획이라 합니다. 그 어떤 일을 당하셔도 옥체를 굳건히 보전하셔야 합니다."

복신의 눈에서 눈물이 흘러내렸다. 왕의 곁에 심복을 심어두고 계속 연락을 취하겠노라 하고 복신은 얼른 방에서 나갔다.

의자의 가슴에 한 줄기 빛이 스며들어 어둠을 밀어내기 시작했다. 의자는 창가에 앉아 두 손을 굳게 움켜쥐었다.

선대왕들이시여, 저에게 굴욕을 감당할 용기를 주십시오. 부처님, 제 목숨 백제를 위해 희생할 기회를 주십시오.

한참 동안 꿇어앉았다가 일어나는 의자의 표정은 결연했다.

660년 8월 초이틀, 의자는 방령 예식을 따라 웅진성에서 나왔다. 예식은 백기를 자랑스럽게 쳐들고 앞장서 걸었다. 언덕을 내려서자 길 양쪽에 백성들이 엎드려 통곡했다.

"어라하! 어라하!"

땅을 치고 눈물 흘리는 백성들을 보며 의자는 구곡간장이 녹아 흐르는 것만 같았다.

착하고 순결한 백성들이여. 못난 왕을 위해 울지 말지어다. 굳세고도 강건한 웅진 땅이여. 이 땅의 주인은 영원히 이 백성들일 것이니 이들을 순하게 안아주소서.

백성들의 통곡 소리를 뒤로하고 일행은 신라 진영으로 다가갔다. 사비성에서 항복한 왕자 태와 여러 좌평들이 다가왔다.

"어라하! 흐흐흑! 사비성을 지키지 못한 신들을 죽여주시옵소서."

의자는 길에 엎드린 그들을 잠시 내려다본 뒤 예식을 따라 다시 걸었다. 태와 좌평들이 일어나 허리를 굽힌 채 뒤를 따랐다.

신라 진영으로 가자 높은 대 위에 신라의 왕 김춘추와 당나라의 신구도대총관 소정방이 나란히 앉아 있었다. 그 옆에는 김유신과 김인문이 좌우에 서서 의자왕을 바라보았다.

"백제왕은 항복을 하겠는가?"

소정방이 거만하게 물었다. 의자는 떨리는 입술을 깨물었다.

"항복할 용기가 없어 스스로 목숨을 끊으려 했다던데 이제 살 만하신가? 항복도 받지 못한 채 백제왕이 죽을까봐 우리는 노심초사했었네, 허허!"

소정방이 큰 소리로 비웃었다. 희롱하며 비웃는 소정방에 비해 김춘추의 눈에는 분노가 서려 있었다. 김춘추가 의자를 노려

보며 노기에 찬 목소리로 말했다.

"패망한 백제의 왕은 항복을 하시오!"

뒤에 선 여러 좌평들이 소리 내어 울었다. 그러자 소정방이 신경질적으로 소리쳤다.

"시끄럽다. 작은 나라 백제가 감히 당나라에 저항하다니. 그 죄를 생각하면 왕을 죽여 마땅하나 당나라가 은혜를 베풀어 살려두는 것이다. 울 것이 무엇 있느냐? 이제 당의 속국이 될 것이니 더없이 기쁜 날이로다! 백제왕은 빨리 항복하라!"

의자는 피가 고인 입을 열었다.

"백제왕 부여의자扶餘義慈는 항복을 하나니, 백성들을 굽어살펴주옵소서."

피눈물이 흐르는 두 눈을 부릅뜨고 의자가 김춘추를 바라보았다. 김유신 아래에 서 있던 장수가 커다랗게 외쳤다.

"패망한 백제의 왕은 무릎을 꿇고 당나라 대총관과 신라의 대왕께 술을 올리시오."

신라와 당나라의 장수들이 양쪽에 나란히 서서 의자를 바라보았다. 얕잡아보는, 혹은 측은한 눈길로 자신을 바라보는 이들을 의자는 담담하게 훑어보았다.

저들이 우리 백제의 군사 수만 명을 도륙했을 테지. 백발노장 김유신은 황산벌에서 계백을 죽였고, 김인문은 백강에서 흥수와 윤충을 죽였다. 이 모든 것이 나의 잘못이다. 그러므로 나는 이 굴욕을 견디고 백제를 살리려는 이들의 거름이 되어야 한다.

의자는 꿇어앉아 술을 따랐다. 손이 떨려 술잔이 넘쳤다.

"다시 따르시오!"

의자가 술잔을 들다가 그만 놓치고 말았다.

"무엄하도다! 술도 한잔 제대로 못 올리는가?"

소정방이 의자의 얼굴을 보려는 듯이 몸을 앞으로 기울이며 비웃었다.

의자가 다시 술을 따라 두 손으로 공손히 잔을 들고 가 소정방에게 바쳤다. 소정방은 술을 단숨에 소리 내어 마신 뒤 거만하게 말했다.

"패한 나라의 왕이 바치는 술이라 맛이 쓰구나. 허나, 앞으로 이 땅이 우리의 은혜를 크게 입을 것이니 기뻐하라, 하하."

소정방은 두 눈을 게슴츠레 뜨고 허리 굽힌 왕을 바라보았다. 의자가 다시 제자리로 와 꿇어앉아서 술잔에 술을 따랐다. 백성들의 피눈물을 따르는 듯하여 의자는 이를 악물고 숨을 몰아쉬었다. 이번에는 김춘추 앞에 술잔을 공손히 바쳤다.

"그대와 나의 인연이 참으로 모질구려."

김춘추는 노한 음성으로 한마디 뱉고 술을 마셨다.

사비를 세우신 선조 성왕께서 신라에 배신당한 후 관산성을 되찾으시려다 한낱 신라의 칼잡이에게 목이 잘리었거늘, 어찌 그대의 딸이 죽은 것만 서럽다 하겠소.

의자는 그 말을 삼키며 김춘추를 보았다. 김춘추는 술잔을 거칠게 던지고 의자를 쏘아보고는 줄지어 선 장군들을 향해 큰 소리로 외쳤다.

"그 옛날 대야성 전투에서 신라를 배반하고 백제와 내통한 모척과 검일이 아직도 살아 있더구나. 당장 끌고 오라!"

검일과 모척이 끌려 나왔다. 김춘추가 자리에서 일어나 두 손을 불끈 쥐었다.

"모척! 네놈은 검일과 한통속이 되어 신라를 배신한 후 여태껏 백제에서 기름진 배를 채웠구나. 네가 여태껏 그 목으로 삼킨 것은 죽어간 신라인의 피였느니라."

모척은 고개를 떨어뜨리고 있다가 한마디했다.

"대야성주가 우리를 제대로 살폈다면 배신하지 않았을 것이오."

"당장 저놈의 목을 쳐라!"

김유신이 부하 장수 한 명에게 눈짓을 하자, 모척이 자리에서 일어나 의자에게 절을 올렸다. 살이 떨리는 얼굴을 들어 모척이 의자에게 한마디를 하려는데, 김유신의 부하가 모척의 목을 베었다. 뒤에 선 좌평들 사이에서 짧은 비명이 지나갔다. 의자는 고개를 떨어뜨리고 눈을 질끈 감았다. 모척의 목은 한순간 땅에 굴러 피를 뿌렸다. 군사들이 모척의 잘린 목과 몸뚱이를 끌고 나갔다.

검일은 두 눈을 감고 있었다. 김춘추의 목소리가 더 높아졌다.

"네 이놈, 검일! 너는 내 사위인 대야성주 품석의 부하였음에도 신라에 붙어 내 여식의 가족을 몰살시켰겠다!"

김춘추의 호령에 검일이 부들부들 떨리는 입을 열었다.

"대야성주가 내 아내를 빼앗아 나를 능멸했는데 어찌 그런 이를 주인으로 섬긴단 말이오. 또한, 고타소의 목을 벤 것은 바로 성주인 품석이었소."

"뭣이!"

김춘추는 왕의 위엄을 망각하고 상석에서 내려와 덤비듯이 검일 앞에 다가섰다.

"네놈 때문에 내 여식이 죽었거늘, 이제 헛소리로 나를 우롱하려는 것이냐?"

김춘추의 눈에 핏발이 섰다. 검일은 오히려 이제 와 못 할 말이 무엇이냐는 듯이 김춘추를 바라보았다.

"내가 창고에 불을 질러 대야성을 혼란에 빠뜨리자, 성주는 싸우지도 않고 숨어서 벌벌 떨었소. 비겁하게 항복하여 나가 죽었으니 어찌 성주가 고타소를 죽인 것이 아니라 하겠소?"

김춘추가 부르르 떨리는 얼굴로 좌우를 보고 호령했다.

"이놈을 끌어내 능지처참하고 그 사지를 강에 던져 물고기 밥이 되게 하라!"

검일은 질질 끌려 나가며 겁에 질린 울분을 터뜨렸다. 그리고 얼마 후 들려오는 처참한 비명 소리에 그의 사지가 찢겨나가는 것이 보이는 듯했다. 목숨이 붙어 있는 동안의 고통스러운 비명이 한참 동안 이어졌다.

의자는 검일의 목소리가 들리지 않을 때까지 눈을 감고 있었다. 김춘추에겐 원수이지만 자신에겐 마지막까지 곁을 지킨 장수였다. 검일의 목숨이 완전히 끊어진 후 의자가 눈을 떴을 때, 김춘추가 앞에 서 있었다.

"대야성 전투가 있은 후 내 목숨을 걸고 백제를 무너뜨리리라 작정했소. 18년이 지난 오늘에야 백제왕의 항복을 받고 내 딸의 원수를 갚았구려! 내 술 한잔 받으시오."

김춘추가 술병을 들어 의자의 머리 위에 붓기 시작했다. 술은 의자의 감은 눈을 타고 눈물처럼 흘러 땅을 적셨다.

642년 대야성 전투는 부여의자가 왕위에 오른 이듬해에 치른 신라와의 대전이었다.

좌죽지세

사비성 북궁의 후원에 연둣빛 잎들이 초록으로 번져가고 있었다. 바람이 불자 연못에 비친 잎들이 새까맣게 짙어지며 꿈틀거렸다.

의자는 상복을 입고 서서 후원을 내려다보고 있었다.

"어마마마를 여의고 내 가슴은 암울하건만, 잎들은 저렇게 싱그럽단 말인가."

그의 곁에는 내신좌평 기미가 고개를 숙이고 서 있었다.

"작년에 아바마마를 여읜 죄인이 올해 또 어마마마마저 여의어 나는 고아가 되었소."

슬픔에 목을 놓아 울던 의자였다. 격렬한 비통함이 스러진 뒤의 애달픔으로 그의 목소리는 메말라 있었다. 기미가 슬쩍 왕의 안색을 살피고는 조심스럽게 말했다.

"일찍이 태자 시절부터 해동증자海東曾子로 존경받으신 어라하이십니다. 그토록 성심껏 공경하던 부모님을 잃었으니 어찌 하늘이 무너지고 땅이 꺼지는 슬픔이 아니오리까. 허나 옥체를 돌보시고 정사를 살피셔야 할 것입니다."

해동증자. 공자의 제자 중 증자에 빗댈 만큼 효성이 지극하고 학문과 도덕이 높다고 칭송받던 의자였다.

문득 학 한 마리가 하늘을 돌고 있었다. 후원의 숲 쪽으로 내려오는가 싶더니 숲에서 다른 학 한 마리가 날아올랐다. 두 마리 학은 나란히 후원의 바위 위에 섰다. 목 아래가 까맣고 머리 위가 붉은 단정학丹頂鶴이었다.

"학이…… 이는 길조가 아니오?"

의자의 목소리에 생기가 돌았다.

"그러하옵니다. 학이 날아든 것은 분명 길조이니, 어라하께서도 지극한 슬픔에서 벗어나실 것입니다."

"어마마마께서 학이 되어 오신 것인가?"

의자는 혼잣말로 중얼거리며 학에게서 눈을 떼지 않았다. 학은 사이좋게 공중을 날더니 북궁의 하늘을 한 바퀴 돌고 서쪽으로 날아갔다.

"나에게 마지막 인사를 하고 날아가는 듯하구나."

학이 사라진 서쪽 하늘을 바라보던 의자가 다시 기미를 향해 얼굴을 돌렸을 땐 표정이 달라져 있었다.

"좌평의 말이 옳소. 슬픔에만 빠져 있을 수는 없는 법이지."

기미는 의자와 눈이 마주쳤다가 날카로운 눈빛에 찔린 듯 놀라 고개를 숙였다. 왕이 북궁으로 부른다는 말을 들었을 때부터 기미는 불안했다. 중궁의 천정전에서 왕과 함께 회의를 마친 지 얼마 되지 않았는데, 왕족들이 생활하는 북궁으로 부른다는 것이 이상했다.

"내 진작부터 좌평에게 묻고 싶은 말이 있었소."

의자는 냉정하게 꾸짖는 음성으로 말했다.

"나는 이 사비성으로 도읍을 옮기신 선조 성왕을 가장 존경하오. 성왕께서는 관산성을 되찾기 위해 출전하셨다가 신라군에게 참혹한 죽임을 당하셨지. 성왕의 한을 풀고, 강성한 백제를 꿈꾼 부왕의 뜻을 받들어, 나는 안으로 개혁을 단행하고 밖으로는 신라를 칠 생각이오. 내가 이 일을 할 수 있을 것 같소?"

기미의 이마에 땀이 맺혔다.

"다, 당연히 그 위업을 실현하실 것입니다."

그러자 의자가 한 걸음 다가와 기미의 얼굴을 똑바로 보았다.

"좌평은 내가 태자에 오르는 것을 반대하였으니 내가 왕위에 오른 것도 못마땅했겠지. 나는 그대들 사택가의 견제 덕분에 서른이 넘어서야 태자에 올랐소. 지금도 좌평은 어마마마의 조카들과 의기투합하여 천도를 해야 한다며 귀족들을 부추기고 있지. 그대는 내가 못 미더운 것이오?"

서늘하게 비꼬는 말투에 기미는 왕 앞에 무릎을 꿇었다.

"어, 어라하! 그럴 리가 있겠습니까? 왕자는 하늘이 내는 법, 소신이 어찌……."

"내 왕위에 오른 뒤에 불측한 힘을 도모하는 무리들을 척결하고 싶었으나, 부왕이 하시던 일을 잇고 어마마마의 뜻을 거스를 수 없어 참았소. 허나 이제 강건한 백제를 만들기 위해 사력을 다해야 할 때이오!"

불측한 무리가 바로 자신을 가리키는 말임을 기미는 알아들었다.

"어라하! 소신 어라하께 충성을 다하겠나이다."

"어찌 충성을 보이겠소?"

좌평은 황망히 왕을 올려다보다가 차가운 눈빛과 마주치자 고개를 떨어뜨렸다.

"소신, 목숨을 걸고……."

"목숨을 바칠 필요까진 없소. 그대는 부왕 시절부터 좌평을 지내며 노고를 아끼지 않았지. 이제 물러나 편히 쉬시오. 왕비의 가문이니 내가 좌평의 말년을 그리 외롭게 하진 않을 것이오."

관직에서 물러나란 말이었다.

"그대가 아끼는 내 형제의 자식, 이모님의 자식들과 함께 조용한 곳에 가 살 수 있도록 해주겠소."

"어, 어라하!"

"상중이니 소란스럽지 않게 정리하시오. 여러 신료들이 나에게 상복을 오래 입는다고 간언하니 이제는 상복을 벗고 정사를 돌보아야겠소. 관을 재정비하고 백성들을 두루 살핀 후, 내 직접 군대를 이끌고 나가 신라의 성들을 칠 것이오!"

의자는 하얀 비단 옷자락을 날리며 돌아서서 계단을 내려갔다.

내신좌평 기미는 대대로 백제 최고의 권력을 누려온 사택 집안을 왕이 견제하려는 것임을 알았다. 태자 시절에 의자와 결혼한 왕비도 사택 가문 출신이었다. 기미는 후원 앞으로 성큼성큼 걸어가는 왕의 뒷모습을 내려다보았다. 학문과 예의를 숭상하며 성품이 어질고 순박하다는 평을 듣고, 부왕을 따라 전장에 나설 때는 누구보다 담대하다는 소리도 들었던 태자였다. 왕위에 오른 지 1년 만에 왕은 강경한 숙청을 단행할 것이라 공포하고 있었다.

의자의 숙청은 피를 흘리지 않되 날카롭고 세심하게 이루어졌다. 기미를 비롯한 중신들을 내치는 대신, 사택 가문의 젊은 인재 몇몇의 관직을 높여주어 극적인 충돌은 피했다. 내신좌평과 친밀한 왕족 몇 명과 그에 딸린 식구들을 섬으로 보내며 그들이 먹을 곡식은 충분히 보장하라고 일렀다. 태자 시절부터 부왕과 논의했던 일들을 차근차근 밀어붙이며 의자는 왕권을 강화해나갔다.

군사를 정비한 의자는 특히 병관좌평의 위상을 높였다. 달솔 관직에 있으며 부왕 시절부터 신라와의 전투에 참여한 젊은 윤충을 병관좌평에 임명하고 날마다 그와 독대했다.

"신라는 지금 당과 손잡기 위해 애를 쓰고 있으나, 우리는 고구려와 협력해야 한다고 보오. 고구려는 지금 연개소문이 정권을 장악한 터, 연개소문도 당에 대해서는 강경한 입장이라 하니 우리가 고구려와 협력하는 것이 어렵지 않을 것이오."

"여러 좌평들의 의견도 비슷합니다. 다만 우리가 신라를 공격하면 신라가 당에 원군을 요청하리란 것을 염두에 두어야 할 것입니다."

윤충은 장군 출신이나 부드러운 눈매에 콧수염이 정갈하여 인자한 학자 같은 인상을 주었다.

"태자 시절, 부왕을 따라 직접 웅진성에 머무르며 대야성을 공격하였으나 당이 개입하여 성을 함락하지 못했소. 내 이번에는 꼭 대야성을 함락하고 말 것이오."

"대야성은 서라벌로 가는 길목에 있으니 주요한 성입니다. 그전에 주변의 여러 성들을 먼저 공격하여 취한 후, 대야성의 상황을 살피면서 계획을 세우는 것이 좋을 듯합니다."

의자는 태자 시절 대야성을 눈앞에 두고 당나라 군사에게 쫓겨 후퇴한 것을 잊지 않고 있었다.

"지금 대야성의 성주가 김품석이라 하였소?"

"그러하옵니다. 신라의 대장군 김유신의 조카이자 김춘추의 사위이온데, 이자의 행실이 방만하여 백성들의 원성을 사고 있다 합니다."

"원성이 자자하다……. 품석이 무덤을 파고 있군."

7월로 접어들자 의자는 직접 군대를 이끌고 신라의 모산성 공격에 나섰다. 모산성은 무왕 시절에 공격했으나 함락하지 못한 성이었다. 사비를 빠져나와 너른 들판에 군집한 병사들 앞에 백마를 탄 왕이 우뚝 섰다.

선조들이시여, 백제의 군사들을 보호해주소서!

의자는 하늘을 올려다보았다. 아침 해가 낮고 비스듬하게 사비성을 비추었다. 백성들이 사는 집들이 온화한 햇빛에 평화롭게 깨어났다. 백마강으로 향하는 작은 강줄기 하나가 인가를 휘감고 도는 모양이 애틋했다. 세상 어디에도 없을 순하고 맑은 사람들이 사는 땅이었다.

부처님! 이 땅을 영원히 보전토록 도와주소서!

의자가 진군의 의미로 손을 들어 올리자 군사들이 일제히 함성을 질렀다. 말을 탄 장수들의 위엄은 거칠 것이 없고, 따르는 군사들의 기상에 땅이 흔들렸다. 새 왕이 등극한 후에 처음으로 직접 나선 전투였다.

윤충을 선두로 하여 백제군이 일시에 모산성을 공격했다. 모산성은 성문을 굳게 닫고 전투에 응하지 않았다. 의자는 계속 북을 울리게 하고 방패를 든 군사들을 앞세워 성 위를 향해 활을 쏘았다. 성벽 위에서 신라군이 활을 쏠 때는 적절하게 방패 뒤로 숨어 시간을 끌며 신라군의 힘을 뺐다.

"저들이 애써 맞대응하지도 않는데, 너무 우리 군사들의 힘을 빼는 것 아닙니까?"

장군들이 우려했으나 윤충은 고개를 저었다.

어스름이 내리기 시작할 무렵, 성 위에서 일제히 활을 쏘기 시작했다.

"퇴각하라!"

의자가 군대 일부를 이끌고 돌아가는 듯 보였다. 백제군은 애초에 진을 친 곳보다 더 멀리 밀려나고 있었다. 모산성의 신라군에게는 공격하던 백제군이 기력이 다해 후퇴하는 것으로 보였다. 백제군의 수도 낮에 비해 절반이 되지 않았다.

어둠이 깊게 내렸을 때, 윤충의 부대가 천천히 남문을 향해 다가갔다. 그러고는 갑자기 횃불을 밝히더니 성벽을 향해 불화살을 쏘았다. 그러자 신라군도 기다리고 있었다는 듯이 불화살을 날렸다. 윤충의 부대는 급히 후퇴했다. 남문에서 윤충의 부대가 신라군을 붙들고 있을 때, 의자가 이끄는 대군은 북쪽 성벽을 올랐다. 남문을 수비하려고 군사들이 몰려가버려 북문의 수비는 허술했다.

북문에 오른 백제군이 성루의 북을 울렸다. 백제군이 성 안으로 밀려들어가고 장수들은 성주를 생포했다.

윤충이 모산성주 하연을 끌고 와 의자왕 앞에 무릎을 꿇렸다. 그 모습을 보고 의자가 깜짝 놀라며 말했다.

"어허, 성주는 예를 차려 대해야 하는 법, 이 무슨 짓인가! 모산성주는 일어나시게."

성주는 당황하여 의자를 보며 엉거주춤 일어났다.

"10여 년 전 부왕을 따라 모산성 공격에 나섰을 때, 그대의 아비 하주비를 본 적이 있네. 기골이 장대한 장군이셨지."

의자의 말에 성주는 분노와 수치심으로 얼굴을 실룩거렸다.

"아버님께서 수차례 백제왕의 공격을 막아내셨거늘, 이제 와서 내가 성을 잃었으니 죽어서 어찌 아버님을 뵙겠소!"

"무엄하다, 감히 어라하께!"

윤충이 성주에게 소리치자 의자가 손을 들어 그를 저지했다.

"허나 이 모산 땅의 원래 주인은 신라가 아니라 대가야였지. 일찍이 대가야는 우리 백제와 형제의 나라였네. 백제와 힘을 합해 신라에 맞섰지만, 신라의 꼬임에 나라를 잃고 만 것이 아닌가. 나는 대가야 왕족의 피가 흐르는 자네를 다시 가야 사람으로 만들고 싶네. 나에게 힘을 보태면 모산성을 그대에게 맡기고, 병권을 책임질 백제의 장수들을 두겠네. 1년 동안 세금도 절반만 걷어 백성들을 보살피겠네. 어떠한가?"

결국 성주는 의자 앞에 꿇어앉아 그렇게 하겠노라고 했다. 큰 피해 없이 모산성 함락에 성공한 백제군의 사기는 드높았다. 의자는 쉬지 않고 다른 성을 함락하기 위해 출발했다.

인근에는 속함성, 앵잠성, 가잠성이 있었다. 모산성에서 짜릿한 승전보를 올린 백제군은 가까이 있는 속함성으로 향했다. 모산성이 함락되었다는 소식을 들은 속함성은 서라벌에 지원군을 요청했다. 그러나 지원군이 당도하기 전에 속함성은 백제군에 함락되고 말았다.

의자는 그 기세를 몰아 가잠성으로 향했다. 그러나 속함성으로 오던 서라벌의 지원군이 가잠성으로 가서 벌써 진을 치고 있었다.

"지금 군사들의 사기를 봐서는 저들과 전면전을 벌여도 승산이 있습니다."

윤충의 말에 의자는 고개를 저었다.

"급할 것 없네. 우리도 한 번 쉬었다 가지. 저들이 공격하기 힘악한 지역을 골라 진을 치게."

백제군은 신라의 지원군이 내려다보이는 자리에 진을 쳤다. 밤이 되자 햇불을 올려 백제의 대군이 눈앞에 와 있음을 알렸다. 다음 날, 신라 진영에서 먼저 싸움을 걸어왔으나 돌을 쌓아놓고 싸움에 응하지 않았다. 밤이 되자 의자는 다시 햇불을 산 중턱까지 그득히 올려놓은 뒤 군대를 이끌고 은밀히 빠져나왔다. 백제군은 그길로 앵잠성으로 향했다.

가잠성을 지키던 신라군은 새벽녘이 되어서야 백제군이 빠져나간 걸 알았다. 백제군이 앵잠성으로 향했다는 보고를 받은 신라군은 급히 앵잠성으로 군사를 돌렸다. 그러나 의자는 앵잠성으로 향하던 군사를 돌려 기현성으로 향했다. 기현성에는 백제

가 심어놓은 첩자가 있었다. 안에서 성문 하나를 열어주자 백제
군은 단숨에 총공격하여 성을 함락했다.

한 번 출정하여 여러 성을 함락한 의자는 군사들이 지칠 것을
염려하여 일단 사비로 돌아왔다. 백성들이 길가에 길게 늘어서
서 승리하고 돌아오는 왕의 군대를 기쁘게 맞았다.

무왕 시절에 빼앗지 못했던 성들을 단숨에 함락하고 돌아오자
대신들도 의자를 칭송했다.

"이것은 시작이오. 곧 다시 출정하여 신라 서쪽의 성들을 모두
함락할 것이니, 귀족들도 전투에 참여하여 전공을 세우면 그 공
을 높이 살 것이오."

의자는 전투에 공이 큰 장수들을 일일이 챙기며 위로했다. 그
리고 곧 다른 성들을 공격할 계획을 세웠다.

정전에서 회의를 마친 의자가 북궁에 들자 왕비가 기다리고
있었다. 친정 가문의 귀족들을 내치는 것을 보고도 아무 말이 없
었던 사택 왕비였다.

"자칫 옥체가 상하실까 염려되옵니다. 이번에는 굳이 전투에
나가지 않으셔도 되지 않습니까?"

"내가 직접 나서는 것은 신라군과 전투를 하려는 것이라기보
다 귀족들 앞에서 왕권을 세우기 위함이오. 너무 염려 마시오."

왕후는 짧은 한숨을 내쉬고 말했다.

"그러하오시면 효를 데려가서 경험을 쌓게 하는 것이 어떻겠습니까? 어라하께서도 태자가 되기 전부터 부왕의 전투에 함께 참여하지 않으셨습니까?"

첫 왕후가 아들 융을 낳고 죽은 뒤에 맞은 사택 왕비에게서 의자는 아들 효와 태를 얻었다. 사택 가문에서는 효를 태자 자리에 앉히기를 종용했으나, 의자는 첫 왕후에게서 얻은 융을 태자로 여기고 있었다. 당장 융을 태자 자리에 올리고 싶었으나 사택 집안을 견제한 뒤라 시간이 필요할 뿐이었다.

"효는 아직 어리오. 위험한 전투에 벌써부터 따라다닐 필요는 없소."

"하오나 융은 전장에 데려가실 것이라 들었습니다."

왕비가 서운한 듯이 말했다.

"융은 나이가 더 많은 장자이니 경험을 쌓아두는 것도 나쁘진 않지."

왕비도 어쩔 수 없는 사택 가문의 사람인가 하는 생각이 들자 의자는 피로가 몰려왔다. 왕비가 침상을 정성껏 준비했으나 의자는 그새 잠이 들어버렸다. 왕비는 긴 한숨을 내쉬며 멍하니 어두운 창밖만 바라볼 뿐이었다.

다음 날 의자는 아들 융을 데리고 주재성 공격에 나섰다. 주재성 입구에 도달하자 신라의 대군이 성 밖을 지키고 있는 것이 보였다. 그들을 꺾지 않고서는 성 안으로 들어갈 수 없었다. 또한 그들이 성 안에 들어가 성문을 닫아걸고 전투에 임한다면 싸움이 더 길어지고 힘이 빠질 것이었다.

백제군이 진격하자 신라의 장수들이 앞으로 달려 나왔다.

"윤충아! 썩 나오거라! 모산성과 기현성에서 당한 복수를 해주마."

신라 장군의 외침을 들은 윤충이 칼을 뽑아 들고 말을 달려 나갔다. 양 진영은 활을 거두었다. 윤충과 신라 장군의 칼이 맞부딪쳤다. 칼날이 불꽃을 튀기며 여러 번 부딪쳤으나 승패가 나지 않았다. 그러자 신라 진영에서 다른 장수가 호령을 하며 달려 나왔다. 그는 머리에 깃을 꽂고 얼굴에는 하얀 분칠을 하고 있었다.

"나는 화랑 반굴이다. 백제의 장수는 내 칼을 받아라."

반굴이 윤충에게 달려들었다. 윤충이 반굴의 칼을 여러 번 받아치다가 칼등으로 그의 팔을 쳤다. 반굴이 칼을 떨어뜨린 사이, 윤충이 그의 목을 치려다가 멈추었다.

"애송이가 어찌 내 적수가 되겠느냐?"

그 말을 들은 의자가 아들 융을 돌아보았다.

"네가 저 화랑과 맞서보겠느냐?"

융은 말을 몰아 달려 나갔다. 반굴이 다시 칼을 들고 융의 검을 날카롭게 받아쳤다. 진영으로 돌아온 윤충이 부하 장수에게 재빨리 일렀다.

"위험하면 자네가 바로 달려 나가게."

그리고 걱정스러운 눈빛으로 의자를 바라보았다.

"반굴은 신라 장군 김흠신의 아들이자 김유신의 조카입니다. 전장 경험이 있을 테니 만만한 상대가 아닙니다."

융과 반굴의 칼이 수십 번 부딪쳤으나 승부가 나지 않았다. 반굴이 지쳤는지 기우뚱하자 신라 진영에서 장수가 달려 나왔다. 윤충이 부하 장수와 달려 나가자 저편에서도 다른 장수들이 칼을 들고 나왔다. 양 진영에서 북을 울리며 총공격을 시작했다.

접전이 벌어지는 사이 의자는 군대를 이끌고 지형이 험준한 산기슭으로 피신하여 몸을 숨겼다.

"후퇴하라!"

앞장서 나가던 윤충이 돌연 명령을 내리자 백제군은 험한 산쪽으로 후퇴했다. 기세 좋게 따라오던 신라군이 산기슭으로 쫓아왔을 때, 갑자기 백제군의 모습이 보이지 않았다.

"속았다! 군사를 돌려라!"

신라의 장수들이 깨달았을 때는 이미 늦은 뒤였다. 매복했던 백제군이 쉴 새 없이 화살을 쏘아대자 수많은 신라군이 맥없이 쓰러졌다. 의자는 도망치는 신라군을 뒤쫓지 않고 지름길을 따라 주재성으로 향했다. 성 밖의 싸움에 군사들을 내보낸 주재성주는 갑작스러운 공격을 당해내지 못했다. 후퇴하던 신라군이 성문 앞에 다다랐을 때, 이미 주재성 내에 백제군이 진입해 있었다.

주재성주는 전투 중 화살에 맞아 죽고 성은 함락되었다. 장군들이 사로잡은 신라의 장수를 의자 앞에 데리고 왔다. 백전노장의 위엄을 풍기는 장군과 화랑 반굴이었다. 의자가 꿇어앉은 그들을 보고 말했다.

"군사들은 모두 무기만 빼앗은 후, 원한다면 백제의 백성으로 이 땅에서 살게 해줄 것이다. 너희들도 항복하면 신라에서의 관직과 대등한 지위를 주겠노라. 어떠하냐?"

의자의 말이 끝나자마자 노한 장수가 침을 튀기며 소리쳤다.

"나는 살 만큼 살았거늘, 어찌 지금 와서 백제인이 되는 굴욕을 겪겠느냐! 내 비록 백제 땅에서 죽어도 내 혼은 신라를 찾아갈 것이다."

의자는 장수의 말에 고개를 끄덕였다.

"그대의 충절이 가상하니 더 이상 권하지 않겠다. 목을 벤 후 시신은 신라로 보내주겠노라. 끌어내 참하라!"

화랑 반굴은 옆에서 떨고 있었다.

"네 나이가 몇이냐?"

"열일곱이오!"

의자는 옆에 서 있는 융을 돌아다보았다.

"내 아들보다 어리구나. 어린 너를 죽이진 않겠으니, 신라로 돌아가 네 아비 김흠신과 백부 김유신에게 똑똑히 전하여라. 신라의 여왕이 연약하기로서니, 비굴하게 당나라를 끌어들여 싸울 생각 말고 정정당당하게 맞서라고 일러라. 앞으로 백제에 맞설 기회를 여러 번 줄 테니 심기일전해야 할 것이야!"

의자는 윤충을 시켜 참수한 장수의 시신과 함께 반굴을 신라
로 돌려보내라고 했다. 반굴은 끌려 나가며 울부짖었다.

"화랑은 전장에 나가서 물러섬이 없는 법. 차라리 내 목을 베
어라!"

의자는 못 들은 척할 뿐이었다.

반굴이 떠나기 전, 융이 바가지에 물을 담아 포승에 묶인 반굴
에게 내밀었다.

"날이 더우니 물 한잔 마시고 가게."

그러나 반굴은 묶인 손으로 물바가지를 뿌리치며 융을 노려보
았다.

백제의 왕이 파죽지세로 성을 함락하고 있다는 소문을 들은
성주들 중에는 전의를 상실하여 일찌감치 항복하는 자도 많았
다. 의자는 연이은 전투에서 승리하여 마흔 개가 넘는 신라의 성
을 함락했다. 귀족들은 왕위에 오른 지 1년 만에 막강한 능력을
발휘하는 의자를 경외했다. 싸움터에 아비와 자식을 내보낸 백
성들도 연이어 승리하는 왕을 자랑스러워했다. 백제군이 돌아가
는 길마다 백성들의 환호성이 높았다.

대야성 전투

🌿

역원에 마차 한 대가 당도했다. 말안장과 고삐에 금박 장식이 요란하고 마부의 차림새도 예사롭지 않은 것이 마차에 탄 손님이 대단한 귀족임이 분명했다.

붉은 자줏빛 저고리 위에 목걸이를 길게 늘어뜨린 여인이 마차에서 내렸다. 역원을 지키는 군사가 여인의 얼굴을 한 번 쳐다보고는 멈칫했다. 옥을 깎아놓은 듯한 얼굴에 바다를 품은 듯 커다란 눈망울, 붉은 꽃잎을 하나 담은 듯 새초롬한 입술. 저 여인이 도대체 누구실까 생각하는 사이, 여인은 검은 말로 갈아탔다.

"이랴!" 하는 소리를 내며 말에 앉은 여인이 삼선사 방향으로 말을 몰았다. 말이 달릴 때마다 출렁거리는 여인의 검은 머리채를 보며 군사는 가슴이 두근거렸다.

가야산 자락에 있는 역원, 남쪽의 대야성과 북쪽의 주산성 사이에 말을 타거나 묵어갈 수 있도록 마련된 곳이었다. 역원에서 말을 타고 조금만 오르면 삼선사라는 절이 있었다. 삼선사 입구에 닿자 여인을 보좌하고 온 사내들이 말에서 내려 경내로 들어가 주지승을 데리고 왔다. 주지와 여인은 마주 보며 허리를 깊이 숙여 합장했다.

"스님, 오셨나요?"

주지가 여인을 절 뒤의 정자로 안내했다. 소나무 아래에 한 남자가 등을 보이고 서 있었다. 그 남자를 본 여인의 얼굴이 활짝 피어났다. 주지가 고개를 숙이고 물러나자 여인이 남자를 향해 달려갔다.

인기척에 돌아본 사내는 달려온 여인을 품에 깊이 안았다. 진한 눈썹 아래 깊이 파인 눈매, 튀어나온 광대뼈와 굳게 다문 입술. 무뚝뚝해 보이는 사내가 여인을 안더니 속눈썹이 촉촉하게 젖어들었다.

"아가, 잘 지냈느냐?"

사내의 투박한 손이 여인의 검은 머리를 소중하게 쓰다듬었다. 고개를 드는 여인의 커다란 눈에도 눈물이 맺혔다.

"예, 아버님. 왜 이리로 오셨어요? 성으로 오셔서 며칠 묵고 가시지요."

사내에게 안긴 채 그를 올려다보는 여인의 얼굴에 그리움이 애틋했다.

"지금 서쪽 성들이 백제군에게 함락되고 있어 폐하의 명으로 순찰을 하는 중이다. 대야성도 그 대비를 하느라 바쁠 터인데, 내가 간다고 하면 사위가 여러 가지로 번거롭지 않겠느냐. 나야 네 얼굴만 보면 되거늘."

사내는 여인의 손을 이끌고 정자에 앉았다.

"나이가 들수록 네 어미를 더 닮아가는구나."

사내의 부인은 왕족 출신에 미모가 빼어나 모든 귀족이 탐냈던 여인이었다.

"요즘도 어머님을 모신 보량사에 자주 가시나요?"

"그럼. 네 어미를 모신 방에 어미의 화상을 걸어두지 않았느냐. 네가 네 어미를 빼닮아 그 화상을 보면 꼭 너를 보는 것만 같단다."

마흔이 가까운 아버지였고, 스무 살쯤 되어 보이는 딸이었다. 딸이 다정하게 사내의 얼굴을 살펴보았다.

"아버님, 얼굴이 수척해지셨어요. 별일 없으신지요?"

"너야말로 얼굴이 야위었구나. 아픈 데는 없느냐?"

딸이 살짝 입을 가리고 웃더니 자랑스럽게 사내를 보았다.

"아이를 가졌어요. 아버님, 외손주를 보실 거예요."

눈이 커다래지며 말을 잇지 못하던 사내가 딸의 두 손을 꼭 쥐었다.

"고맙다. 정말 기쁜 일이구나. 이제 더욱 몸조심을 해야지. 당분간 마차도 타지 말거라."

그때였다. 정자 기둥에 화살이 날아와 꽂혔다. 사내가 벌떡 일어나 딸의 앞을 가로막고 섰다. 소나무 사이에서 칼을 쥔 사람들이 달려 나왔다. 허름한 삼베옷에 복면을 한 것이 도적 떼로 보였다. 사내의 눈이 매섭게 도적들을 훑어보며 소리쳤다.

"내가 누구인 줄 알고 감히 무엄한 짓이냐! 서라벌의 대장군이니라."

도적들은 사내의 호통에도 아랑곳하지 않고 칼을 휘두르며 다가왔다.

"멈추어라!"

그때 호령과 함께 귀족 복장의 낯선 사내가 칼을 들고 나섰다. 그의 좌우엔 호위무사로 보이는 사내 둘이 따라붙었다.

"서라벌의 장군이라 하는 말씀을 듣고도 무엄하게 덤비는 것이냐!"

도적들이 당황하여 멈칫할 때, 귀족이 먼저 칼을 휘둘렀다. 칼솜씨가 예사롭지 않았다. 몇 번 칼을 부딪치던 도적들이 서로 눈짓을 하더니 계곡 아래쪽으로 도망을 쳐버렸다.

"고타소야, 괜찮으냐?"

사내가 등 뒤로 숨겼던 딸을 돌아보고 걱정스럽게 물었다. 고타소는 겁에 질린 얼굴을 사내의 가슴에 묻었다. 사내는 그런 딸의 등을 두들겨주며 자신을 도와준 귀족을 쳐다보았다.

대범한 기상이 느껴지는 그 얼굴에 사내는 깜짝 놀랐다. 귀하게 자란 듯 얼굴빛이 맑고 하얬으며, 덩치에 비해 작은 얼굴은 단아하고, 곧은 눈매와 입술에서는 날카로운 힘이 느껴졌다. 준수한 용모만으로는 자신보다 어려 보이나, 목소리와 행동에서 느껴지는 중후함으로는 오히려 몇 살 많아 보이기도 했다. 서라벌의 어느 왕족에게서도 보지 못한 여유와 강인함이 보이는 인상이었다.

"고맙소만 뉘신지……."

사내의 말에 귀족은 멀찌감치 선 채 고개만 숙여 인사하고 돌아섰다. 그를 붙들려고 하는 순간, 뒤늦게 소리를 들은 주지와 부하들이 달려왔다. 사내가 고타소를 한 번 더 위로하고 도적들이 도망친 곳을 살펴보는데 그 귀족의 모습은 보이지 않았다.

역원에서 사내는 고타소와 헤어져야 했다.

"아버님, 두 달 뒤 어머니 기일에 가겠습니다."

사내는 고타소의 모습을 눈에 분명히 새기려는 듯 딸을 위아래로 다시 보았다.

"아이를 가져 몸이 힘들지 않겠느냐? 무리할 필요는 없다."

고타소는 어린아이가 아버지에게 매달리듯 사내를 꼭 껴안았다가 마차에 올랐다. 사내는 대야성으로 향하는 마차가 보이지 않을 때까지 서 있다가 말에 올라 서라벌 쪽으로 난 동쪽 길을 내달렸다.

정자에서 사내를 도와주었던 귀족이 말을 타고 나타나 사내가 사라진 길을 쳐다보았다.

"비록 성주는 나오지 않았으나 고타소만 잡아두어도 대야성을 취하기 쉬울 것인데, 어찌하여 그냥 보내십니까?"

호위무사가 물었지만 귀족은 동쪽 길을 빤히 쳐다보다가 천천히 말했다.

"여인을 잡아두는 건 비겁하다. 그런데 고타소의 아비라면 김춘추가 아닌가? 여식을 생각하는 부성이 눈물겹구나."

"김춘추는 김유신의 동생과 혼인하여 어린 아들이 있습니다. 고타소는 죽은 전 부인이 남긴 여식으로 그 부인의 미모를 빼닮아 김춘추가 더욱 귀히 여긴다 들었습니다."

귀족은 눈썹에 힘이 풀리고 눈매가 온화해지며 혼잣말처럼 중얼거렸다.

"아이를 가졌다 하거늘."

귀족이 마차가 간 길을 따라 말을 몰았다. 무사들이 그의 앞뒤를 호위하며 빠르게 말을 달렸다. 서쪽 국경에 이르러 일행은 신라 귀족의 옷을 벗어던지고 무장을 했다.

김춘추, 그대가 김춘추였군.

대야주(지금의 경남 합천)를 빠져나오며 의자는 계속 고타소와 김춘추를 생각했다.

"어라하! 윤충과 흥수가 대야성 공격에 나설 계획을 세우고 있습니다."

의자는 무사들과 함께 다시 말을 달렸다.

그 무렵 대야성에서는 성주 김품석과 휘하의 장수들이 긴 회의를 하고 있었다. 백제왕이 직접 나서서 이미 신라의 여러 성들을 함락해, 만약 대야성이 전투를 치른다면 근처에서 지원해줄 병력도 없었다.

"그대들은 대비책을 세우고 있게. 나는 장인께서 오신다 하니, 만나서 의논을 해보아야겠네."

품석이 사지 검일에게 따로 일렀다.

"첩보에 의하면 주산성으로 백제군이 쳐들어갈 것이라 하니 검일, 자네가 주산성으로 가서 상황을 보고 오게."

"예? 예!"

검일이 고개를 숙였다. 품석은 사지인 모척과 용석, 죽죽에게 각각 할 일을 따로 지시한 뒤 회의장을 빠져나갔다. 그의 뒷모습을 검일이 불안하게 쳐다보았다.

품석은 그길로 검일의 집으로 찾아갔다. 고타소 혼자 김춘추를 만나러 가기로 했으니 삼선사로 갈 필요는 없었다. 검일의 집에서 일전에 본 아리따운 화이의 얼굴이 눈에 어른거렸다.

품석이 들어서자 그를 알아본 하인들이 화이에게 고했다. 화이가 성주를 보고는 당황하여 맨발로 마루 아래로 내려섰다.

"사지의 일로 의논할 일이 있어서 왔네. 아랫것들은 가까이 들지 못하게 하게."

품석은 성큼성큼 방으로 들어갔다. 화이는 잠시 입술을 깨물고 섰다가 방에 들었다.

품석은 두 손을 가지런히 모으고 문 앞에 서 있는 화이를 바라보았다. 갸름한 얼굴에 유난히 도톰한 입술, 가느다란 목 아래로 어울리지 않게 봉긋 솟아오른 젖가슴, 졸라맨 허리띠 아래로 부풀어 오른 둔부. 화이의 몸은 격하게 꿈틀거리며 솟아오르고 있었다. 사지들의 모임에 초대를 받아 갔을 때, 화이를 처음 본 품석은 화이의 몸이 자신을 끓어오르게 함을 느꼈다.

"이리 가까이 오게."

품석의 작은 눈이 정욕으로 가득 차 있었지만 화이로선 거역할 수 없는 성주였다.

화이가 두어 걸음 다가가자 품석이 화이의 팔을 잡아끌었다. 의자에 앉아 있는 품석의 눈앞에 화이의 부푼 가슴이 와 닿았다. 품석은 망설이지 않고 화이의 가슴을 움켜쥐었다. 작은 허리를 거세게 끌어안고 붉은 입술을 빨았다. 화이가 고개를 돌리고 거부하자 더 세게 끌어안았다.

"너에겐 정조가 어울리지 않아. 끊임없이 사내를 부르는 이런 몸으로 어떻게 사내를 멀리할 수 있단 말이냐."

"제발 이러지 마십시오. 도독께서 어찌 아랫사람의 여인을……"

"입 다물지 않으면 검일에게 해가 갈 것이다. 네가 검일을 위한다면 그 입 다물라."

품석의 끈적한 입술이 화이의 목으로 내려오며 성급하게 옷을 벗겼다. 짐승 같은 숨소리에 몸을 떨며 화이가 필사적으로 말했다.

"부끄럽습니다. 대낮에 억지로 어찌……. 소녀를 생각하신다면 오늘 밤 저를 데려가십시오."

시간을 벌고자 하여 저도 모르게 나온 말이었다. 들떠 있던 품석의 눈이 게슴츠레해졌다.

"그래, 사지의 아내로 사는 것보다 도독의 첩으로 사는 것이 낫지. 마차를 보낼 테니 서둘러 성으로 오너라."

옷매무새를 가다듬고 나가려던 품석은 떨고 있는 화이를 보았다. 뜨거운 숨을 내쉬며 그녀를 벽에 밀어붙였다.

"그런데, 내가 지금 참을 수가 없구나."

품석의 손아귀에 잡힌 화이의 팔목이 멍들고, 옷은 비명과 함께 찢겨나갔다. 품석이 그 방에서 나갈 때 화이는 아랫도리에 피를 흘리며 쓰러졌다.

화이가 정신을 가다듬고 검일에게 사람을 보내고자 했을 때, 대문 밖에는 벌써 마차가 도착해 있었다. 검일이 보낸 마차라고 했지만 품석이 보낸 것임을 화이는 알아챘다. 다시는 검일을 보지 못할지도 모른다는 생각에 화이는 흐느꼈다.

주산성에 갔던 검일이 대야성으로 돌아온 것은 어둠이 내린 후였다. 품석은 자고 일어난 듯이 노곤한 얼굴로 처소에서 나와 검일에게 말했다.

"화이가 야망이 큰 여인이더군. 사지의 아내로는 못 살겠으니 첩으로 삼아달라 하여 내가 데려왔네. 그리 알게."

검일의 가슴에 비수를 꽂는 말을 하고 품석은 들어가버렸다. 주먹을 쥐고 얼굴을 실룩거리며 거친 숨을 내쉬고 있는 검일을 모척이 데리고 나왔다.

"화이는 그런 여자가 아니다! 품석 저놈이!"

검일은 몸에서 화산이 솟구쳐 오르는 것만 같았다. 억울함과 분노가 끓어올라 그는 어둠이 내린 검은 강을 향해 찢어지는 함성을 내지를 뿐이었다.

다음 날 검일은 사지들의 회의에 참석하지 않았다. 이미 성내에는 성주가 검일의 아내를 빼앗았다는 소문이 돌았다. 모척은 장수들 앞에서 분통을 터뜨렸다.

"도둑이 백성들의 안위는 관심이 없고 사리사욕에만 눈이 멀더니, 이젠 부하 장수의 아내까지 빼앗았소. 어찌 이럴 수가 있단 말이오?"

죽죽이 안타까운 음성으로 말했다.

"도둑이 잘못 처신하셨소. 허나 지금은 백제가 언제 성을 공격할지 모르는 상황이오. 이 일로 인해 우리 장수들이 흔들리고 대야주의 귀족들이 이탈한다면 더욱 큰일이오."

"전쟁을 치른다면 우리는 대야성을 위해 목숨을 내놓아야 하지만, 도독이 과연 목숨을 걸고 대야성을 지키려 할 것 같소?"

모척의 말에 죽죽이 고개를 저었다.

"도독이 어찌하든 우리는 이 성을 지켜야 하오. 그것이 장수의 도리요!"

백제군에 대응할 군사를 모으기 위해 김품석이 대야주의 귀족들에게 도움을 청했으나 호응을 해주는 귀족이 별로 없었다. 도독에 대한 불신은 깊어지고, 군사들의 사기는 떨어지고 있었다.

둥! 둥! 둥!

날이 밝기도 전에 대야성을 깨우는 소리가 들려왔다. 소리에 놀라 이슬이 파르르 몸을 떨며 깨어났다. 성 위에 선 군사들은 눈앞에 벌어진 상황을 보고 안절부절못했다. 떠오르는 해를 등에 진 백제군이 들판을 가득 메우고 있었다.

"대야성주 김품석은 나와서 항복하라!"

윤충의 호령에 성내의 군사들은 겁에 질려 서로를 마주 볼 뿐이었다. 성 위에서 백제군을 내려다본 김품석의 얼굴이 하얗게 질렸다. 족히 만 명은 되어 보이는 대군이었다.

죽죽에게 병권을 위임하고 성 안에 숨은 김품석에게 고타소가 달려왔다.

"도독이 여기 계시면 어찌합니까? 도독의 위엄을 보이고 군사들을 이끄셔야지요!"

"그것은 사지들이 할 일이오. 끝까지 살아남아 이 성을 지키는 것이 나의 임무요. 주산성에 지원병을 요청하는 전령을 보냈소."

밖에서는 함성과 비명이 들려오고 있었다. 백제군은 거침없이 성을 에워싸고 몰아쳤다. 성문을 굳게 닫고 성 위에서 활을 쏘아도 백제군의 기세는 수그러들지 않았다. 성 위에서는 죽죽과 용석이 군사들을 지휘했다. 모척과 검일의 모습은 보이지 않았다.

주산성에서 지원군은 오지 않고 군사들의 주검만 쌓여갔다. 성 아래에 화살을 맞아 죽은 백제군의 시체가 늘었으나 워낙 대군이라 그 기세는 수그러들지 않았다.

백제군의 진영에서는 홍수가 때를 기다리고 있었다. 홍수는 병법에 밝고 지략이 뛰어나 윤충의 참모 역할을 제대로 해냈다. 대야성 하늘에 노을이 몰려올 무렵, 홍수는 군사들을 잠시 거두라고 일렀다. 그러고는 군사들에게 주먹밥을 나누어주며 장수들에게 지시했다.

자줏빛 노을이 스러지고 어둠이 내리기 시작할 무렵이었다. 홍수가 다급하게 윤충 앞에 달려왔다.

"저기 보십시오. 성 안에 불이 올랐습니다. 총공격 명령을 내리십시오!"

대야성 한쪽에서 불길이 치솟고 있었다.

"도독! 큰일 났습니다. 군량 창고에 불이 났습니다."

김품석이 달려 나갔더니 창고 전체가 불길에 휩싸여 있었다. 군량을 없애려는 적의 계략이 분명했다.

"백제군이 성을 기어오르고 있습니다."

때를 노려 백제군이 총공격을 해오고 있었다. 죽죽은 성 위에서 적군의 사다리에 불을 놓았다. 용석은 적군을 향해 활을 쏘았으나 성 위에서 쓰러지는 아군이 더 많았다. 그때였다.

"서쪽 성문이 열렸다!"

열린 서쪽 문에서 말을 탄 누군가가 백제군의 진영으로 달려갔다. 죽죽이 활을 쏘았으나 어둠 속이라 놓치고 말았다. 백제군이 열린 서문을 향해 진격해왔다.

모척이 서문을 열고 나갈 때 검일은 아내를 찾아 헤매었다. 성 안은 온통 불길에 휩싸여 아수라장이 되어가고 있었다.

"화이!"

불이 붙은 작은 방에 화이가 쓰러져 있었다.

"화이! 정신 차리시오. 당장 성을 나가야 하오!"

화이가 눈물이 얼룩진 눈으로 검일을 보았다.

"더럽혀진 몸, 어찌 다시 당신을 보나요?"

검일은 화이를 처음 본 순간부터 지금껏 한 번도 그녀를 가슴에서 내려놓은 적이 없었다. 비록 성주에게 몸과 마음을 짓밟혔지만, 그것은 화이의 잘못이 아니었다.

"나에겐 지금도 그냥 화이일 뿐이오. 당신 잘못은 없소. 빨리 등에 업히시오."

"군량 창고에 불을 지른 것이 당신인가요?"

화이의 눈빛이 어지럽게 흔들렸다.

"내 어찌 성주를 용서한단 말이오? 내가 불을 질렀소!"

화이는 고개를 저으며 울부짖었다.

"제가 당신을 망쳤군요. 제가 당신으로 하여금 신라를 버리게 했군요. 흐흐흑!"

그러나 다시 고개를 든 화이의 얼굴은 결연했다.

"제 아버님은 신라의 장군으로 백제군의 칼에 돌아가셨습니다. 저는 백제로 갈 수 없습니다."

검일은 피를 토하듯 화이의 이름을 부르며 그녀를 일으켜 세웠다. 그러나 화이는 품속에서 단검을 꺼냈다.

"성주가 저에게 그러더군요. 정조 같은 것은 어울리지 않는 여자라고."

넘어지는 문짝을 피하는 사이, 화이가 단검으로 제 가슴을 찔렀다.

"화이!"

타오르는 불길 속에서 검일은 울부짖었다.

"위험합니다!"

달려온 군사들이 검일을 잡아끌었다. 검일은 쓰러진 화이를 두 팔에 안고 나와 서문으로 향했다.

서문 앞에서는 죽죽이 밀려오는 백제군과 접전을 벌이고 있었다. 화이의 시신을 안고 온 검일을 보고 죽죽이 물었다.

"자네가 군량 창고에 불을 질렀는가?"

"그렇소. 나는 이 성을 나갈 것이니, 나를 벨 테면 베시오."

죽죽은 칼을 쳐들었으나 화이의 가슴에 흐르는 피를 보고 차마 휘두르지 못했다. 검일이 성문을 빠져나가자 죽죽은 소리쳤다.

"성문을 닫아라!"

군사들이 결사적으로 문을 닫기 시작했다. 성문 밖에서 백제군과 맞서 싸우던 군사 중 일부가 안으로 들어오지 못하고 칼에 맞아 쓰러졌다.

"장군님, 안으로 어서 들어오십시오."

"나는 들어가지 않는다. 어서 성문을 닫아라!"

죽죽은 달려오는 백제군을 향해 거침없이 칼을 휘둘렀다. 화살이 날아와 그의 배에 꽂혔다. 그러나 죽죽은 계속 칼을 휘두르며 소리쳤다.

"속히 성문을 닫아라!"

다시 화살이 그의 어깨에 박혔다. 화살을 맞은 죽죽을 보고 군사들은 눈물을 흘리며 성문을 닫았다. 죽죽은 수많은 백제군의 창에 찔려 성문에 박힌 채 마지막까지 칼을 휘둘렀다.

성 위에 오르는 백제군과 접전을 벌이던 용석은 서문이 닫힌 것을 본 후 온몸에 적의 화살을 맞고 쓰러졌다. 함성을 지르며 달려들던 백제군의 움직임이 조용해졌다. 대야성에서는 아직 불길이 치솟고 있었다.

다음 날 아침이었다. 대야성의 성문은 겨우 닫혔으나 성내는 이미 폐허가 되었고, 군사도 얼마 없었다. 김품석의 부하 장수가 품석에게 다가왔다.

"윤충이, 성문을 열고 나오면 모두 살려준다 합니다. 항복을 하면 신라에서와 동등한 지위를 준다 합니다."

그 말을 들은 고타소가 앙칼지게 대꾸했다.

"거짓입니다. 저들이 우리를 살려둘 리가 없어요."

그러나 김품석은 부하의 말에 고개를 끄덕였다.

"항복한 성주들은 저들이 모두 살려주지 않았소? 살려준다 약조하면 지킬 것이오."

고타소가 말렸지만 김품석은 항복을 하기로 했다.

먼저 군사들을 성 밖으로 내보냈다. 백제의 장군이 나와 무장을 해제한 군사들을 데리고 가는 것이 보였다.

"우리도 이제 성을 나갑시다. 어차피 버텨봐야 아까운 군사들의 목숨만 날아가오."

고타소는 울분을 삼키며 품석을 따라 성을 나갔다. 윤충이 나와서 품석을 맞아 이끌었다. 백제의 진영으로 가자 윤충이 품석을 꾸짖었다.

"성주가 애초에 싸울 생각도 없으면서 장수와 군사만 다 죽게 한단 말인가? 차라리 처음부터 항복을 했더라면 군사들의 목숨이라도 건졌을 것 아닌가!"

"항복하면 살려준다 하지 않았소?"

김품석이 자신의 목숨을 구걸했다. 고타소는 입술을 깨물며 품석을 원망스럽게 쳐다보았다.

윤충이 다가와 품석에게 칼을 내밀었다.

"사로잡은 신라의 장수와 군사들은 살려둘 것이나, 성주의 행실이 방만하여 화를 불렀으니 대야성 백성들도 성주의 죽음에 원통해하지 않을 것이오. 기회를 줄 테니 자결하시오."

김품석이 벌벌 떨며 칼을 받았으나 자결하지 못하고 눈물을 흘렸다.

"자결할 용기도 없구나."

윤충이 뒤에서 칼을 빼 김품석과 고타소의 머리를 잘랐다. 피를 뿌리며 쓰러진 부부의 시신을 보며 윤충이 부하에게 말했다.

"성주와 그 아내의 죽음을 어라하께 보고하게."

김춘추

김춘추는 땅을 치며 울었다.

고타소, 내 딸 고타소를! 시신도 거두지 못하였도다!

오장육부에 불이 붙어 타오르는 것만 같았다. 주먹으로 땅을 치고 벽을 들이박고 바위를 쳤다. 손에서 피가 흘렀다. 울음으로 목이 잠겨 말이 나오지 않았다. 비틀리는 가슴을 쥐어뜯고 발버 둥을 쳤다.

여러 날이 지나서야 고요가 찾아왔다. 식음을 전폐하니 얼굴 이 말라 광대뼈만 불룩 튀어나왔다. 콧방울이 꺼져 숨을 쉬지 않 는 듯했고, 입술은 핏기 없이 메말랐다. 힘없이 앉아 하늘만 바라 보는데 그 눈빛만은 처절함 속에서도 형형했다.

매형인 김유신이 몇 번이나 찾아와 김춘추를 멀찍이서 바라만 보았다. 그의 누이이자 김춘추의 아내인 문희가 정자에 찻상을 내려놓으며 유신을 향해 안타까운 눈짓을 했다.

유신은 매제가 전 부인인 보량궁주를 귀히 여기고 사랑한 것을 잘 알았다. 문희가 임신한 것을 알고 김춘추에게 데려가라고 압박을 해도 보량궁주에 대한 마음 때문에 미루기만 한 김춘추였다. 혼인도 하기 전에 임신한 죄를 물어 문희를 불태워 죽인다고 하자 그제야 문희를 데려가 두 번째 부인으로 삼았다. 그런데 곧 보량궁주가 죽고 그 혈점으로 고타소 하나를 남겼으니, 고타소를 아끼는 김춘추의 마음은 보량궁주에 대한 사랑과 미안함까지 더해져 절대적이었다.

새파란 하늘이 김춘추의 퀭한 눈 안에서 시리게 빛났다. 먼 하늘을 눈에 담은 채 김춘추가 마음을 내려놓아야 한다는 듯 말했다.

"내 나이가 서른아홉이오."

김춘추는 유신보다 여덟 살 아래였다.

"이전까지의 김춘추가 아니오. 나는 이제부터 새로운 김춘추로 살 것이오."

유신은 찻잔에 차를 따라 내밀었다. 매제가 이제야 어떠한 결심을 한 것을 알아차렸다.

"김춘추의 생을 오직 한 가지, 백제를 멸망시키는 데 바칠 것이오."

찻잔을 든 유신이 김춘추를 보았다. 깡마른 얼굴에서 새로운 결의가 뿜어져 나오고 있었다.

"내가 폐하를 뵙고, 백제를 칠 테니 군대를 내어달라 하였소. 허나 폐하께선, 우리 신라의 힘이 미약하니 때를 기다리라 하셨소.”

유신의 말을 들었는지 못 들었는지 김춘추는 두 눈에 힘을 주었다.

“이제부터 내가 갈 길은 오직 하나. 백제를 멸망시키고 고타소의 원수를 갚는 것이오.”

김춘추는 유신을 보고 말했다.

“그래서 내가 생각한 것이 있소. 먼저 고구려에 가서 구원병을 요청하는 것이오.”

유신은 깜짝 놀랐다. 고구려는 이미 백제와 연합하여 신라를 공격한 적이 있고, 고구려의 실세인 연개소문이 당나라를 배척하고 있어 당과 화합하려는 신라를 적대시할 것이 분명했다. 게다가 서라벌의 분위기도 좋지 않았다. 대야성이 함락된 원인이 김춘추의 사위인 성주 김품석 때문이었다는 소문이 돌면서 귀족들 사이에 김춘추의 위상이 떨어지고 있었다. 그러나 무슨 말을 해도 김춘추의 고집을 꺾을 수 없었다.

“폐하를 뵙고 허락을 얻은 후 떠나겠소. 한 가지만 묻겠소이다. 장군은 신라의 병권을 쥔 대장군이오. 만약 이 김춘추가 고구려에서 살아 돌아오지 못한다면 어찌하시겠소?”

김춘추는 눈에서 빛을 내며 유신을 뚫어지게 보았다. 유신이 큰 숨을 한 번 내쉬고 단호하게 말했다.

“내가 그 원수를 갚을 것이오! 내, 목숨을 걸고 맹세하오!”

그러자 김춘추가 유신의 손을 꼭 잡았다. 김춘추는 무슨 말인가 하고자 했으나 목이 메어 눈만 크게 뜨고 굴릴 뿐이었다.

김춘추는 선덕여왕의 허락을 겨우 얻어 고구려로 떠났다. 멀고도 험난한 여정을 오직 고타소만 생각하며 버텨냈다.

고구려 장안성에 도착하여 드디어 보장왕을 만나는 자리였다. 왕의 곁에는 매의 눈을 하고 검은 수염이 날카로운 연개소문이 서 있었다. 불과 얼마 전 영류왕을 살해하여 그 시신을 몇 토막으로 잘라 시궁창에 버렸다는 소문이 무성한 연개소문이었다. 김춘추는 선덕여왕의 말씀을 전하고 지원군을 요청한다고 아뢰었다.

"그러하오니, 고구려에서 지원군을 보내 백제를 치게 도와주신다면, 신라 역시 고구려를 도울 것입니다."

왕이 연개소문을 돌아보더니 김춘추를 향해 말했다.

"신라는 진흥왕 시절에 고구려의 한강 유역을 빼앗지 않았는가? 그때 빼앗은 한강 상류 지역의 열 개 고을을 되돌려준다면 구원병을 보내주겠소."

김춘추는 놀라 고개를 들지 못했다. 진흥왕 시절에 신라는 백제와 연합하여 고구려의 한강 유역을 공격해서 단양적성비와 북한산비를 세웠다. 그때 차지한 한강 상류 지역을 내놓으라고 하나, 신라로선 결코 돌려줄 수 없는 땅이었다.

"왜 대답을 못 하는가?"

"그, 그것은……. 제가 감히 지금 대답할 일이 아닌 듯합니다. 신라의 폐하께 고하여 상의할 일로, 제가 어찌 그처럼 큰일을 확언할 수 있겠습니까?"

"어허! 참으로 염치가 없는 신라로다!"

쩌렁쩌렁 울리는 연개소문의 목소리에 김춘추는 저도 모르게 움찔하였다.

"진흥왕 시절 신라는 백제와 연합하여 고구려를 쳐서 한강 상류를 빼앗고, 하류는 백제가 차지하였다. 그리고 곧 백제를 배신하여 한강 하류 땅도 수중에 넣었다. 그런데 이제 고구려에 와 백제를 치게 도와달라? 참으로 간사하지 않은가?"

김춘추는 고구려가 지원군 요청에 응할 의사가 전혀 없음을 깨달았다.

"한강 상류 지역을 돌려준다고 약조하면 신라에 지원군을 보낼 것이나, 그렇지 않다면 믿을 수 없다!"

"소, 소신이 어찌 감히 그 일에 대답을 하겠나이까?"

"우리 고구려가 북쪽 오랑캐들로부터 신라를 보호해주는 것도 모르고, 너희는 우리가 적대시하는 당나라와 손잡을 궁리를 하지 않느냐? 여봐라! 고마움도 모르고 신의도 모르는 저 신라인을 당장 옥에 가두어라!"

연개소문은 눈을 부릅뜨고 검은 수염을 떨며 추상같이 외쳤다. 김춘추는, 지원군은 고사하고 고구려 땅에서 살아 돌아가기도 힘들 것이라는 생각이 들었다.

김춘추가 옥에 갇혀 절망에 빠져 있을 때, 누군가가 음식을 들고 그를 찾아왔다. 예전부터 정보를 주고받던 고구려의 관리 선도해였다. 김춘추는 고타소의 원수를 갚기는커녕 자신의 목숨도 지키지 못할 것 같다는 생각에 음식이 목에 넘어가지 않았다.

선도해가 옥을 지키는 군사들을 물리치고 조용히 말했다.

"일단 살아서 나가야 하지 않겠소? 공은 용궁에 간 토끼 이야기를 모르시오? 무사히 돌아갈 방법이 없지 않습니다."

선도해가 돌아간 후 김춘추는 곰곰 생각에 잠겼다. 용궁에 간 토끼라니, 그 토끼의 지혜로 이 위험을 벗어나란 말인가?

다음 날 김춘추는 보장왕 앞에 엎드렸다.

"신라로 돌아가 반드시 한강 상류 지역을 돌려드리도록 하겠습니다."

"목숨을 걸고 약조할 수 있는가?"

김춘추는 자신을 노려보는 연개소문 앞에 머리를 숙였다.

"신, 목숨을 걸고 약조하겠나이다."

왕은 고개를 끄떡이며, 내일 김춘추를 신라와의 국경까지 잘 안내해주라 일렀다.

그러나 김춘추는 그날 밤 선도해의 도움을 받아 장안성에서 도망쳤다. 내일까지 기다리라는 말 속에 연개소문의 흑심이 있을지도 몰라 두려웠다.

김춘추가 도망쳤다는 말을 듣고 연개소문은 코웃음을 쳤다.

"도망가게 놔두어라. 어차피 약조를 지킬 생각이 없었던 것이야."

김춘추는 찬 서리를 맞으며 겨우 목숨을 부지해 서라벌로 돌아왔다. 몸은 쇠약해졌으나 정신은 칼바람보다 차갑고 선명했다. 다시 왕 앞에 엎드려 간곡히 빌며, 이번에는 왜국으로 가 구원병을 요청하겠노라 했다.

"지금 우리와 교역을 하고 있으나 왜는 아주 오래전부터 백제와 친밀한 나라이네. 백제인들이 건너가 왕족이 되고, 많은 성의 성주로 있다고 들었네. 우리와 손을 잡지 않을 것이네."

유신이 아무리 말려도 김춘추의 고집을 꺾을 수 없었다.

"그러니 더더욱 왜를 우리 편으로 만들어야 하지 않겠소?"

살점이 떨어져나갈 것 같은 추위가 몰아치는 날, 김춘추는 왜국으로 가는 배에 올랐다. 바다 위의 공기는 차갑고 매서웠다. 흔들리는 배 위에서 맞는 겨울바람이 그의 살을 뚫고 정신을 꿰뚫었다. 폭풍우가 몰아쳤을 때 이미 그의 몸은 화살이 되어 그가 잡은 과녁을 향해 폭풍우를 뚫고 날아 왜로 전진했다.

그러나 왜국은 김춘추를 받아주지 않았다. 백제인의 사당에 가서 참배를 하라며 모욕을 주었다. 김춘추가 혀를 깨물며 치욕을 참았으나 왜국은 그의 제안을 귀담아듣지도 않았다. 신라로 돌아오는 뱃길에 풍랑을 만나 죽음을 눈앞에 두고도 김춘추는 고타소를 생각했다.

내 뜻한 바를 이루기 전에는 천지신명도 내 운명을 결정하지 못할 것이다!

서라벌로 돌아온 김춘추는 다시 왕 앞에 엎드려, 당나라에 가 구원병을 요청하겠노라고 했다. 그러나 왕은 허락하지 않았다. 백제는 또다시 신라의 서쪽을 공격하여 일곱 개 성을 빼앗았고, 서라벌의 분위기도 불안한 터였다. 구舊 귀족들은 가야 출신인 김유신이 병권을 장악한 것에 불만을 품었고, 유신과 왕의 버팀목이 되어주어야 할 김춘추는 세력을 잃어가고 있었다.

이 틈에 상대등 비담이 난을 일으켰다. 최고의 권력을 가진 상대등이 여왕의 정치를 비난하며 왕위에서 물러나야 한다고 주장했다. 김유신과 김춘추가 나섰다.

"비담의 난을 우리가 진압해야 하네. 내가 가야 출신들을 모을 테니, 자네는 왕족과 귀족을 결집시키게."

선덕여왕이 비담을 피했다가 결국 세상을 떠나긴 했지만, 유신과 김춘추는 비담의 난을 평정했다. 비담의 세력에 가담한 귀족이 서른 명 넘게 숙청되고, 가야 세력과 새로운 세력이 신라의 정계를 장악했다.

새로이 왕이 된 진덕여왕 앞에 김춘추는 또다시 청을 올렸다.

"신이 당나라로 가서 화친을 맺고, 당 태종으로부터 백제 공격의 지원을 받겠나이다."

김춘추가 사신단을 꾸려 당으로 떠났을 때, 김유신은 대야성의 방어가 허술해졌다는 첩보를 들었다.

"수년 전 대야성에서의 패배를 설욕하리라!"

유신은 만 명의 군사를 이끌고 대야성 공격에 나섰다. 김춘추가 그토록 통탄해하던 대야성을 되찾고, 그 딸과 사위의 시신과 혼을 거두어 오리라 다짐했다. 유신은 대야성의 동문을 향해 진격했다.

몇 달 전부터 유신은 대야성에 첩자를 심어놓고 있었다. 백제가 대야성을 공격할 때 아버지를 잃고 도망쳐온 조루라는 군사였다. 조루는 그동안 대야성 근처의 움직임을 면밀히 보고해왔다. 이번에 백제왕이 새로 함락한 신라 서쪽의 성들을 돌아보는데, 대야성의 장수들이 왕을 모시러 대거 성 밖으로 나간다는 것이었다.

조용하던 대야의 들판에 신라 군사들의 함성이 차올랐다. 방패를 든 군사들이 앞서 나가고 뒷줄에서는 활을 쏘았다. 갑작스런 공격에 대야성은 혼란에 빠졌다. 유신은 계획대로 동문을 집중 공격했으나 생각만큼 쉽지는 않았다. 수적 열세를 계산한 백제군이 성문을 닫은 채 적극적인 공격에 나서지 않고 있었다. 조루가 몰래 동문을 열기로 했지만 그것 또한 쉬운 일이 아니었다. 성주가 동문 앞에 서서 직접 지휘를 하고 있었다.

유신은 동생 김흠신을 불러 군사들을 데리고 남문을 공격하도록 했다.

"남문을 뚫은 후에는 무엇보다 성주를 비롯한 장수들을 가능한 한 생포하게."

일제히 남문을 공격하자 성문이 열릴 기미가 보였다. 신라군은 남문을 향해 총공격을 감행하고, 백제군은 남문에서 막아내려 버텼다. 서로의 칼에 군사들이 무수히 쓰러지고, 마침내 수적으로 우세한 신라군이 남문을 뚫고 성내로 들어갔다.

유신이 큰 소리로 외쳤다.

"성주와 그 가족을 잡아오라. 우두머리들을 생포하라. 반드시 살려서 데려오라!"

그때였다. 북소리와 함께 한 무리의 군사들이 달려왔다. 백제의 기를 높이 든 군사들로 그 수가 몇백 되지는 않았다. 그러나 앞장선 장수가 신라군을 거침없이 베며 남문으로 말을 몰았다.

멀리서 그 모습을 지켜보던 유신이 물었다.

"백제의 저 장수가 누구인가?"

대답하는 사람이 없었다. 남문 쪽에서 달려온 부하 장수가 외쳤다.

"대장군! 백제의 군사들이 갑자기 달려와 남문으로 들어간 뒤 문을 닫았습니다. 허나 이미 성내에 들어간 우리 군사가 많으니 염려치 마십시오."

유신은 그 말에 얼굴이 굳었다. 좀 전에 본 그 장수의 몸놀림이 혼자서도 수십 명은 당해낼 만했다. 문을 닫은 것은 성 안으로 들어온 신라군을 도륙하겠다는 의지였다.

"누구냐? 그 백제의 장수가!"

"백제의 군사들이 돌맏 장군이라 하는 소리를 들었습니다."

"돌맏?"

유신은 그 이름을 되씹었다. 돌맏, 으뜸 중의 으뜸, 달인 중의 달인이란 뜻이었다.

"동문을 총공격하라!"

유신은 선두에 서서 동문으로 돌진했다. 성내에 진입한 신라군이 많다 하나, 성 안을 잘 아는 백제군이 유리할 수 있었다. 동문을 밀고 들어가야 승산이 있었다. 성 위에는 이미 화살을 쏠 백제군도 없었다. 그때 조루의 모습이 유신의 눈에 띄었다.

"조루야! 동문을 열어라!"

동문을 계속 밀어붙이자 한순간 문이 열리기 시작했다. 그러나 진격하려던 신라군은 칼을 쥔 채 물러날 수밖에 없었다. 조루와 함께 문을 연 신라군이 뒷걸음질 치며 동문을 빠져나오는 것이었다. 신라군이 쏟아져 나오는 중에 뒤따라온 백제군이 동문을 닫았다. 닫힌 문 안에서 창이 부딪치고 비명 소리가 터져 나왔다.

"성 안의 백제군이 얼마나 되나?"

김흠신이 대답했다.

"대야성에 있던 백제군은 거의 전멸했는데, 뒤에 달려 들어온 삼사백 명의 백제군이 거침없이 몰아붙이는 바람에. 허나 성주를 비롯한 장수들을 붙잡았습니다."

유신은 전열을 가다듬었다. 군사의 절반을 잃은 뒤였다. 성 안의 백제군이 비록 몇백밖에 안 된다 하나, 그들이 성문을 굳게 지키면 생각보다 어려울 수 있었다.

그때 성 위의 백제 군사들이 일렬로 앉아 활을 겨누는 모습이 보였다. 성 안을 평정한 백제의 장수가 소리쳤다.

"죽자고 덤비겠느냐? 아니면 여기서 물러가겠느냐?"

유신이 김흠신에게 일렀다.

"잡아온 성주를 비롯한 인질들을 세워라!"

김흠신이 오라에 묶인 백제인들을 끌고 왔다. 성주와 그의 처자, 그리고 귀족과 장군을 포함해 모두 여덟 명이었다. 유신이 소리쳤다.

"이 대야성은 본래 신라의 것이거늘, 너희들이 무도하게 빼앗은 것이 아니냐? 그때 너희의 칼에 죽은 성주와 그 처의 시신을 원한다. 이 여덟 명과 그들의 시신을 맞바꿀 것이다!"

말을 마친 후 유신은 칼을 뽑아 성주의 목을 겨누었다. 성 위에선 백제의 장수는 아무 말이 없었다. 그때 다른 장수가 성 위로 올라왔다. 유신은 그를 알아보았다. 손자병법을 꿰고 있다는 유능한 지략꾼 흥수였다. 흥수가 앞으로 나서더니 외쳤다.

"부도덕한 성주의 목은 저자에 내걸어 백성들의 본보기로 삼는 것이 도리이나, 백제의 어라하께서 대야성주가 김춘추의 사위인 것을 예우하여 부부를 잘 묻어두었다. 시신을 거두어 넘겨줄 테니 인질을 보호하라!"

김흠신이 유신에게 불만인 듯 말했다.

"적의 수가 얼마 되지 않으니 밀어붙입시다! 여기서 물러난단 말입니까?"

"이 정도만 해도 설욕은 했다. 고타소의 시신을 찾았으니……. 흥수가 여기 있다면 다른 성에서 백제의 지원군이 올 수 있다. 절반의 승리도 잃을 가능성이 있으니 물러나자."

백제군이 동문을 열고 나와 관 두 개를 전달했다. 유신은 김춘추가 떠올라 울컥했다.

유신이 서라벌에 다다랐을 무렵이었다. 저 멀리 언덕 아래서 말을 타고 달려오는 사람이 있었다. 화려한 귀족 복장의 사내가 눈에 들어온 순간, 유신은 그가 김춘추임을 알아차렸다. 당나라에 갔다가 돌아온 그가 고타소의 시신을 찾아온다는 소식을 듣고 한걸음에 달려온 것이었다.

쏜살같이 달려온 말에서 김춘추가 숨을 몰아쉬며 내렸다. 그의 얼굴은 눈물로 얼룩져 있었다. 유신이 말에서 내려 군사들에게 명했다.

"다들 뒤로 물러서라."

유신은 말을 잇지 못하는 김춘추를 고타소의 관 앞으로 이끌었다. 장군과 군사들이 모두 뒤로 돌아섰다. 김춘추가 떨리는 손으로 관 뚜껑을 열었다. 백옥 같은 살결은 흔적도 없고 백골만이 덩그러니 눈에 들어왔다.

"고타소야아!"

김춘추가 백골을 끌어안으며 울부짖었다. 복사빛 귓불에 걸렸던 금귀걸이, 기다란 목에 늘어졌던 옥목걸이는 그대로였다. 유신도 콧등이 시큰하여 돌아서서 김흠신 곁으로 가 나지막이 물었다.

"그 백제의 장수, 이름이 뭐라 하였나?"

"군사들은 그를 돌만 장군이라 하였는데, 흥수가 그를 계백이라 부르더이다."

계백!

유신이 고개를 끄덕이는데 등 뒤로 김춘추의 애타는 음성이 들려왔다.

"기다려라, 고타소야. 내 당나라의 약조를 받아왔다. 당나라의 힘을 빌려서라도 백제를 치고 너의 원수를 갚을 것이다."

백제신검

무진악(지금의 무등산) 꼭대기에 신령스러운 돌기둥이 늘어서 있었다. 하늘을 향해 치솟은 모양은 지조 있는 사내의 기상을 닮았고, 병풍처럼 늘어서 산자락 아래로 생명을 품은 뜻은 자애로운 어미와 같았다. 산자락은 굽이쳐 불룩하게 솟아올라 그윽한 수풀을 이루고, 골짜기로 내려서면 끊임없이 물이 솟아올랐다.

"과연 백제 땅 중에서도 은혜로운 절경이로고."

흰 도복 차림의 남자들이 말을 탄 채 산을 오르고 있었다. 철철 넘쳐흐르는 물소리에 새들의 울음소리가 맑게 울렸다.

"어이야!"

갑자기 산을 호령하는 함성 소리에 새들이 일제히 날아올랐다. 수백의 군사들이 진격하는 듯 기운이 넘쳐났다.

"수련 중인가 봅니다."

일행은 더욱 빨리 말을 달렸다. 계곡을 따라 오솔길을 달리자 갑자기 길이 확 트이며 넓은 평지가 나타났다. 산속에 이토록 넓은 공간이 있을까 싶은 곳이었다.

흰 저고리와 바지를 입고 허리에 검은 띠를 두른 수백 명의 젊은이들이 무술을 연마하고 있었다. 그들 중 우두머리인 듯한 몇몇은 흰 저고리의 소매와 깃에 푸른 선이 둘러진 옷을 입고 있었다. 그들 중 한 명이 일행에게 다가왔다. 같은 옷을 입고 머리를 정수리에서 높이 묶어 늘어뜨렸는데 가느다란 몸매가 유난히 날렵했다. 말을 탄 일행은 흰 도복을 입고 있었으나 소매와 깃에 인동초 문양이 수놓인 남빛 선이 둘러져 있었다.

"어느 도량에서 오신 분들인지요?"

그 목소리를 들은 일행이 서로 얼굴을 마주 보았다. 여인네의 목소리였다. 작은 얼굴에 가는 눈썹이며 새침한 콧날과 얇은 입술로 보아 여인이 분명했다.

일행 중 키가 작고 얼굴이 동글납작하여 어려 보이나 눈썹이 짙푸르고 눈동자가 깊은 이가 앞으로 나섰다.

"나는 돌맏 장군의 친구인 복신이라 하오. 사비에서 장군을 만나러 오신 분들이오."

그러자 여인이 복신을 향해 깊이 허리를 숙이며 말했다.

"아, 복신 장군의 존함은 익히 들었습니다. 돌맏 장군과 같은 사비랑 출신으로 호형호제하는 사이라 하셨지요. 저는 무진도량의 무사 여운입니다."

"허허, 그렇지. 돌맏과 나는 사비랑 동기지."

근초고왕 시절에 만들어진 귀족 군사기관에서 사비랑은 최고의 능력을 인정받고 배출된 장수들이었다.

여운은 무술 수련을 하고 있는 젊은이들 곁을 지나 일행을 돌맏에게 안내했다. 죽창을 들고 봉술을 훈련하는 젊은이들은 싱그러운 풀 향기를 뿜고 있는 듯했다. 숲을 지나자 갑자기 넓은 돌무더기 골짜기가 나왔다. 오랜 옛날 산꼭대기에서 굴러떨어져 비와 바람에 깎여가는 돌들의 무덤 같았다. 그 돌 위를 누군가 쉼없이 달리고 있었다. 돌 사이를 가볍게 뛰어 순식간에 저 멀리 달아났다가 한걸음에 달려왔다. 뛰는 것이 아니라 걷는 것인데, 걷는 것치고는 유난히 빨라 뛰는 것처럼 보였다. 쉴 새 없이 재빨리 오가고 있는 그에게 여운이 고하려고 하자, 일행 중 한 사람이 손을 들어 제지했다.

"방해하고 싶지 않으니 기다리지."

잠시 지켜보다 복신이 여운에게 물었다.

"돌맏이 지금 수련하는 것이 혹 속도축지법이 아닌가?"

여운은 자랑스러운 표정으로 고개를 끄덕였다.

"그러합니다. 보폭을 체계화해서 고차원적으로 속도를 내는 걸음걸이지요. 속도축지법까지 익혀야 비로소 백제신검百濟神劍을 완성할 수 있다고 하시며 열심히 수련 중이십니다."

계백을 바라보는 여운의 눈에 범할 수 없는 경외감이 담겨 있었다. 그때 인기척을 느꼈는지 그가 획 돌아보았다. 발갛게 상기된 채 땀이 흐르는 것과 달리 표정은 차가웠다. 날카롭던 눈길이 복신을 보더니 금세 순하게 풀렸다. 그리고 복신 뒤에 서 있는 사람을 보고는 돌 위에 털썩 무릎을 꿇었다.

"어라하! 신 계백, 어라하를 뵙습니다."

키가 작은 복신 뒤에 서 있는 의자를 계백은 단박에 알아보았다. 흰 도복을 입었으나 그 맑고 의연한 낯빛과 호랑이의 기상을 닮은 눈과 선이 뚜렷한 붉은 입술. 대야성에서 김유신을 막아낸 뒤 처음 보았던 왕의 얼굴을 계백은 잊을 수 없었다. 여운도 깜짝 놀라 땅에 엎드렸다.

"어라하께서 친히 이곳에 납시오니 소신······."

"불러도 오지 않으니 내가 올 수밖에."

낮게 읊조리는 음성에서 거역할 수 없는 힘이 느껴졌다.

"소신의 불충을 꾸짖어주시옵소서."

"불충이라니. 천만부당하네. 일어나게."

복신이 여운에게 조용히 일렀다.

"자네는 물러가 있게. 어라하께서 오신 것을 다른 사람들이 알면 안 되네."

여운이 깊이 고개를 숙인 채 뒷걸음쳐서 물러났다. 의자는 뒷짐을 지고 산세를 둘러보다 무진악 산봉우리에 선 돌기둥에 시선이 머물렀다.

"과연 웅장한 기운이 뻗쳐 흐르는 곳이군. 무술을 연마하고 마음을 수련할 만한 명산이로다."

다시 계백을 바라보는 의자의 눈이 부드럽게 웃고 있었다.

"지난 대야성 전투에서 성을 지켜낸 군사들이 자네 도량의 무사들이라고 하던데?"

계백이 머뭇거리자 옆에 선 복신이 말했다.

"어라하의 행차에 참여하느라 장군들이 대야성을 비운 사이 큰일을 당하였는데, 마침 근처의 황매도량에 갔던 계백에게 흥수가 연락하여 무진도량과 황매도량의 젊은이들이 가서 싸웠다 합니다. 황매도량 역시 계백이 수장을 맡고 있습니다."

"그런 큰 공을 세웠으면 당연히 관직을 받을 만하거늘, 어찌 달솔직을 사양했단 말인가?"

계백의 넓은 어깨가 다시 왕을 향해 사죄하듯 깊이 숙여졌다.

"산속에서 수련하는 자로서 관직에 나가고 싶은 마음은 없습니다. 무지한 소신이 어찌 최고의 장군직을 맡는단 말입니까? 불충을 용서하십시오."

계백은 사비랑 출신이지만 관직에 나가지 않았으며, 무진도량을 비롯한 대여섯 개의 도량을 가진 무술지존으로 이름이 나 있었다.

그때 여운이 달려와 계백에게 고했다.

"백암도량에서 무사들이 도착했습니다."

여운이 가고 나서 복신이 의자에게 조용히 고했다.

"지금 백암도량의 무사들이 무진도량과 겨루려고 왔으니, 그 재주의 대결이 볼 만할 것입니다."

계백은 왕에게 격식을 다하지 못함이 송구스러웠으나, 의자 일행은 그저 손님으로 위장하여 두 도량의 대결을 보고자 했다.

계절은 단오가 다가오는 시절로, 늦봄의 꽃은 향기가 농후하고 신록은 꽃향기를 품고 더욱 푸르렀다. 무진도량과 백암도량의 젊은이들이 마주 서서 인사를 나누었다. 모두 흰 도복을 입었는데 무진도량의 젊은이들은 허리에 검은 띠를 두르고, 백암도량은 붉은 띠를 두르고 있었다.

여운이 나서서 카랑카랑한 목소리로 대련 방법을 알렸다.

"신술, 봉술, 검술, 표창술, 투궁술 그리고 진법까지 펼쳐 으뜸 도량을 뽑을 것이오. 이는 경쟁을 하여 최고를 뽑기 위함이 아니라, 무술을 갈고 닦아 백제신검을 완성하려는 것이니 정정당당하게 응하기 바라오."

여운은 비록 여인의 몸이지만 당차고 노련하게 젊은이들을 이끌었다.

처음에 행한 신술은 맨몸으로 행하는 무술로, 열여덟 가지 술기법과 호신술을 익히는 것이었다. 도복을 입은 젊은이들이 모두 한 몸인 듯 한결같이 움직이는데, 동작은 힘차고도 절제되었으며 기합 소리는 우렁찼다. 그다음 봉술과 검술이 이어졌다. 기본자세를 익힌 후 두 도량의 젊은이들이 대련함으로써 승자와 패자가 나뉘었다. 창을 던지고 활을 쏘는 대련까지 치러 모든 무술에서 승리한 자들끼리 다시 대련했다. 무진도량과 백암도량의 젊은이들 열대여섯 명이 뛰어난 솜씨를 보였다.

"저들을 사비로 데려가 군사들을 가르치게 하면 얼마나 좋겠는가? 허나 계백이 승낙하지 않을 테지."

의자가 젊은이들의 실력에 감탄하며 말했다. 복신이 계백 쪽을 힐끗 보며 조용히 고했다.

"어라하의 명이라면 어찌 계백이 따르지 않겠습니까?"

그러나 의자는 씁쓸한 미소를 지으며 고개를 저었다.

"계백은 이들을 군사로 쓰고 싶은 마음이 없어. 무술을 단련하여 백제신검을 완성하는 것, 그 순수한 의지밖에 없는 사람이네. 내가 그를 사비로 불러 관직을 주고 땅을 준들 그의 마음까지 잡아올 수 있겠는가?"

대련은 막바지에 이르러 진법이 펼쳐졌다. 진법은 병법상의 오행진五行陣을 비롯한 여러 진을 펼치는 것으로, 각 도량의 무사들이 전원 참석하여 펼치는 대련이었다.

백암도량에서 먼저 추행진법을 선택했다. 쐐기 모양의 진형을 갖추어 적진을 돌파할 때 펼치는 공격적인 진법인데 무술 대련에서 승리한 이들이 맨 앞의 선봉부대로 나섰다. 무진도량에서는 그와 반대인 안행진법을 펼쳐 적들을 감싸 안는 형태를 취했다. 좌우측 날개에 선봉장들이 서서 공격과 방어를 겸하는 작전이었다. 진법을 펼치며 전진하는 동시에 검술과 투궁술을 보이며 적진을 파고들어야 했다.

백암도량의 선봉에 서서 달려 나오는 이는 모든 대련에서 승리하여 화려한 실력을 보이는 젊은이였다. 의자가 그를 가리키며 계백에게 말했다.

"몇몇의 실력이 출중한데, 특히 선봉에 선 저 젊은이가 눈에 띄는군."

그때 추행진의 선두에 선 그가 무진도량의 안행진 속으로 달려가 투궁술을 보였다. 무사들은 일제히 등에 매달린 활과 화살을 꺼내 공격 자세를 취했다. 그들을 흐뭇하게 바라보던 계백이 갑자기 두 손을 불끈 쥐며 이맛살을 찌푸렸다. 눈썹이 꿈틀거리고 두텁게 쌍꺼풀진 눈이 부리부리해지더니 곧 표정을 가라앉혔다. 의자는 계백의 얼굴에 한순간 화가 지나가는 것을 놓치지 않았다.

백암도량의 선봉이 뛰어나긴 하나 추행진의 선두와 양 끝이 균형을 맞추지 못하고 대열을 이탈하는 바람에 무진도량의 승리로 모든 대련이 끝났다. 복신이 손뼉을 치며 호탕하게 말했다.

"역시 계백이 있는 무진도량의 실력이 탁월하군. 올해 모든 도량의 대련에서도 무진이 승리하였네 그려, 허허."

복신의 칭찬에도 계백은 웃지 않았다.

노을이 지기 전에 의자 일행은 계백과 작별했다. 계백이 산 아래 마을까지 배웅하고자 했으나 의자가 끝내 사양했다.

"이 좋은 경개를 둘러보며 천천히 갈 것이니 걱정 말게."

계백은 여운에게 의자 일행을 배웅토록 했다. 그들이 오솔길에 접어들어 보이지 않을 때, 계백은 급히 돌아가 백암도량의 장수를 불렀다. 그리고 백암도량의 선봉에 섰던 젊은이에 대해 물어본 뒤 그를 따로 불렀다.

계백은 바위 끝에 꼿꼿하게 서 있었다. 푸른 수풀 속에서 막 나온 학 한 마리가 창공을 솟아오르려는 듯한 기상이 엿보였다.

"부르셨나이까?"

등에 와 닿는 목소리가 앳되다고 생각하며 계백은 천천히 몸을 돌렸다. 등에 화살을 메고 허리에 칼을 찬 그는 갓 스물이나 되었을 청년이었다. 계백이 자신을 똑바로 쳐다보자 그는 당황한 듯 눈길을 떨어뜨렸다.

"어디 사는 누구인가?"

계백의 물음에 그가 계백을 힐끔 보고 고개를 숙였다.

"내장산 백암도량의 조루라 하옵니다."

계백이 손을 내저었다.

"그 이전에 어디 있었냐는 말이네. 자네의 봉술은 백제신검과 달랐어. 특히 투궁술은! 우리의 투궁술은 한쪽 무릎을 꿇고서 쏘는 것이 기본자세지. 그런데 자네는 추행진의 선두에서 선 채로 활을 쏘며 다가오더군. 우리 도량에서 배운 무술이 아니야."

조루의 얼굴이 번져오는 노을 속에서 한순간 바르르 떨렸다. 계백이 한 걸음 다가왔다.

"우리 백제신검은 공격이 아니라 방어를 하기 위한 무술이다. 그런데 자네의 무술에는 살기가 있어."

계백이 한 걸음 더 다가와 조루의 허리에 걸린 칼을 뽑아 그의 목을 겨누었다.

"어디에서 왔느냐?"

계백의 깊은 눈이 그를 뚫어지게 바라보더니 조소를 머금었다.

"조루……, 조루라. 그 이름이 이제 생각나는구나. 대야성에서 동문을 열고 김유신에게 달려갔던 놈 아니냐? 김유신이 보낸 첩 자인가?"

조루의 낯빛이 하얗게 질렸다.

"무술을 연마하는 목적은 간교한 꾀로 사람을 죽이기 위함이 아니다. 또한 나의 도량에 있는 무사들은 장군이 되어 입신양명하는 것이 목적이 아니다. 내가 대야성을 지킨 것은 그것이 순리이고 도리였기 때문이지, 신라를 쳐서 공을 세우기 위함이 아니었다."

계백이 칼을 높이 들어 조루의 머리를 향해 내려쳤다. 정수리에 묶인 조루의 머리카락이 잘려나갔다.

"헉!"

조루는 비명도 지르지 못한 채 주저앉았다. 계백은 칼을 절벽 아래로 던졌다.

"가거라. 이곳은 너 같은 놈이 감히 범할 곳이 아니니 다신 얼씬거리지 말거라."

조루는 일어서지 못하고 벌벌 떨고 있었다. 계백은 돌아서서 수련장을 향해 걸었다. 조루는 다리를 떨며 일어났다. 흰 도복 자락을 휘날리며 유유히 걸어가는 계백의 모습이 눈에 들어왔다. 흐르는 눈물을 닦고 조루가 떨리는 손으로 활을 들었다. 계백이 잠시 서서 붉게 물들어오는 노을을 올려다보는 순간 화살을 걸어 계백의 등을 향해 날렸다. 순간 계백의 몸이 옆으로 튕기듯이 화살을 피했다. 그러나 계백은 돌아보지 않고 앞만 보고 걸었다. 조루는 두 눈을 질끈 감았다가 뜨고 다시 화살을 걸었다. 손에 힘을 주는 순간이었다. 숲에서 날아온 화살 하나가 조루의 심장을 꿰뚫었다.

계백이 비틀거리는 조루를 보고 달려갔다. 그러나 조루는 화살이 꽂힌 채 뒷걸음을 치다 절벽 아래로 떨어졌다. 숲길 아래쪽으로 말발굽 소리가 멀어져갔다. 그 숲에서 화살을 든 여운이 걸어 나오더니 계백을 보고 달려왔다.

여운이 절벽 아래를 내려다보았으나 긴 돌벽 아래는 수풀이 무성하여 조루의 시신은 보이지 않았다.

"죽일 필요까진 없었거늘."

계백의 말에 여운이 고개를 숙였다.

"제가 활을 쏜 것이 아닙니다."

"그럼 누구냐?"

여운이 대답을 못 하고 머뭇거리자 계백의 낯빛이 굳어졌다. 긴 속눈썹을 바르르 떨던 여운이 어렵게 입을 떼었다.

"어, 어라하께서 쏘셨습니다. 어라하께선 조루가 장군의 부름을 받아 달려간 것을 지켜보고 계셨습니다. 장군께서 조루를 살려두고 돌아서는 것을 보시더니, 내 손으로 살생하길 원치 않으나 계백을 위해 직접 활을 쏘아야겠다, 하셨습니다. 제가 감히 말릴 틈도 없이 제 활을 가져가 쏘셨습니다."

계백은 산꼭대기를 향해 뛰어올랐다. 우뚝 솟은 바위에 오르자 오솔길로 말을 타고 내려가는 의자의 모습이 나무 사이로 보였다 사라지곤 했다.

"어라하!"

계백은 무릎을 꿇었다. 여운이 곁에 같이 꿇어앉았다.

"조루가 화살을 맞고 떨어지는 것을 보시고는 한숨을 쉬시며, 계백에게 화근이 될 놈을 죽일 수밖에 없었으나 계백은 나를 탓할지도 모르겠네, 하시고는 말에 오르셨습니다."

푸른 나무가 우거진 숲으로 흰 도복을 입은 의자의 모습이 완전히 사라졌다. 그의 뒷모습을 향해 고개를 숙이고 있던 계백이 이윽고 얼굴을 들었다. 계백의 깊은 눈에서 굵은 눈물이 한 줄기 흘러내렸다.

빛나는 검은 말

고구려에 사신으로 갔던 좌평 성충이 돌아왔다. 연개소문으로부터 고구려 명마 스무 필을 선물받고, 그 말들의 조련사이자 무술이 뛰어나다는 왕족 한 사람이 사신 자격으로 함께 왔다. 그런데 그 사신이 미모의 여인이라 천정전은 묘하게 술렁거렸다.

대신들은 모두 자색 옷에 은제 꽃으로 장식한 관을 쓰고 사신을 맞은 후에, 천정전에서 회의를 가졌다.

"연개소문은 만나보니 어떠하였소? 소문대로 성품이 포악하여 왕을 제 마음대로 조종하는 안하무인의 장수였소이까?"

내신좌평의 물음에 성충은 묘한 웃음을 지었다. 성충은 입을 다물고 있을 때는 단정한 용모에 곧은 기상이 보이는 얼굴이나, 웃을 때면 한쪽 눈이 작아지고 입술이 오른쪽으로 쏠리는 경향이 있었다.

"연개소문은 이번에 죽은 당의 이세민이야말로 형제를 죽이고 아버지를 겁박해서 왕이 된 사악한 놈이라 하더이다. 이세민은 안시성 전투에서 패하여 물러간 뒤 병들어 죽기 전 아들들에게, '절대 연개소문과는 싸우지 말라'는 유언을 남겼다 하오."

안시성 전투에서 승리하고 10여 년 이상 걸려서 천리장성을 완성한 연개소문이었다. 안시성에서 패하고 병을 얻은 당 태종은 결국 죽음을 맞았다. 성충은 고구려와 협력을 도모하고 당나라와 신라에 대응할 외교적 방책을 찾기 위해 고구려를 다녀온 길이었다.

"당 태종이 죽은 뒤 김춘추가 장남을 당에 보냈다 하오. 김춘추는 해마다 아들들을 보내 당과 관계를 돈독히 하고 있음을 주시해야 할 것이오. 그런데, 좌평."

내신좌평이 진즉에 묻고 싶었던 말을 꺼냈다.

"고구려에서 사신으로 절세가인을 보낸 뜻이 무엇이오? 나이도 어려 보이지 않던데, 저런 여인을 사신으로 보내다니."

"그렇소. 나도 아리따운 왕족을 보낸 이유가 의심스럽소이다. 혹시 어라하의 후비로 들어 양국 간의 관계를 도모하고자 함은 아니오?"

"어허, 천만부당한 말이오! 후비라니!"

왕비의 집안인 사택 가문의 좌평이 펄쩍 뛰었다. 성충이 다시 웃으며 손을 내저었다.

"고구려왕의 사촌뻘 되는 왕족으로, 전부터 백제에 와 보고 싶었다 하오. 화친의 의미로 말과 함께 보낸 것인데, 아마도 백제의 사정을 천천히 돌아보고 갈 작정인 듯하오. 고구려 측에서 후비를 언급하진 않았으나 그런 뜻이 있을 수도 있습니다. 혹은, 합심하여 신라를 공격하자는 어라하의 의도가 진심인지 확인해보려는 것인지도 모르지요."

"합심하여 신라를 치다니요?"

내신좌평이 깜짝 놀라는데 내관이 들어와 고했다.

"어라하께서 납시옵니다."

좌평들은 자세를 바로 하고 왕에게 허리를 굽히며 예를 차렸다.

"여러 의견들을 나누시었소? 좌평 성충의 보고는 들었을 터, 대신들의 의견은 어떠하오?"

사택 가문의 핵심이자 왕비의 숙부인 내신좌평이 먼저 말했다.

"그동안 신라는 수십 개의 성을 빼앗겨 설욕할 기회를 노리고 있사온데, 신라가 당과 결탁하여 우리를 공격한다면 그 세를 당하지 못할 것입니다. 당나라에 새 왕이 등극했으니 사신을 보내 당과 관계를 돈독히 하는 것이 마땅한 줄 아옵니다."

내신좌평을 바라보는 왕의 눈길이 곱지 않았다. 사택가의 귀족들은 끊임없이 당나라와 화친해야 한다고 주장했으나, 왕은 당보다는 고구려와 손을 잡고자 했다.

"신라는 선덕여왕의 뒤를 이어 또다시 여왕이 집권하면서 나라가 나약해져 있소이다. 이때를 노려 우리가 잃어버린 땅을 회복하는 것이 마땅하지 않겠소?"

왕은 집권하자마자 신라의 성을 마흔 개 이상 함락한 것을 비롯하여, 얼마 전에도 일곱 개의 성을 빼앗았다. 왕은 직접 출정하여 군사들을 이끌었으며, 백제의 기상은 그 어느 때보다도 드높았다. 그런데도 사택 씨들은 당나라의 눈치를 보아야 한다고 주장하는 것이 의자의 자존심을 건드렸다.

"당나라가 신라에 우호적인 이유가 무엇이겠소? 고구려를 당할 능력이 안 되니 신라를 끌어들여 우리 백제와 고구려를 치고자 함이 아니겠소? 만약 고구려가 그동안 수나라와 당나라의 공격을 막아내지 못했다면 우리 백제인들 무사했겠습니까?"

새롭게 병관좌평에 오른 흥수는 당나라보다는 고구려와 손을 잡아야 한다고 주장했다. 여러 좌평들의 의견을 듣고만 있던 왕이 성충에게 물었다.

"연개소문에게 내 뜻을 전하였소? 우리가 신라를 치려고 한다면 고구려와 말갈이 힘을 합쳐 도와줄 수 있다던가?"

왕의 말에 좌평들이 깜짝 놀랐다. 이미 왕은 당을 배척하고 고구려와 손을 잡으려는 뜻을 품고 있었던 것이다.

"예, 어라하께서 원하신다면 지원군을 보낸다 하였습니다. 또한 당나라에 붙은 신라를 협공하여 신라에 빼앗긴 땅을 함께 되찾자고 하였습니다."

좌평들이 술렁이며 의견을 고했다. 고구려와의 화친에 따르는 위험과 당군의 수세가 월등함을 강조하며, 꺾이지 않는 왕의 패기에 불안함을 드러냈다.

왕은 내심 불쾌했으나 고개를 끄덕였다.

"알겠소. 좌평들의 의견이 그러하다면 다시 생각해보겠소이다. 당의 새 왕이 어떤 식으로 나오는지 정세를 살펴봅시다."

"어라하, 또한……."

왕이 자리에서 일어나려는데 내신좌평이 조심스럽게 물었다.

"고구려가 사신을 보낼 만한 사안도 없는데, 왕의 친척인 여인을 보낸 속뜻이 다소 의심스럽습니다."

왕은 다시 고개를 끄덕였다.

"그러지요. 내 마음의 경계를 풀지 않겠소."

불쾌한 기색을 보이는 왕의 따끔한 말에 좌평들은 서로 눈치를 살폈으나, 왕은 자리에서 일어나 나가버렸다.

회의를 마치고 왕은 성충과 함께 북궁을 지나 부소산성에 올랐다. 선대왕인 무왕 시절에 성을 다시 고쳐 쌓았으나 지난여름에 내린 큰비로 토담이 무너진 곳이 있어 군사들을 시켜 손을 보고 있었다.

말에서 내려 영일루에 오르자 사비성의 모습이 한눈에 내려다보였다. 평온하게 앉은 사비는 오른쪽에서 백마강이 안아 흐르고, 멀리 왼쪽으로는 백강의 품에 넉넉히 가 닿았다.

"좌평. 나는 천하를 두루 다니지 못해 소견이 좁소마는, 우리 백제만큼 은혜로운 땅이 또 있을까 싶소. 넓고 웅장하다 하는 당나라엔들 사비처럼 순한 땅이 있겠소? 이 나라 백성같이 온후한 백성들은 세상 어디에도 없을 것이오."

성충은 왕의 옆얼굴을 믿음직스럽게 바라보았다. 왕의 나이가 이미 중년에 접어들었으나 그 기상은 청년처럼 결이 곧고 강직했다. 귀밑으로 흰머리가 조금씩 보이긴 해도 주름이 없는 얼굴은 나이를 가늠하기 힘들었다.

"신라는 지금 점점 힘을 키우면서 당과 손을 잡고 우리 백제를 치려고 혈안이 되어 있소. 그러기 전에 우리가 그 기세를 꺾어놓아야 하거늘. 나라고 순박한 백성들을 전쟁터로 내모는 것이 좋겠소이까?"

왕은 짧은 한숨을 내쉬고 물었다.

"고구려는 가보니 어떠하오? 산천은 어떠하고, 백성들의 기상은 어때 보였소?"

"제가 본 고구려는 산세가 험한 대신 대범한 멋이 있고, 백성들은 호방하여 누구나 말을 타고 칼을 쓰는 것이 일상인 듯했습니다. 동방의 대국이라는 자부심이 강했고, 우리 백제와 신라보다는 북쪽 오랑캐들에게 더 신경을 쓰고 있었습니다."

성충은 왕의 부드러운 얼굴선과 붉은 입술을 보며 문득 말했다.

"그런데 어라하, 고구려의 사신은 어떠하더이까?"

그 물음에 왕의 입꼬리가 슬며시 올라가다가 곧 과장되게 딱딱해지는 것을 놓치지 않았다.

"말을 잘 다루고 무술에 능하다고 들었소. 외교를 논할 만한 상대는 아니라 긴말하진 않았소."

"실은 어라하, 고구려왕이 은근히 사신을 어라하의 후비로 들였으면 하는 뜻을 비쳤습니다. 고구려왕은 백제와 관계를 돈독히 하여 연개소문의 횡포를 견제하고자 하는 뜻이 있는 듯했습니다."

왕이 얼굴을 돌려 성충을 내려다보고 검은 눈썹을 꿈틀거리며 말했다.

"고구려 왕족을 후비로 보내, 혹 우리 백제를 향해서 목소리를 높이려는 것은 아니오?"

"그런 것은 아닌 듯하였고……."

그때였다. 갑자기 산성을 뒤흔드는 말발굽 소리가 달려들었다. 영일루 밑의 토담을 수리하던 군사들이 놀라 일어났다. 소나무 숲 뒤편 좁은 길을 따라 한 무리의 검고 흰 말들이 달려갔다.

"이랴!"

흑마에 올라 말들을 재촉하는 이는 고구려에서 온 사신이었다. 바지 밑에 짐승 가죽으로 만든 긴 신을 신은 여인이 말과 한 몸이 되어 긴 머리를 휘날리며 앞질러갔다. 내관들이 말을 타고 뒤를 따랐으나 여인이 탄 말의 속도를 감당하지 못해 쩔쩔매는 눈치였다.

놀란 왕의 표정을 살피며 성충이 겸연쩍은 얼굴로 머리를 조 아렸다.

"내관부에 시켜 왕궁을 둘러보시게 하라 일렀더니……. 송구 하옵니다."

왕은 피식 웃으며 영일루에서 내려와 말에 올랐다. 성충도 말 을 타고 왕을 따라 내관들이 달려간 쪽으로 향했다.

내관 서너 명이 태자암(지금의 낙화암)으로 내려가는 언덕에 말 을 묶어놓고 안절부절못하고 있었다. 왕이 나타나자 내관들은 더욱 당황하여 사색이 되었다. 태자암 쪽에서 말발굽 소리가 들 렸다.

"위험하다고 말리는데도 사신께오서……."

태자암은 깎아지른 절벽에 있는 바위였다. 태자암에서 더 내 려가면 부왕인 무왕 시절, 왕이 배를 타고 여유를 즐기던 나루터 가 있었다. 나루터가 보이는 이곳 절벽에서 태자인 의자는 늘 부 왕의 흥이 다하기를 기다렸다가 모시고 가곤 했다. 왕이 노닐던 포구라 하여 대왕포라 부르고, 태자가 왕을 기다리던 자리라 해 서 태자암이라 부르고 있었다.

푸른 하늘이 내려와 안긴 백마강이 도도하게 펼쳐지고, 푸른 기운을 북돋우며 강바람이 시원하게 불었다. 말들이 그 바위에 서 춤이라도 추듯 앞다리를 쳐들었다 내리기를 반복했다. 여인은 검은 머리를 휘날리며 절벽 끝에 서 있었다.

"위험하니 뒤로 물러나시오."

소나무 사이를 지나 태자암으로 내려서며 의자가 말했다. 성충은 내관들과 함께 멀찍이 서 있었다.

여인이 뒤를 돌아보는 순간 의자는 숨을 멈칫했다. 기쁨과 환희에 찬 여인의 눈이 출렁거리듯 빛났다. 가는 눈썹 아래의 커다란 눈 속에 맑은 물이 고여 넘치기 직전이었다. 곧은 콧날 아래 도톰한 입술이 벌어져 웃을 듯 말 듯한 표정이었다. 의자는 여인의 이런 표정을 처음 보아 당황스러웠다. 큰 눈에서 기어이 한 줄기 눈물이 흐르더니, 여인이 두 팔을 활짝 벌리며 외쳤다.

"가슴이 저미도록 고운 광경입니다. 너무나 황홀해서 애틋할 지경입니다."

의자는 여인이 흘린 눈물의 의미가 무엇인지 짐작했으나 당황스럽기는 마찬가지였다. 이곳 태자암에서 내려다보는 정경을 의자는 자주 즐겼다. 태자암에서 대왕포에 이르는 절벽의 바위는 생김새가 기이하고 꽃과 나무들이 우거져 신비스러운 색채가 그윽했다. 태자암의 솔향을 건드리는 강바람을 안고 절벽을 내려다보노라면 세상 근심이 다 달아났다.

"백제가 이토록 아름다운 곳인 줄 여기서 알게 되었습니다."

바람을 안듯 옆으로 벌렸던 팔을 가슴에 모으며 여인이 앞으로 한 발자국 나섰다.

"멈추시오. 위험하오."

의자가 여인의 팔을 붙들었다. 자신도 모르게 억세게 쥐었다가 여인의 눈동자와 마주치자 팔을 놓았다. 그제야 여인은 꿈에서 깨어난 듯 발아래 푸른 물을 내려다보고 뒤로 한 걸음 물러났다. 주인과 함께 흥분하여 날뛰던 말들이 어느 틈에 얌전해져서 서로 머리를 맞대고 있었다.

"사신의 이름이?"

"가라은이라 합니다."

"아, 그랬지, 가라은."

길들이지 않은 말과 같은 여인이었다. 백제의 왕족과 귀족 여인에게서 보던 음전한 태도와 달리, 남의 시선을 의식하지 않는 천진함이 어린아이 같았다.

"고구려의 산천이 더 장엄하다 들었소만."

그 말에 가라은이 두 손을 꼭 쥐며 말했다.

"그렇습니다. 고구려의 왕성강(지금의 대동강)은 위엄 있고도 절도가 넘치지요. 굽이치는 강가에 내려놓은 누각들은 날아갈 듯하고요. 하지만 이곳 백제의 강변이 더 아기자기하고 다정합니다."

의자는 궁에서 사신과 독대하면서 사신을 자세히 살피지는 않았다. 보장왕이 보낸 서신을 재차 읽으며 다른 속뜻은 없는지, 사신을 보낼 일이 없는데 사신을 보낸 숨은 뜻이 있는지만 살폈다. 태자암에 마주 서서 여인을 보자 성충의 말대로 천하절색인 데다 고구려인이라 그런지 여인네라도 보통 활달한 성품이 아닌 듯싶었다.

경개를 바라보는 풍류까지 갖춘 여인이라니, 의자는 불쑥 여인에게 호기심이 생겼다.

"무술에도 능하다고 들었소."

의자의 말에 가라은은 붉은 입술을 크게 벌리고 웃었다. 하얀 이와 선홍빛 잇몸이 절묘하게 조화를 이루었다.

"고구려의 여인들은 누구나 말을 잘 타고 무술에도 능하답니다. 제 이름 가라은은, '빛나는 검은 말'이라는 뜻이에요. 고구려에선 검은 말을 '가라'라고 하지요. 왕족이라 하나 부친과 모친 쪽에 장군이 많이 나와서 저는 사내나 다름없지요."

"사내나 다름없다? 흠하하!"

의자는 긴장이 풀어져 저도 모르게 웃음을 터뜨리고 말았다. 의자는 웃으며 솔직하게 물어보았다.

"빛나는 검은 말이라……. 가라은, 지금 사비성의 많은 이들이 궁금해하는 것이 있소. 왜 고구려에서 예정에 없었던 아리따운 사신을 보냈을까 하고 말이오."

가라은은 그 말에도 거리낌 없이 대답했다.

"제가 전부터 백제와 신라에 가보고 싶어 한 탓이 큽니다. 사신으로서 큰 임무를 띤 걸음도 아니고, 무술을 제법 하니 크게 걱정도 안 되고. 폐하께옵선……, 백제 폐하의 뜻을 잘 받들라는 말씀을 하셨습니다."

백제왕의 뜻을 잘 살피란 말이 무슨 의미일까, 의자는 잠시 생각했다.

"아버지께서 불러서 이르시길, 백제에 가면 천방지축 날뛰지 말고 얌전히 처신하거라, 그 한마디만 하셨지요."

"천방지축? 푸하하! 과연 그러셨겠구려!"

의자는 고개를 뒤로 젖히며 크게 웃었다. 체통도 잊고 배가 아플 정도로 웃었다. 무슨 일인가 하고 내관이 다가와서 슬쩍 분위기를 보고 물러가는 것도 몰랐다.

실컷 웃고 나서 의자는 옆을 보고 웃음을 거두었다. 가라은이 자신을 노려보고 있었다. 눈길이 마주치자 가라은은 새삼 내외를 하듯 얼굴을 한쪽으로 돌리고 말했다.

"송구하옵니다. 폐하 앞에서 제가 언행이 경솔하였습니다."

명랑하던 가라은이 갑자기 예의를 차리며 조심하는 바람에 의자는 자신이 뭔가 잘못한 것인가 멋쩍어졌다. 아무래도 너무 크게 웃어버린 것이 여인의 자존심을 건드린 것 같았다.

"흠흠, 아니오. 그대의 언행이 경솔한 것이 아니라 내가 경솔하였소. 순수한 그대의 모습에 나야말로 체통 없이 굴었나 보오."

가라은은 의자에게 다시 고개를 깊이 숙이더니 돌아서서 말의 고삐를 잡았다.

"이랴! 올라가자!"

말에 오른 가라은은 말고삐를 당겨 쥐고 바위에서 윗길로 올라갔다. 고삐 풀린 말들도 가라은을 따라 오르는데, 백마 한 마리가 바위 끝에서 물을 내려다보고 서서 움직이지 않았다. 가라은이 말에서 내려 달려오더니 백마의 볼기를 때리며 무어라고 소리쳤다.

화가 난 듯 재빠르게 소리치는데 고구려의 토속어인지 무슨 말인지 알아들을 수 없었다. 뾰로통하고 새침한 얼굴을 하고 보란 듯이 일부러 알아들을 수 없는 고구려말을 하는 것 같았다. 의자가 다가가 백마의 고삐를 쥐었다. 백마의 갈기를 쓰다듬으며 큰 눈을 들여다보고 속삭였다.

"백마강이 마음에 드느냐? 너 또한 백마이니, 내 너를 타고 저 물 위를 건너가보고 싶구나."

의자가 고삐를 잡아당기자 백마가 순순히 따라 올라왔다.

가라은이 여전히 뾰로통한 표정으로 도톰한 입술을 내밀며 말했다.

"이 녀석이 주인을 알아보나 봅니다. 명마 중에서도 명마로, 폐하께 바치고자 마지막 조련을 하고 있었습니다."

"그러하오? 참으로 고맙소."

의자는 백마에 훌쩍 올라탔다. 말은 주인을 반기듯 앞발을 살짝 들고 기운 좋게 울더니 곧 오솔길을 달리기 시작했다. 가라은이 흑마를 타고 그 뒤를 따르고 명마들이 줄줄이 뒤이어 달렸다.

성충과 내관들은 말발굽이 일으키는 먼지를 뽀얗게 둘러쓰며 의자와 말의 행렬이 다 지나갈 때까지 고개를 숙이고 서 있었다. 부소산성을 지키는 새 떼가 놀라서 날아올랐다.

금동대향로

추수가 끝난 뒤 의자는 능산에 있는 성왕의 무덤에 제를 올렸다. 황금빛 곡식을 내어준 들판은 잠시 숨을 돌리고 있었다. 먼 들판에서 이삭을 줍는 사람들이 허리를 굽혔다 폈다 하는 것이 보였다. 햇빛과 비와 바람에 순응한 결과를 감사하게 받아들이는 백성들의 모습이 아름다웠다.

왕족들이 다른 능에 제를 올리는 사이, 의자는 왕실의 사찰로 걸음을 옮겼다. 가라은이 그곳에 가 있을 것이었다.

"스님, 이 향로를 자세히 보아도 되겠습니까? 이렇게 크고도 아름다운 향로는 처음 봅니다."

왕의 행차에 맞추어 절에서도 선대왕들에 대한 제를 올린 후였다. 향을 피웠던 금동향로를 가라은이 두 손으로 감싸 안았다.

"어라하의 고조부이신 성왕의 영전에 바치기 위해 증조부이신 위덕왕께서 백제 최고의 장인에게 시켜 만든 것으로, 귀한 보물입니다."

　주지승이 합장을 하고 돌아나가자, 가라은은 부처님 앞에서 향로를 안고 나와 뒤로 물러나 앉았다. 의자가 다가가는 줄도 모르고 가라은은 얼굴이 닿을 듯이 금동향로를 들여다보며 감탄했다.

　"히야!"

　"무얼 그리 보고 계시오?"

　깜짝 놀란 가라은이 자리에서 일어났다. 그 바람에 향로가 옆으로 넘어가 뚜껑이 열렸다. 가라은이 향로를 바로 세우고 뚜껑을 조심스럽게 잡고는 의자 앞에 내밀었다.

　"향로의 뚜껑 맨 위에 있는 봉황을 보니 감탄이 절로 나옵니다. 긴 꼬리와 날개를 젖힌 모양이 고구려의 봉황 문양과 비슷하면서도 참으로 우아합니다. 그 밑에는 작은 산에 온갖 동물이 다 새겨져 있어요. 참선하는 도인도 보이고, 낚시하고 수렵하는 모습도 있어요."

　뚜껑을 내려놓고 향로의 아랫부분을 살피던 가라은이 활짝 웃었다.

　"향로를 받치고 있는 이 용을 보세요. 하늘로 올라갈 것 같은 자태가 고구려 벽화의 용과 비슷합니다."

　무예와 말타기를 즐긴다는 가라은이 의외로 세심하여 의자는 간혹 놀라곤 했다. 성충이 말하길, 가라은은 생각이 깊고 보는 눈이 넓으며 지혜가 순수하다고 했다.

"이 사람들은 무얼 하는 모습인가요?"

뚜껑의 위쪽에 새겨진 사람들을 가라은이 손가락으로 가리키며 물었다.

"그것은 백제의 다섯 가지 악기를 연주하는 사람들이오."

"아, 그렇군요. 이 작은 향로에 음양오행과 부처님의 뜻과 신선, 백제의 모습이 모두 들어 있군요."

"이 금동향로를 만든 경위를 따져보면, 백제와 고구려 그리고 신라의 역사가 그 배경이 된다고 볼 수 있소."

가라은이 의아한 표정으로 의자를 보았다.

"성왕께선 신라와 함께 고구려의 한강 유역을 탈환한 뒤 백제의 역사를 다시 쓰는 기쁨을 느끼셨을 것이오. 100년 만에 한강 유역을 되찾은 것이니 말이오."

"우리 고구려로선 치욕스러운 전투였지요."

"그런데 신라의 진흥왕은 백제를 배신하고 우리의 한강 유역을 빼앗아버렸소. 성왕께선 그 땅을 되찾기 위해 싸우다 관산성 전투에서 전사하신 것이오. 관산성 전투에는 본래 성왕의 아드님이신 위덕왕이 참전하셨는데, 아드님을 위로하러 가던 성왕께서 신라의 매복에 당하여 노비 출신의 장수에게 목이 잘리고 말았다오."

가라은은 성왕의 영전에 바치기 위해 위덕왕이 만든 향로라고 하던 주지의 말이 이해되었다.

"진흥왕은 성왕의 목을 돌려주지 않고 신라 궁궐의 계단에 묻어, 관리들이 그 머리 위를 밟고 가게 하였다오. 지금 성왕의 능에는 목이 없는 몸만 묻혀 있소. 신라의 김춘추는 자신의 딸이 대야성에서 죽은 것으로 백제에 원한이 깊다 하나, 성왕의 머리도 돌려받지 못한 원한을 우리 백성들이 잊을 수 있겠소?"

가라은은 향로를 뚫어질 듯 바라보는 의자의 검은 눈썹이 꿈틀거리는 것을 보았다.

"그래서 어라하께선, 성왕께서 이루지 못한 사비의 영광을 재현한다는 짐을 스스로 짊어지셨군요."

의자가 가라은을 돌아보았다. 가라은의 눈빛은 의자의 속내를 들여다보고, 그 너머에 있는 것까지 보려고 했다.

그래서 당신의 눈빛은 무겁고, 자주 우수가 깃들고, 먼 앞날을 내다보는 듯도 하였군요.

가라은의 눈은 그렇게 말하고 있었다. 그 말과 눈빛이 위로가 되어 의자의 마음을 적셨다. 오롯이 자신을 이해해주는 사람, 말없이 자신의 마음을 알아주는 사람 같았다.

그러나 의자는 향로로 눈길을 떨어뜨리며 물었다.

"그래, 거기 새긴 내용들이 고구려와 비교하면 어떠하오?"

가라은은 다시 향로를 바라보며 살며시 웃음을 머금었다.

"고구려는 활달한 기상이 돋보이고 백제는 세심하고 우아한 듯하지만, 비슷한 면도 많습니다. 사람 사는 모습이 다르지 않고 공경하는 생각이 다르지 않기 때문이겠지요. 고구려의 온조께서 내려와 백제를 세우셨으니, 결국 그 뿌리가 하나이기 때문이겠지요?"

가라은의 음성은 의자의 지나간 세월과 현재를 관통하는 듯 분명했다. 그러다 갑자기 가라은이 얼굴에 화색을 띠며 말했다.

"성 안에서 군사들이 훈련을 한다고 들었습니다. 실력이 뛰어난 군사를 뽑아 상을 준다던데, 저도 참관하고 싶습니다."

가라은의 막무가내인 듯하면서도 질서정연한 열정이 의자는 내심 부러웠다.

의자는 가라은과 함께 말을 몰았다. 군사들의 훈련이 끝난 뒤 실력이 뛰어난 군사에게 상을 주는 자리에 참석할 계획이었으나, 가라은과 함께 훈련장으로 향했다.

병관좌평 흥수가 상석에 앉아 있다가 왕을 보고 황급히 일어나 예를 갖추었다. 훈련은 거의 막바지에 이르고 있었다.

"말을 탄 채로 표창술과 투궁술을 보이고 있습니다."

의자가 넌지시 보니 가라은은 흥분한 얼굴로 군사들을 바라보고 있었다.

군사들이 나와 각자 뛰어난 기술을 하나씩 선택하여 표창술과 투궁술을 여러 자세로 선보였다. 그때 말을 타고 달리며 창던지기 시범을 보이던 한 병사가 그만 말에서 떨어지고 말았다. 가라은이 자리에서 벌떡 일어나 병관좌평에게 급히 갔다.

"제가 대신 말에 올라 창던지기와 활쏘기 시범을 폐하께 보여 드려도 되겠습니까? 고구려와 백제 무술의 차이를 조금이나마 보여드리고 싶습니다."

왕이 고개를 끄덕이는 것을 본 후 흥수가 승낙했다.

가라은은 휘파람 소리로 자신의 흑마를 불렀다. 그러고는 활을 등에 메고 손에 창을 들고 달려온 흑마 위로 뛰어올랐다. 몸을 앞으로 숙이고 질주하던 가라은이 잠시 속도를 줄이는가 싶더니 창을 던졌다. 창은 정확하게 과녁의 한가운데에 꽂혔다. 가라은이 달려가 그 창을 뽑더니, 동그라미를 그리듯 한 바퀴 돈 후 다시 던져 과녁의 정중앙을 맞추었다. 지켜보던 군사들이 환호를 지르며 박수를 쳤다.

가라은은 활을 겨눈 채 말을 달렸다. 속도를 줄이지 않고 달려오더니 몸을 옆으로 돌려 화살을 날렸다. 흑마는 한 바퀴 돌아 제자리로 와서 앞발을 쳐들었다. 그때 가라은이 다시 화살을 날렸다. 연거푸 화살 다섯 개를 날려 모두 명중시켰다. 흥수가 감탄하며 박수 치는 것을 보고 의자는 미소를 지었다.

"어떠한가?"

의자가 조용히 묻자 흥수가 고개를 숙이고 말했다.

"말과 하나 되어 창을 던지고 활을 쏘는 실력이 뛰어날 뿐 아니라, 움직임에 전혀 거칠 것이 없습니다. 보기 드문 실력입니다."

말에서 내린 가라은이 의자를 보고 활짝 웃으며 다가왔다. 뺨이 상기되어 복숭앗빛으로 물들어 있었다. 가쁜 숨소리에서 푸른 향이 느껴졌다. 의자는 자기도 모르게 일어나 다가온 가라은에게 두 손을 내밀 뻗했다.

"실력이 출중하시오."

칭찬의 말을 하며 의자는 누군가에게 마음을 쓰고 있다는 사실에 자신도 놀랐다. 흥수가 가라은의 탁월한 실력을 칭송하며 말타기와 활쏘기에 대해 이야기를 나누었다. 가라은은 고구려의 다양한 활의 종류를 설명하며 의자의 마음을 또 한 번 흔들었다. 흥수는 그런 가라은을 바라보는 의자의 표정을 살피고는 슬쩍 웃음을 흘렸다.

며칠 뒤 정전에서 회의를 마칠 무렵, 흥수가 조심스럽게 입을 열었다.

"어라하, 고구려 사신이 온 지 몇 달이 지났습니다. 성품이 활달하고 너그러우며, 무술에도 능하고 고구려를 잘 아는 왕족입니다. 가까이 두시면 어라하께도 득이 될 것이고, 고구려와의 관계를 도모하는 데도 큰 힘이 될 것입니다."

흥수의 말에 사택가의 좌평들이 반감을 표했다.

"가까이 두라니, 그게 무슨 뜻이오? 사신을 후비로라도 삼자는 말씀인 게요?"

성충도 의자의 표정을 살핀 뒤 공손히 말했다.

"어라하, 양국이 서로에게 힘이 될 수 있도록 혼인관계를 맺는 것은 어떠하옵니까? 먼 선대왕 때부터……."

그러자 사택가 측에서 목소리가 높아졌다.

"고구려국의 사위가 되면 우리가 고구려와 대등한 관계를 유지할 수 있겠소이까? 오히려 저 도도한 연개소문이 무리한 요구라도 해오면 어찌하오?"

의자의 머릿속은 정돈되지 않은 생각들이 거칠게 얽혀 있었다.

"설사 혼인을 하더라도 고구려가 우위를 점할 수 없을 것이오. 허나 나는 그럴 생각이 없으니 더 이상 논하지 마시오."

의자는 자리에서 나와 부소산성에 올랐다.

가라은은 천방지축의 검은 말 같은 처자가 아니었다. 가라은을 알면 알수록 의자는 자신이 흔들리고 있음을 알았다. 자신도 알 수 없는 감정에 다가드는 것이 불을 향해 달려드는 불나방의 처지가 되는 것인지 두렵기도 했다. 가라은은 자신을 드러내는 데 가식이 없으면서 품위를 잃지 않았다. 의자는 간혹 자신을 바라보는 가라은의 눈길이 그윽하게 변했다는 것을 느끼기도 했다.

해가 지고 있었다. 송월루에는 일찌감치 달이 뽀얗게 몸을 내놓고 있었다.

언젠가 가라은이 해가 지는 왕성강에 대해 이야기한 적이 있었다. 낮에 거울처럼 하늘을 비추던 강이 해질 무렵이면 하늘보다 먼저 뜨겁게 물들어 보는 이의 가슴을 뛰게 한다고 했던가. 그 물 가운데로 노를 저어 가면 세상 부러운 것이 없다고 했던가. 그 래서, 같이 왕성강에서 지는 해를 바라보고 싶다고 대꾸를 했던 가 말았던가.

의자는 문득 자신이 가라은을 기다리고 있음을 알았다. 해질 무렵이면 자주 송월루에 오르는 가라은이었다.

"어라하, 어두워지기 전에 내려가시옵소서."

내관이 조용히 아뢰었다.

산성을 다 내려와 중궁에 들 무렵, 짙은 남보랏빛 하늘이 처마 끝에 내려앉았다. 내관이 망설이다가 의자에게 다가와 은밀히 말했다.

"어라하, 사신께서, 사신께서 왕비전에 불려가셨다 하옵니다."

"왕비가 사신을 왜 불렀단 말인가?"

내관이 입술을 달싹거리다가 말하지 못하고 고개를 숙였다.

"사신관으로 가세."

가라은은 잎을 떨어뜨린 나무 아래 서 있었다. 내관이 고하려 고 했으나 의자가 내관들을 물리고 헛기침을 했다. 돌아보는 가 라은의 얼굴이 수심에 젖어 있었다.

"왕비전에 다녀왔다 들었소."

왕비가 무어라 하였소, 그렇게 묻는다면 오히려 그녀의 상처 를 건드리는 것인가? 가라은은 의자의 눈을 잠시 살피다 눈길을 떨어뜨렸다. 무언가 말을 다 하지 못하고 숨기는 표정이 가라은의 몸짓에 배어 있었다.

"왕비께서……, 어라하께 접근하는 것이 고구려 왕궁의 뜻이냐고 물으셨습니다."

좌평들 사이에서 후비 이야기가 나온 것이 왕비의 귀에 들어간 모양이었다. 의자는 자신이 가라은을 곤란하게 만든 것만 같아 미안했다.

"왕비는 나라를 걱정하여 그리 물어본 것일게요."

"예. 어라하께서 저를 받아들이시면 고구려와의 관계에서 힘들어질 것이라 염려하셨습니다."

가라은은 눈을 내리깔고 말하다가 얼굴을 들어 의자를 그윽하게 보았다. 마치 모든 것을 감수할 수 있다는 다짐을 보이는 듯했다.

"어라하께서 정전에서 좌평들에게 말씀하셨다고 들었습니다. 그 일에 별다른 마음을 갖지 않으신다고요. 그래서……, 저 역시 마찬가지라 아뢰었습니다."

의자는 자신이 비겁하다는 생각이 들었다. 자신의 마음은 마치 새들이 물가를 찾듯 가라은에게 옮겨가고 있었다. 이것이 끝끝내 접어두어야 할 일인가? 의자는 고개를 저었다.

"어라하, 이제 제가 고구려로 돌아갈 때가 된 것 같습니다."

"아니 되오!"

쫓기듯 무겁게 말해놓고 의자는 심호흡을 했다. 답답하던 입을 열어 의자는 짐짓 단호하게 말했다.

"계백을 만나 백제신검을 보기로 하지 않았소? 고구려 사신이 참석한다고 했으니 예를 갖추어 준비하고 있을 것이오."

말해놓고 보니 핑계를 대고 있는 자신이 우스꽝스러웠다. 의자는 심호흡을 하며 자신의 가슴이 막힌 것이 아니라 무섭게 뛰고 있다는 사실을 깨달았다.

"가지 마시오. 그대를 통해 고구려를 좀 더 알고 싶소. 그리고 내 마음도 솔직하게 더듬어보고 싶소."

가라은은 의자를 가만히 쳐다보았다. 망설임의 눈빛이 의자의 마음을 슬프게 했다. 의자는 자신의 마음이 오래전부터 가라은에게 가 있었음을 깨달았다.

"헛된 것들이 그대와 나 사이를 가로막고 있었소. 아무것도 아닌 것 때문에 그대를 애써 외면해왔으니 참으로 비겁했소."

의자는 가라은의 손을 잡았다. 보드라운 손이 가늘게 떨고 있었다.

"그대만큼 나를 이해하고 위로하는 여인이 없었소. 시간을 가지고 우리의 앞날을 생각해볼 수 있을 것이오."

꺼져가던 불씨가 살아나듯 가라은의 눈빛이 맑게 타올랐다. 가라은이 천천히 입을 떼며 눈을 내리깔았다.

"하오나 지금은……."

"가지 마시오."

다시 의자를 바라보는 가라은의 눈빛이 믿음으로 단단해졌다.

"사신으로 온 길은 사신으로 돌아가겠습니다. 그리고 어라하의 진심이 변하지 않으신다면 곧……. 어라하의 마음이 확실하다면, 어라하의 여인이 되기 위해 다시 오겠습니다."

의자는 가라은을 끌어안고 싶었지만 참았다. 멀찍이 서 있던 내관이 다가와 흥수와 성충이 뵙기를 청한다고 아뢰었다. 의자는 가라은의 손을 놓아주고 걸음을 돌렸다. 가라은을 너무 쉽게 놓아버리는 것이 아닌가. 그 생각이 의자의 마음에 파도가 되어 몰려왔다.

억새꽃

여운이 댓잎차를 따라주었다. 가늘고 흰 손에 붉은 손톱은 영락없는 여인의 것이나, 마디가 굵고 손바닥에 굳은살이 박인 것이 오랫동안 무술을 단련한 흔적이 보였다. 복신은 여운의 얼굴을 힐끔 보았다. 갸름한 얼굴에 턱이 뾰족하고 눈코입이 정갈하게 가느다란 것이 사내의 정을 돋우는 애틋한 면이 있었다. 백제 신검에 대해 이야기하는 계백을 바라보는 여운의 눈엔 감출 수 없는 연모가 엿보였다.

"그런데 계백, 자네는 왜 혼인을 하지 않나?"

불쑥 묻는 복신의 말에 여운이 놀라 찻주전자의 뚜껑을 떨어뜨릴 뻔했다.

"고향에 집안에서 정한 배필이 있다고 들었네만, 따로 마음에 둔 여인이 있나?"

복신의 말에 계백은 그저 헛웃음을 보일 뿐이었다. 여운이 나가자 복신이 목소리를 낮추어 말했다.

"여운이 자네를 보는 눈이 예사롭지 않네. 자네도 혹시 마음에 두고 있나?"

"아닐세."

계백은 웃었지만 강하게 부정하지 않는 것이 그답지 않았다.

"고구려에서 온 사신이 무술에 능하고 백제신검에 관심이 많네. 작년에 와서 백제의 여기저기를 돌아보았는데, 이번에 고구려에 돌아간다네. 그 사신이 진작부터 자네를 보고 싶어 했으나, 어라하께서 자네를 방해하고 싶지 않다고 하셔서 미루고 있었네. 이번에 황매도량 이야기를 듣고 어라하께서 황매도량에서 자네를 보길 원하시네."

얼마 전, 백제 장군 은상이 이끄는 군대가 석토에서 신라의 성을 빼앗고 진격하다가 김유신의 군대를 만나 후퇴하던 중이었다. 이 소식을 들은 황매도량의 젊은이들이 가세하여 신라군을 물리쳐 성을 빼앗기지 않을 수 있었다.

"은상이 황매도량의 젊은이들 몇몇에게 덕솔 관직을 내리고 싶다고 청을 올렸네."

계백은 고개를 끄덕였다. 도량의 젊은이들 중 누구라도 능력이 되어 관직에 나가고 싶어 하면 말리지 않았다.

다음 날 의자와 가라은은 황매도량으로 향했다. 두 사람은 백마와 흑마에 나란히 앉아 서로 눈길을 주고받았다. 대화를 나눌 때 가라은은 막힘이 없는 소녀였고, 때론 절대 경지를 꿈꾸는 구도자가 되어 의자의 생각을 잡아주었다.

"백제는 가을도 따스합니다. 고구려는 벌써 추워지고 있을 거예요."

그 말에 의자는 가라은을 잡지 않은 일이 후회되었다. 자신의 곁에 두고 따뜻한 겨울을 나게 해주고 싶었는데, 여염의 사내처럼 단순하게 여인을 취할 수가 없었다. 황매도량에 들렀다가 대야성에 하루 머무른 후, 가라은은 고구려로 바로 떠날 것이었다.

유난히 억새가 많은 길이었다. 허리만큼 오는 억새들이 바람을 가르는 나지막한 소리를 냈다. 호젓한 길을 돌자 소나무 숲이 나타났다. 푸른 소나무는 가을바람을 풋풋하고도 청량하게 만들었다. 허리가 휜 노송 아래에 계백이 흰 도복 차림으로 서 있었다. 큰 키에 우람한 어깨는 위엄 있는 장수이고, 말간 얼굴은 신선의 형상이었다.

"어라하!"

계백이 무릎을 꿇었다. 저이가 계백 장군입니까, 하는 표정으로 가라은이 의자를 보았다. 계백을 알기 전인데도 그를 바라보는 가라은의 눈빛에 경외감이 엿보였다.

복신과 은성, 대야성의 성주가 황매도량에 이미 도착해서 왕의 행차를 기다리고 있었다. 왕이 참관하는 백제신검 시범회라

흰 도복을 입고 대열을 갖춘 젊은이들의 표정에 긴장감이 흘렀다. 상석에는 사비성에서 온 왕과 가라은, 복신과 은성, 대야성주가 앉아 있었다. 황매도량과 무진도량에서 실력이 출중한 젊은이들만 모여 백제신검의 무술을 차례로 선보였다.

의자는 가라은의 표정을 자주 살폈다. 가라은의 맑은 눈이 어느 때보다 빠르게 움직이고 있었다.

"무예도 출중하나, 무예에 담긴 훌륭한 정신이 무사들의 행동에서 드러납니다. 용기가 있되 서두르지 않고, 방어를 하되 공격에 허점을 보이지 않습니다. 백제의 정신이 제대로 깃든 무예로 보입니다."

가라은의 칭송에 의자는 흐뭇했다. 공손히 듣고 있던 계백이 말했다.

"신, 고구려의 용맹한 개마무사 이야기를 간혹 들었습니다. 철갑으로 온몸을 두른 장수의 위용은 적들로 하여금 보기만 해도 오금이 저리게 한다고 들었습니다."

개마무사를 언급하자 가라은은 더욱 화색을 띠었다.

"북쪽의 오랑캐들과 싸울 때 개마무사들이 선봉에 서서 용맹을 떨치지요. 개마무사는 우리 고구려의 자랑이고 힘입니다. 그에 비해 백제신검은 방어 위주의 자기 수련이 그 기초가 되므로 무사들 개개인의 수련에는 더 적절하지 않겠습니까?"

두 사람의 이야기를 듣던 의자는 매우 흡족했다.

"음, 진즉에 사신에게 백제신검을 보여줄 걸 그랬소. 고구려의 무술과 비교하여 연마에 도움이 되게 할 건데 말이오."

의자는 석토를 함락한 은성을 치하하고, 은성과 함께 공을 세운 젊은이 세 명을 덕솔로 임명했다. 가라은은 고구려의 활쏘기와 말타기 시범을 보였고, 계백과 여운을 비롯한 장수들은 그 솜씨에 감탄했다. 의자는 백제에서의 마지막 날 가라은이 제 능력을 마음껏 발휘할 수 있는 기회를 준 것이 만족스러웠다.

날이 저물기 전에 의자 일행은 인근의 대야성으로 향할 준비를 했다. 가라은이 말을 대기시켜놓고 오는데, 여운이 소나무 숲 아래쪽 억새풀 속에 서 있었다. 억새는 바람의 결을 흉내 내며 흔들리고, 하늘은 태양의 붉은 기운으로 타들어가고 있었다.

"황매도량의 억새는 부드럽고도 강해 보입니다. 밤이 되면 별들이 억새 위로 쏟아지겠군요."

가라은이 다가가자 여운이 억새를 한 움큼 꺾어 들고 돌아보았다. 무술 시범을 보일 때의 날카롭고 서늘한 표정이 아니었다. 여운은 억새꽃 한 다발을 품에 안고 누군가에게 건네주고 싶은 마음에 잔뜩 부풀어 있었다.

"사신께서 보여주신 무예에 크게 감탄했습니다."

여운이 고개를 숙이며 말했다.

"그대야말로 무술 실력이 뛰어난 여장부이더니, 억새를 안은 모양은 그저 마음 여린 여인이군요."

가라은은 손으로 바람을 타고 있는 억새를 어루만졌다. 메마른 가슴에 자국을 남기듯, 억새는 첫 촉감은 부드러워도 곧 흩어질 듯 위태로웠다.

"계백 장군은 도량의 무사들이 모두 존경할 만한 위인이더군요. 장군을 쳐다보는 그대의 눈길에 사모의 정이 듬뿍 담겨 있더이다."

가라은이 장난스럽게 웃자 여운은 당황하여 고개를 숙였다.

"계백 장군도 그 마음을 아시나요?"

가라은의 직설적인 표현에 여운은 얼굴이 붉어졌다. 오히려 여인끼리 마음을 읽고 쉽게 통하는 것 같아 서로에 대한 거리감이 금세 좁혀졌다.

"어찌 제가 그런 말을……."

가라은이 쓸쓸한 미소를 보였다.

"나처럼 멀리 떠나야 할 남의 나라 사람도 아닌데 왜 말을 못하세요? 나중에 후회하지 말고 정인에게 말하세요."

돌아서는 가라은의 팔을 여운이 붙들었다. 가슴에 한 아름 안고 있던 억새다발을 가라은에게 내밀었다.

"사신께 드리려고 꺾었습니다."

수줍게 말하는 여운이 고마워 가라은은 그 손을 가볍게 잡았다가 놓았다.

"봄의 꽃들보다 억새꽃이 더욱 애틋하네요."

계백이 멀리서 무심한 표정으로 그 모습을 지켜보았다. 여운은 혼자 서서 흔들리는 억새꽃을 손으로 쓰다듬었다. 계백도 손으로 억새꽃을 꺾었다. 부드럽게 몸을 눕히며 바람과 함께 우는 억새꽃이 문득 애처로웠다.

억새가 사각거리는 소리에 여운이 돌아보았다. 계백이 어느 틈엔가 등 뒤에 와 있었다.

"대야성으로 갈 준비를 하지 않고 무얼 하느냐?"

그러면서 계백은 억새꽃 한 줄기를 내밀었다. 여운이 깜짝 놀라 두 손으로 공손히 받아 들었다. 멀어져가는 계백의 등을 바라보았다. 붉은 해를 눈에 담은 여운의 눈가가 뜨거워졌다.

대야성주가 앞장서고 왕을 모신 일행이 대야성으로 향했다. 좁은 길로 접어들어 일행이 두 줄로 늘어섰을 때였다. 의자가 탄 백마가 갑자기 앞다리를 들더니 빠르게 달리기 시작했다.

"조심하세요!"

가라은이 소리치며 뒤따르는 계백을 돌아보았다.

그때 화살이 날아와 여운이 탄 말을 맞혔다. 화살이 빗발같이 날아오기 시작했다. 모두 말에서 내리고 은성 장군이 방패를 든 군사들과 함께 좌우를 막았다. 계백과 여운, 가라은이 등에 멘 활을 내려 화살을 날렸다. 숲에서 날아오던 화살이 뜸해지자 계백은 칼을 뽑고 나섰다. 여운에게 가라은을 보호하라고 했지만 가라은은 가만있지 않았다. 복신과 대야성 군사들은 왕을 호위했다.

도망치는 적들은 십수 명은 되어 보였다. 낭떠러지 앞에 이른 적들은 대부분 물에 뛰어내렸다. 가라은이 그들을 향해 나아가는데, 갑자기 복면을 한 자들이 칼을 들고 나타나 가라은을 둘러쌌다. 여운이 달려가는 사이 적들이 가라은에게 그물을 던졌다. 가라은이 칼을 휘둘렀으나 그물은 쉽게 벗겨지지 않았다. 적들이 가라은에게 칼을 겨누었다.

"이자를 데려가겠다."

순간, 화살이 날아와 가라은에게 칼을 겨눈 자에게 명중했다. 연달아 화살이 날아와 복면을 한 다른 사내를 쓰러뜨렸다. 계백이 쏜 화살이었다. 여운이 달려들어 가라은을 감싼 그물을 벗겨내었다.

가라은과 여운은 곧 복면한 자들을 쫓기 시작했다. 가라은이 품에서 단검을 꺼내 던졌다. 단검을 맞은 사내가 낭떠러지 아래로 떨어졌다. 주변을 수색했으나 적의 흔적은 더 이상 보이지 않았다. 일행은 서둘러 대야성으로 향했다.

"석토에서 당한 신라군의 잔당인가 봅니다. 그런데 놈들이 사신을 겨냥한 것이 수상합니다. 사신을 끌고 가려고 덫까지 놓았으니, 이는 분명 알고 노린 것입니다. 만약 고구려 사신인 것을 알고 노린 것이라면 배후가 있을 것입니다. 고구려와의 관계를 악화시키려는 신라의 음모일 수 있습니다."

"만약 그렇다면, 어라하와 사신께서 대야성에서 밤을 새고 내일 출발하실 거라는 걸 짐작하고 있을지 모릅니다."

고구려 사신인 줄 알고 노린 것이라면 큰일이었다. 저들이 대야성을 공격할 계획을 세우고 있는지도 몰랐고, 사신을 노린다면 고구려로 돌아가기 전 또다시 위험이 따를 수도 있었다.

"새벽에 일찍 대야성을 나가는 것이 좋겠습니다. 변경의 역관에 전령을 보내겠습니다."

복신의 말에 의자가 고개를 끄덕였다.

의자는 가라은을 위로한 후 방으로 들었으나 잠을 이룰 수가 없었다. 가라은이 고구려 사신이라 마음대로 품을 수도 없고, 적들의 공격까지 받아야 하다니. 가라은과 자신의 운명이 야속했다. 가라은을 보내려니 가슴이 타들어가는 것 같았다. 의자는 궁에서 따라온 내관과 호위무사만 불러 조용히 가라은의 처소를 찾았다. 내관이 가라은의 처소를 지키는 궁인들을 멀찌감치 물렀다.

왕이 찾아왔다고 내관이 고하자, 방 안에서 당황한 기색이 보였다.

"어, 어라하!"

가라은이 불을 더 밝히려고 했지만 의자가 만류했다. 가라은은 달빛 아래 흔들리는 억새꽃 모양으로 서 있었다.

"그대를 이리 보내고 나면 내 평생을 후회할 듯하오."

한 줄기 바람에 억새가 흔들렸다. 억새꽃은 흔들리고 떨리는 몸으로 의자에게 다가왔다.

"돌아오겠습니다."

가지 말아야 할 사람이 돌아온다는 약조를 하고 가려는 것이었다. 의자가 가라은 앞으로 한 걸음 다가섰다. 가라은은 숨을 한번 몰아쉴 뿐 의자의 눈길을 피하지 않았다.

그동안 수많은 밤, 의자의 마음은 가라은을 찾고 싶었다. 의자의 눈이 급한 듯 가라은의 얼굴을 더듬었다. 가라은은 처음 만났던 그날처럼 눈가에 눈물이 고여 있었다.

"그대와 나 사이에는 부질없는 일들이 벽으로 가로놓였소. 오늘 밤 그 벽을 내 손으로 걷어내겠소."

허락하지 않았던 시간들에 대한 안타까움으로 의자는 가라은을 와락 끌어안았다. 가라은은 가벼운 억새꽃이 되어 의자의 품에 떨어졌다.

의자의 손길이 닿자 가식을 벗은 살결이 가늘게 떨렸다. 맨 어깨에서 가슴으로 굽이치는 머리카락을 의자가 어루만졌다. 싱그러운 머리카락이 의자의 손 안에서 꿈틀거렸다.

가라은이 하얀 맨살을 드러냈다. 의자는 그 살결을 소중히 어루만지며 미지의 세계로 들어가는 환희를 느꼈다. 세상에는 아무것도 없고 오직 벗은 두 사람만 있었다. 마음껏 탐하고 온전히 서로를 위해 자신을 내주었다. 부드러운 살결이 녹아 자신을 감싸 흐르는 것을 느끼며 의자는 깊이깊이 사랑했다. 그 사랑으로 가라온은 길들이지 않은 말이 되었다. 검은 머리채를 흔들며 거침없는 흑마가 되어 억새꽃 환한 길을 내달렸다. 의자는 흑마에게 모든 것을 내맡겼다. 아득한 세계를 향해 달려가는 흑마의 말발굽 소리를 따라 심장도 거침없이 뛰고 있었다.

새벽녘에야 의자는 옷을 입었다. 자신에게 안긴 채로 잠이 든 가라온의 검은 머리를 쓰다듬었다. 의자는 문득 생각난 듯, 머리에 꽂힌 뒤꽂이를 뽑아 가라온의 머리에 꽂아주었다.

국경으로 가는 길

대야성주가 마차를 두 대 준비했다. 고구려와의 국경으로 가는 길은 두 갈래가 있었다. 복신은 그 양쪽으로 마차를 각각 보내자고 했다. 두 대의 마차 중 어느 쪽에 가라온이 탔는지는 복신과 의자만이 알고 있었다.

계백이 마차 한 대를 호위하여 먼저 출발했다. 은성 장군은 혹시나 신라군이 대야성을 공격할 것에 대비하여 성에 남기로 했다. 계백은 갑옷을 입고 군사들을 대동하여 국경으로 향했다. 바람 소리만 달라져도 계백은 가마를 멈추고 주위를 살폈다.

국경이 멀리 보이기 시작할 때였다. 새벽바람의 기운이 갑자기 달라졌나 싶었다. 서리 내린 수풀에서 쇠붙이의 냄새가 비릿했다. 계백이 칼을 뽑아 들자 사방에서 적들이 달려 나왔다. 횃불을 올렸으나 어둠 속에서 적의 수를 정확하게 가늠하기 힘들었다. 계백이 앞장서 나가 칼을 휘둘렀다.

계백은 살생을 원하지 않았다. 아버지는 달솔 관직의 장군이었으나 전장에서 다친 후 오랫동안 병마에 시달렸다. 적들에게 이름을 떨친 용맹스러운 장군은 병약해져서 자신의 칼에 스러진 혼들이 괴롭힌다며 고통스러워했다. 계백은 장수가 되어 적을 죽이고 공을 세우는 것보다 무술을 연마하며 마음을 단련하는 생활을 즐겼다. 때로는 칼을 들어 적을 베는 것이 피할 수 없는 길이라면 칼을 들어야 했다. 무고한 생명이 당하는 것을 보고 가만히 있을 수 없는 것이 정의요 순리라 여겼다.

계백의 칼은 적을 거침없이 베어 쓰러뜨렸다. 칼에서 피가 흐르고 갑옷에 피가 튀었다. 발아래 죽어가는 적의 몸뚱이가 밟혔다.

"횃불을 밝혀라!"

다행히 아군의 피해는 크지 않았다. 부상자들을 다독거려 가마를 호위했다. 문득, 가마 안이 너무 조용하다는 생각이 들었다.

"사신께선 괜찮으십니까?"

안에서 대답이 없었다.

"가마를 열겠습니다."

복신이 국경 앞의 역원에 당도하면 가마를 열어보라고 말했지만, 적의 공격을 받은 후이니 확인이 필요했다. 계백이 가마를 열었다. 가마는 비어 있었는데, 애초부터 빈 가마였음을 계백은 알아차렸다.

"여운!"

계백은 저도 모르게 여운의 이름을 부르며 검은 눈썹을 떨었다. 그러고는 급히 말을 돌려 북쪽 길로 향했다.

그 시각 여운은 다른 길로 국경을 향하고 있었다. 새벽별이 서서히 스러져갈 무렵, 길옆으로 흐르는 냇물 소리가 청아했다. 차가운 물 냄새가 머릿속을 시리게 했다.

갑자기 냇가 쪽에서 돌 구르는 소리가 났다. 발자국 소리가 크게 들리더니 칼을 든 적군이 여운 앞에 나타났다.

"가마를 호위하라!"

여운은 가마에 붙어 서서 칼을 휘둘렀다. 횃불을 올리고 군사들이 맞서 싸웠으나 적군의 수가 생각보다 많았다.

여운은 전투에 참여하여 적을 베는 것이 세 번째였다. 아버지와 함께 나선 첫 번째 전투에서 신라군에게 아버지를 잃었다. 계백을 따라 대야성을 지키러 출전했을 때, 여운은 자신의 칼에 적들의 목숨이 한순간 스러지는 것을 목도했다. 전장에서 생명이 죽어나가고, 내가 살기 위해 사람을 죽여야 한다는 사실이 두렵고도 허무했다. 살생을 원하지 않으나 이것 또한 길이라면 따라야 한다! 계백이 한 말이었다. 가마를 지키라는 것은 계백의 명령이고, 계백의 말은 목숨과도 같았다. 적이 사방에서 가마를 향해 모여들었다. 여운은 정신을 집중해서 적의 공격을 막았다. 같이 싸우던 아군들이 하나둘 쓰러져갔다.

여운은 펄쩍 뛰어 가마에 올라섰다. 적의 칼이 종아리를 베었다. 순간 비틀거렸으나 다시 적을 베었다. 서너 명 남은 아군이 적에게 둘러싸였다. 적의 칼날이 여운의 갑옷 아래 옆구리를 스쳤다. 여운은 가마에서 굴러떨어졌다. 적이 가마의 문을 열려고 하는 순간, 안에서 문이 세게 젖혀지며 검이 튀어나왔다. 가라은이 칼을 들고 가마 밖으로 나왔다.

"위험합니다. 안에 계십시오!"

여운이 외쳤지만 가라은은 적을 정확하게 찔러 쓰러뜨렸다. 여운의 옆구리에서 피가 흐르는 것을 본 가라은은 여운을 보호하며 싸웠다. 가라은은 바람처럼 빠르고 거침없이 움직였다. 자기편이 하나둘 쓰러지자 적들이 등을 돌리고 도망치기 시작했다. 그들을 뒤쫓던 여운이 허리를 꺾고 쓰러졌다.

"괜찮으시오?"

가라은은 적을 뒤쫓기보다 여운을 돌보아야 한다고 생각했다. 여운을 부축하려는 순간, 숨어 있던 적이 튀어나와 칼을 휘둘렀다. 가라은은 여운을 감싸 안고 몸을 굴렀다. 몸을 일으키며 적을 향해 칼을 날리는데 등이 섬뜩했다. 긴 칼날이 뜨겁게 살을 긁고 지나갔다.

"사신!"

여운이 몸을 일으키며 가라은에게 다가가는데 적들이 여운에게 칼을 겨누었다. 가라은의 등에선 피가 흐르고 있었다.

"이미 부상을 입었으니 싸우기 힘들 것이다. 칼을 거두어라."

여운을 겨눈 적이 가라은에게 소리쳤다. 바람 같던 가라은의 움직임이 둔해졌다. 등에서 피가 흐르는 가라은을 적들이 둘러 쌌다.

"사신, 저는 괜찮으니 괘념치 마십시오."

여운이 소리치자 적군이 여운의 목에 칼을 바짝 들이댔다.

"이자를 살리고 싶으면 칼을 버리고 우리를 따르라."

적이 가라은을 협박했으나 가라은은 몸을 돌리며 그들의 포위를 뚫고 나왔다. 또 다른 적이 여운을 찌르려는 것을 보고 가라은이 칼을 던졌다. 적의 등에 칼이 꽂혔다. 그러나 가라은은 이제 맨손이었다.

"순순히 칼을 버리면 피를 보지 않았을 것을!"

분노한 적이 가라은을 향해 칼을 쳐들었다.

그때 달려오는 말발굽 소리와 함께 바람을 가르는 날카로운 소리가 들렸다. 화살이 날아와 가라은을 향해 칼을 든 적의 심장에 꽂혔다. 계백이 쏜 화살이었다.

계백의 말이 날아오르듯 달려왔다. 가라은은 칼을 주워 들고 여운을 보았다. 여운이 적장을 밀치고 칼을 들었으나, 적의 칼이 먼저 빠르게 들어왔다. 적장의 칼이 여운의 배를 스치는 순간 계백이 적장의 목을 베었다.

"여운! 괜찮으냐?"

계백이 한 팔로 여운을 안은 채 적의 칼을 받아쳤다. 여운은 자신이 계백에게 걸림돌이 되지 않도록 그를 밀어내고 칼을 잡았다. 계백의 군사들이 뒤따라왔다.

"여운을 보호하라!"

계백의 외침에 군사들이 여운을 엄호했다. 계백은 가라은과 등을 맞대고 서서 적들에게 호령했다.

"배후가 누구냐? 감히 누구 앞이라고 길을 막는 것이냐?"

적들은 마지막 힘을 다해 휘몰아치듯 공격했다. 계백이 오른쪽을 맡으면 가라은이 왼쪽을 맡고, 계백이 위를 막으면 가라은은 아래쪽을 막았다. 등을 맞대고 있던 두 사람이 한순간 멀어졌을 때였다.

"멈추시오!"

처음 듣는 목소리였다. 적군이 여운의 목에 칼을 겨누고 있었다. 계백은 칼을 들고 여운의 곁으로 다가갔지만, 적군이 한 번더 소리쳤다.

"벨 것이니 멈추시오!"

계백은 멈춰 섰다. 그때 뒤에서 가라은의 목소리가 들렸다. 혼자 여러 명을 막아내던 가라은도 적장과 맞서다가 칼을 놓친 것이었다. 적장의 칼이 가라은의 심장을 겨누고 있었다.

"사신을 살리고 싶으면 칼을 버려라!"

계백이 가운데에 서 있고 열 걸음 앞에는 여운이, 열 걸음 뒤에는 가라은이 적에게 붙들려 있었다. 칼을 버리면 사신을 살리지 못한다. 계백은 여운을 쳐다보았다. 둘을 동시에 구하는 것은 어려울 수 있었다. 여운과 가라은, 둘 중 누구를 먼저 구해야 하는가는 명백했다. 그 사실이 계백의 가슴을 아프게 찔렀다.

"장군, 저는 개의치 마시고 사신을 구하십시오."

계백은 칼을 든 손을 내리면서 여운에게 한 걸음 다가갔다.

아, 여운. 나를 바쳐 너를 구하고 싶다. 그러나!

계백은 여운을 향하다가 갑자기 뒤로 돌며 왼쪽 허리에 차고 있던 단검을 날렸다. 단검이 가라은을 겨눈 적장의 가슴에 꽂히는 순간, 몸을 돌려 여운을 향했다. 적의 칼이 여운을 겨냥했다. 계백이 몸을 날리며 칼을 던졌다. 계백의 칼이 적장의 배에 꽂히는 순간, 적장의 칼이 여운의 가슴을 그었다.

"여운!"

계백은 칼을 들어 적장의 목을 베고 쓰러지는 여운의 몸을 안았다. 여운의 가슴에서 피가 끓어올랐다. 가라은이 달려와 옷을 찢어 피가 솟는 여운의 가슴을 틀어막았다.

"여운! 정신 차려라."

계백은 한 손으로 여운의 어깨를 안고, 다른 손으로 피가 흐르는 여운의 가슴을 누르며 소리쳤다. 가라은은 다시 옷을 찢어 피가 덜 흐르도록 여운의 몸을 묶었다.

여운은 숨을 몰아쉬며 계백을 올려다보았다. 새벽별이 여운의 눈에 떨어졌다.

"장군……."

여운은 숨을 몰아쉬며 웃고 있었다. 부상을 입은 군사들이 말고삐를 쥐고 모여들었다.

"말을 탈 수 있겠느냐? 너희들이 여운을 데려가야겠다. 부상이 심하니 가마에 태워 가도록 해라."

조금만 더 가면 역원이 있었다. 고구려 측에서 역원으로 사신을 마중 나올 것이었다. 가라은을 안전히 보내고 말을 돌려 달리면 여운을 따라잡을 수 있으리라 생각했다. 그러나 여운이 계백의 옷자락을 잡아당기며 간절히 말했다.

"장군, 싫습니다. 장군 곁에 있고 싶어요. 장군 곁에서……."

여운은 계백 곁에서 죽음을 맞이하고 싶었다. 그의 품에서 죽을 수 있다면 그것이 행복이라 생각한 적이 있었다.

"장군, 여운을 데리고 속히 돌아가세요. 국경이 가까우니 저 혼자 갈 수 있습니다."

"안 됩니다. 제가 사신을 직접 호위하여 안전하게 국경을 넘도록 모셔야 합니다. 그것이 어라하의 명이고……, 여운의 뜻이기도 합니다."

계백은 자신의 말에 여운을 함께 태웠다. 한 손으로 말고삐를 쥐고 다른 손으로 앞에 앉힌 여운을 안았다. 가라은은 군사들의 호위를 받으며 앞서 달렸다.

역원 입구에 다다르자 고구려인들이 마중 나와서 깃발을 흔들고 있는 것이 보였다.

"이제 빨리 돌아가 여운을……."

계백에게 다급히 말하던 가라은이 말을 맺지 못했다. 계백의
품에서 여운이 축 늘어졌다.

"여운, 죽으면 안 된다!"

여운이 눈을 뜨고 계백을 바라보았다. 여운은 힘을 다하듯 손
을 들어 계백의 얼굴을 만졌다. 계백이 그 손을 꼭 쥐었다.

"장군……, 제 마음을……."

여운의 몸이 부르르 떨렸다. 계백이 그 눈을 깊이 들여다보며
말했다.

"네 마음을 잘 안다. 나의 마음도 너와 같았거늘……."

여운이 평화로운 미소를 보였다.

많은 것을 같이 나누고자 했지만 억새꽃 하나가 전부였다. 너
를 구하지 못한 나를 용서하지 말거라.

무예를 닦은 후부터 성정을 차분히 하여 감정의 소용돌이에
휘말린 적이 없건만, 계백은 지금 참혹한 슬픔 앞에 무너져 내렸
다. 그 마음을 아는 듯, 여운의 눈길이 계백의 얼굴에 간절하게
매달렸다.

괴로워하지도, 후회하지도 마소서. 당신의 괴로움이 제겐 큰
슬픔입니다. 저는 이제 저 나무들 속으로 돌아갈 뿐입니다. 당신
이 숨을 쉴 때마다, 말을 할 때마다, 저는 무진도량의 나무들 사

이에서, 허공을 떠도는 바람결에서 당신을 느낄 것입니다.

계백을 바라보던 여운의 눈이 스르륵 감겼다.

"여운!"

계백은 그 얼굴을 감싸 쥐고 굵은 눈물을 흘렸다. 흐르는 냇물이 차갑게 울어댔다. 가라은도 입술을 깨물고 어깨를 들썩이며 돌아섰다.

가라은을 보낸 후 계백은 여운을 안고 대야성으로 돌아왔다. 사신을 위험에 빠뜨린 죄를 고하며 왕 앞에 무릎을 꿇었다. 그러나 의자는 계백의 손을 잡아 일으켜주며 눈가가 촉촉해졌다.

"가라은을 구하느라 여운을 잃었으니, 내가 그대에게 큰 빚을 졌소."

"사신을 구하는 일이 여운의 뜻이었습니다."

계백의 목소리는 묵직하고도 당당했으나, 그 속에 깃든 슬픔까지 밀쳐낼 순 없었다.

의자는 여운을 각별히 생각한 계백의 마음을 헤아려 여운에게 덕솔 관직을 내리고 장례를 후하게 치르도록 했다. 계백이 고개를 숙이고 말했다.

"어라하의 뜻은 감사하오나, 무사의 죽음에 화려한 장례와 관직은 어울리지 않습니다. 여운 역시 그것을 바라지 않을 것입니다."

계백은 갑옷을 벗어놓은 뒤 마차에 여운을 싣고 무진도량으로 돌아갔다. 흰옷을 입고 어깨를 늘어뜨린 그의 뒷모습을 바라보는 의자의 눈이 충혈되어 있었다.

좌평 임자

신라의 진덕여왕이 운명했다.

김유신은 지난 선덕여왕 시절 비담의 무리가 반란을 일으켜 왕이 결국 운명했던 것을 들어 왕궁을 장악했다. 국상으로 혼란한 틈을 노려 불측한 무리들이 일어나지 않도록 군사권을 강화한다는 명분이었다. 진덕여왕이 후사를 남기지 않아 성골 출신으로 왕위를 이을 왕족이 없었다. 귀족들은 상대등인 알천을 왕위에 추천했으나, 김유신의 압박으로 알천은 왕위를 양보할 수밖에 없었다. 654년, 김춘추가 신라 제29대 왕위에 올랐다.

"내 아들 인문이 몇 년째 당나라에 있지 않소. 장자 법민을 태자로 책봉하여 당나라에 보내서 백제를 공격할 준비를 해야겠소"

김춘추는 왕위에 오르자마자 백제 공격을 도모하려 했다. 하지만 김유신은 더욱 치밀하게 준비해야 한다며 김춘추를 설득했다.

"백제는 지금 어느 때보다 강성합니다. 만약 우리가 먼저 공격했다 고구려가 지원군을 보낸다면 역풍을 맞을 수 있습니다. 일단은 백제 내부에 분열이 일어나도록 우리가 상황을 만들어야 합니다. 신이 오래전부터 준비를 해왔으니 폐하께선 당나라와의 외교에 더 치중하시기 바랍니다."

김춘추가 깊은 생각에 잠겼다가 유신을 다시 보았다.

"고구려와 백제가 강성하다 하여 우리 신라는 늘 불안했소. 선덕여왕과 진덕여왕 시절, 백제의 공격을 받으며 생각했소. 그들로부터 나라를 지키는 방법은, 결국 우리가 고구려와 백제를 치고 합하는 방법밖에 없소."

유신의 눈이 예리하게 빛나며 많은 뜻을 품은 표정이 살아났다.

"폐하의 생각이 곧 천명임을 공표하십시오. 우리 신라가 비록 늦게 시작하였으되 고구려나 백제보다 강성할 것입니다. 저들을 쳐서 이 땅을 통일하는 것이 이제 신라의 꿈이 되어야 합니다. 폐하께서는 이미 그것을 위해 당과의 외교에 공을 들이신 것이 아닙니까?"

김춘추가 천천히 고개를 끄덕였다.

"당을 끌어들여 저들을 제압할 수밖에 없소. 오랑캐를 끌어들이느냐고 하겠지만, 국경을 침략하는 백제와 고구려가 당장 우리에겐 가장 위험한 오랑캐라고 봐야 하오. 허나, 당나라는 백제와 고구려보다 훨씬 음흉하고 믿을 수 없는 나라인 것은 분명하오."

"그러니 나중에는 당을 이 땅에서 몰아내기 위해 또 피를 흘려야 할 것입니다. 폐하께선 저들의 손을 공손하게 잡으시되, 저는 전장에서 저들을 물리칠 준비를 함께 하겠습니다. 지금 소신이 백제의 내부를 흔들기 위해 준비를 하고 있습니다."

김유신은 장한산성(지금의 아차산성) 밑에 부대를 가지고 있었다. 장한산은 그야말로 험난한 운명을 안고 있는 땅이었다. 장한산성은 본래 백제의 아도산성이었으나, 후에 고구려에 빼앗겨 고구려 산성이 되었다가, 신라가 한강 유역을 차지하면서 신라의 땅이 되었다. 그 땅에 사는 사람들은 백제 유민이었다가, 다시 고구려인이었다가, 지금은 신라 백성이었다.

장한산성 안에는 국경을 넘어가 백제와 고구려의 정세를 파악하고 오는 이들이 있었다. 유신이 기르는 비밀스러운 군사들 중 무술이 뛰어나고 지리에도 밝은 이들이 그 역할을 맡았다.

보이는 전쟁만으로는 부족하다. 사비성 안에서 우릴 도와줄 사람이 필요해. 그것만 준비되면 백제를 쳐도 승리할 수 있다.

유신은 가보지 못한 사비성을 생각하며 눈을 감았다.

사비성. 새잎이 돋아나는 봄의 연못가에 왕비가 서 있었다. 꽃은 스스로 피었다가 지고, 연두는 절로 빛을 만들고 빛났다. 봄이 와 들판은 생기를 품었지만, 생은 더욱 허망하고 고단했다. 이를 악물고 세월을 버텨도 왕은 왕비를 찾지 않았다. 왕이 후비의 처소를 몇 번 다녀갔다고는 하나, 왕의 마음이 후비에게 있는 것도 아니었다. 후비의 아들 풍을 왜국으로 보내려고 후비를 설득하기 위함이었다. 왕의 마음은 잡을 수 없는 것을 잡으려 하고 있었다.

사택 가문의 내정간섭에서 벗어나 왕권을 강화하겠다는 뜻을 따랐던 왕비였다. 그런데 왕은 태자 자리도 왕비 소생의 효가 아닌 장자 융에게 넘기고 자신을 뒷방 늙은이 취급하려는 듯했다.

그럴 수는 없지. 내가 아직 죽지 않았음을 보여주겠어.

왕비에게는 충복이 필요했다. 사택 가문이 아니라 왕이 경계하지 않을 인물로, 젊고도 권력욕이 있는 자를 골랐다. 집안은 힘이 없지만 능력이 뛰어나 중신들이 탐내는 인물이 있었다. 왕비는 그가 좌평 자리에 오르도록 힘을 쏟았다.

좌평 임자가 북궁의 후원으로 불려 왔다. 왕비는 돌아서 등을 보이고 물을 향해 서 있었다. 연꽃무늬가 수놓인 남빛 저고리 아래 흰 치마가 바람에 날렸다. 긴 목까지 늘어진 금귀걸이가 빛을 받아 반짝거렸다. 빛을 등지고 돌아보는 왕비의 표정은 서늘했다.

"왕비마마의 은혜로 과분한 직책을 받았으니 그 은혜가 하해와 같습니다."

임자가 허리를 숙이고 인사했다. 왕비는 빠르게 임자의 태도를 살폈다. 눈길을 꺾지 않고 왕비를 쳐다보는 것이, 자존심 세고 남 앞에 쉽게 고개를 꺾지 않는 인물이었다. 찢어진 눈은 영리해 보이고, 매끈한 콧날 아래 얇은 입술은 신의가 없어 보였다.

"숙부이신 내신좌평께서 몇 사람을 천거하였소만, 그대가 가장 믿음직스러웠소."

신의가 없는 사람은 자기에게 이롭기만 하다면 무슨 짓이든 다 하는 법이었다.

"왕비라 하나 의지할 만한 사람이 없는데, 그대가 내 사람이 되어준다면 천군만마를 얻는 것과 같겠소."

왕비는 임자를 똑바로 보지 않고 눈을 가늘게 내리뜨며 말했다. 범접할 수 없는 고고함과 함께 말만 잘 들으면 무엇이든 내주겠다는 강렬한 유혹이 느껴지는 말투였다.

"소신 왕비마마를 위해 견마지로를 다하는 것으로 은혜를 갚겠나이다."

임자는 왕비가 자신에게서 무엇을 원하는지 알고 있었다. 무슨 소식을 가장 먼저 듣고 싶어 하는지도.

"고구려에서는 그 사신을 다시 보내지 않을 것입니다. 사신을 위험에 빠뜨린 일로 인해 고구려에서 다시 후비를 사신으로 보내는 일은 없을 것이라 합니다."

왕비가 비스듬히 임자를 쳐다보았다.

"어라하께선 왕위에 오른 김춘추가 우리를 먼저 공격하기 전에, 고구려와 함께 신라의 북쪽 성들을 치실 계획이라 합니다."

흥. 고구려와의 관계를 도모하기보다는 그 여인을 찾고자 함이겠지.

왕비는 영악한 임자가 마음에 들었다. 코웃음을 치며 고개를 돌려 연못을 바라보았다. 물에 떨어진 햇빛이 은빛으로 부서지기도 하고 하얗게 모이기도 했다.

"또한……."

임자는 한 발자국 가까이 다가와 속삭이듯 말했다.

"태자께선 생각보다 병이 깊으신 듯합니다. 태자비께서 매일 정림사에 들러 부처님께 태자의 쾌유를 빈다고 하옵니다."

왕비는 그 말에 멈칫했다. 임자가 자신의 속내를 지나치게 잘 파악하고 있다는 생각이 들었다. 왕비는 양미간을 찌푸리며 짐짓 근엄한 표정으로 임자를 보았다.

"어라하께서 대군을 이끌고 전쟁터에 나가야 할 판국에 태자가 건강하지 못하면 어라하의 근심만 키우겠지."

바람이 연못을 건너와 왕비의 치마폭에 숨어들었다.

"어쨌거나, 그대가 나의 힘이 되어야 하오."

왕비에게선 시들지 않은 매화꽃 향기가 났다. 꽃잎은 절정을 지났지만 향기만은 지지 않은 듯했다. 임자는 감히 왕비를 올려다보지 못하고 고개를 숙였다.

얼마 후, 다시 고구려에 갔던 성충이 돌아왔다. 임자의 보고에 따르면, 성충이 연개소문에게 적극 요청하여 신라를 공격할 날을 잡았다고 했다. 성충은 왕이 사택 가문을 배척하고 최측근으로 들인 인물이었다. 그는 담대하여 겁이 없었고, 왕의 뜻을 실천에 옮기는 데 거침이 없었다.

성충이 회의장에 들어서자 내관 한 명이 다가와 은밀히 말했다.

"왕비마마께오서 좌평 어른을 따로 뵙기를 바라십니다. 회의를 마친 후 북궁에 들러주십시오."

성충이 한쪽 눈을 찡그리며 말했다.

"왕족이 기거하는 북궁에 한 번도 발을 들인 적이 없거늘, 어인 일로 왕비마마께서 부르신단 말인가?"

내관이 다소 당황한 듯 말했다.

"고구려에 다녀오신 것을 치하하실 뜻인 줄 압니다."

성충이 고개를 끄덕이며 웃었다. 오른쪽 입술이 올라가고 한쪽 뺨의 근육이 바르르 떨리며 눈이 일그러졌다.

"깊은 뜻은 감사하오나 회의가 길어질 것이네. 또한 내가 피로하면 한쪽 얼굴이 더욱 불편해지는데, 보다시피 여독으로 몰골이 이러하네. 이 얼굴로 감히 왕비마마를 뵈올 수 없으니, 여독이 풀리면 차후에 뵙겠네. 용서해주십사 전하게."

성충은 더 이상 내관의 말을 듣지 않고 회의실로 들어가버렸다. 내관의 보고를 들은 왕비는 코웃음을 치더니 혼잣말을 했다.

"좌평이 그 얼굴로 고구려에 다녀온 것을 보면 참으로 대단하긴 하지."

한참 생각하던 왕비가 다시 내관에게 일렀다.

"천정전 회의가 끝나기를 기다렸다가 임자에게 흥수와 같이 나에게 오라고 전하라."

병관좌평 흥수 역시 대쪽 같은 위인이었다. 왕의 뜻을 한발 앞서 실천하는 성충과 달리, 흥수는 명석한 책사인 동시에 왕에게 자주 간언하는 인물이었다. 흥수를 따로 부르면 그 역시 의아해 할지 모르나, 임자와 함께 부른다면 별로 의문을 품지 않을 것이었다.

"왕비마마, 병관좌평 흥수와 위사좌평 임자 들었나이다."

매부리코 아래로 수염을 길게 기른 흥수가 근엄한 표정으로 왕비에게 예를 갖추었다.

"오, 좌평. 막중한 임무를 띠고 바쁘실 텐데 이리 찾아주어서 고맙소."

흥수를 바라보는 왕비의 눈에 그에 대한 절대적 신뢰가 엿보였다.

"태자님과 왕자님의 출전을 앞두고 걱정이 많으시다 하여 들렀습니다."

왕비의 부름에 의아해하는 흥수에게 임자가 그렇게 핑계를 댄 것이었다.

"그러하오. 태자는 몸이 약하여 이번에 출전하지 않았으면 싶지만, 어라하께서 나서시는데 태자를 붙들어두기도 힘들지 않겠소. 또한 내 아들 효는 전장에 나가 공을 세우려는 의욕이 앞서 더욱 불안하오. 하여 이번 출전이 얼마나 길어질지, 어라하께서 직접 군대를 이끄실지 궁금하고 불안하나, 어라하께 여쭙기는 죄송하여 그대를 보자 했소."

왕비는 자신의 마음을 알아달라는 듯 간절한 목소리였다. 임자는 그런 왕비의 얼굴을 훔쳐보았다. 도도하고 쌀쌀맞고 그 누구도 눈치채지 못한 애처로움을 간직한 왕비였다. 그런데 흥수를 보는 지금, 왕비는 옆에 임자가 있다는 사실도 잊은 듯했다. 흥수야 인품이 강직하고 전장 경험이 많아 조정의 대신들이 함부로 하지 못하는 위인이긴 했다. 하지만 흥수를 바라보는 왕비의 눈길에 어쩐지 질투심이 이는 것을 임자 자신도 어쩔 수 없었다.

"고구려의 왕이 출전하지 않는 전장에 굳이 어라하께서 출전하실 필요는 없을 듯합니다. 다만, 백제 땅으로 원정을 오는 그들에 대한 예의상, 처음에는 어라하께서 출전하실지도 모릅니다. 태자마마와 효 왕자님은 좌우에 달솔들을 붙여 보좌하게 할 것이니 크게 염려치 마시옵소서. 전장의 상황에 따라 작전이 바뀔 터라 지금은 그 외에는 달리 드릴 말씀이 없습니다."

"그 말을 들으니 안심이 되오."

흥수의 말에 왕비는 크게 고개를 끄덕였다.

"그리고……, 숙부께서 이번에 좌평직에서 물러나실 생각이시오. 지금 내 주변에는 사택가의 사람이 없소. 하여, 숙부께서 물러나시며 내 아버님을 그 자리에 천거할까 하는데 어찌 생각하시오?"

홍수가 그 말에 멈칫했다. 사택지적. 왕비의 부친인 사택지적은 백제 최고의 재력가이자 권력가였다. 의자가 왕위에 올라 사택가를 견제하자 스스로 관직에서 물러나 있었다. 방바닥을 내려다보며 숨을 죽이고 있던 홍수가 고개를 들고 웃으며 말했다.

"제가 어찌 감히 그 일에 대해 말하겠습니까? 여러 중신들과 어라하께서 결정하실 일이지요."

"좌평께서도 그 결정에 참여하실 분이니……."

"저는 신라와의 전투 말고는 별로 관심이 없는 늙은이입니다. 굳이 제게 물으신다면, 저는 어라하의 뜻을 따를 작정입니다."

왕비의 말을 단호히 자르는 홍수를 보고 임자는 주춤했다. 왕의 총애를 받는 대신이라 하나 왕비 앞에서 무엄한 언행이었다. 그럼에도 왕비는 미소를 잃지 않았다.

"내, 좌평의 성품을 잘 알지요. 그 일이 불가하다 싶으면 지금 내 앞에서 절대 안 된다고 말씀하실 위인이지요."

그러자 홍수가 고개를 숙이며 보일 듯 말 듯 미소를 지었다.

"죽을 날이 다 돼가는 늙은이에게 무슨 기백이 남았겠습니까?"

"내 아버님께서 좌평이 되시면 잘 부탁드립니다."

그 말에 홍수는 대답하지 않았다.

왕비는 고구려 사신에 대한 일을 묻고 싶었으나 입 밖에 내진 못했다. 홍수와 임자가 물러갈 때까지 왕비는 임자에게 눈길 한 번 주지 않았다.

왕비의 처소에서 나와 북궁 문을 나설 때, 홍수가 임자에게 말했다.

"자네 조부를 잘 알지. 비록 장사를 하셨으나 지략이 깊고 앞날을 내다보는 안목이 있으셨지. 그래서 자네의 부친도 관직에 오르고, 자네는 좌평까지 된 것이 아닌가?"

홍수의 눈이 임자의 속마음을 꿰뚫어보듯 날카로웠다. 귀족 출신이 아니라는 자신의 신분을 조롱하려는 것인가 싶어 임자는 큰 숨을 들이마시고 반격할 태세를 갖추었다.

"책상에 앉아서 공맹만 읽은 대신들보다 자네가 안목이 넓고 세상 물정도 밝으니 이해득실도 빨리 알아차리겠지. 허나!"

홍수가 걱정스럽다는 표정을 지었다.

"실리만 따지다가 한순간 길을 잃고 낭패를 당하기 쉽지. 좌평이란 충 앞에 목숨을 버려야 하는 자리지만, 목숨을 바치는 것 역시 충분한 계산을 해야겠지."

대답을 못 하는 임자를 두고 홍수는 돌아섰다. 홍수의 마지막 말을 되씹었으나 무슨 뜻인지 정확히 알 수 없었다. 좌평이란 먼저 나라만 생각해야 한다는 뜻인가? 성급히 이해를 따지다가는 목숨을 내놓아야 할 것이라는 충고인가? 자신이 왕비의 권력에 빌붙어 이익을 취하고자 하는 것처럼 보인다는 조롱인가?

임자는 궁을 나와 귀족 가문들의 거리를 지나쳤다. 조부는 거상巨商이었으나 부친이 관직에 오른 후 오히려 집안은 세를 잃었다. 다행히 임자는 사서삼경을 일찍 통달하여 시와 글에 능했다. 자신의 힘으로 집안을 일으키겠다는 열의로 관직에 오르고 좌평이 되었다. 하지만 흥수 같은 대신들은 은근히 자신을 깔보는 것이 분명했다.

임자는 집에 들렀다가 관복을 갈아입은 뒤 매화정으로 향했다. 관리들이 드나드는 고급스러운 주막이었다. 복사꽃이 내려다보이는 정자에 앉으려다 임자는 홀로 방에 들었다.

흥수가 한 말을 되씹으며 술잔을 채웠다. 자신은 쳐다보지도 않던 왕비가 서운했다. 자신을 충복으로 신임하겠노라고 했지만, 왕비 역시 자신보다 흥수를 존중하고 있었다. 왕비는 매화 향기를 닮은 여인이었다. 감히 다가갈 수 없지만 우아하고도 애틋한 표정에 임자는 매료되었다. 어린 시절 일찍 돌아가신 어머니, 첫정을 주었으나 요절한 여인. 그들에게서 풀지 못한 사랑이 임자의 가슴을 천천히 적셔왔다. 임자는 사내의 가슴으로 왕비를 위로하고 품어보고 싶었다.

하오나 왕비마마, 제가 앞으로 마마의 유일한 힘이 될 터이니 두고 보소서.

술을 입에 털어 넣을 때였다. 문밖에서 나지막이 고하는 소리가 들렸다.

"좌평 어른, 감히 뵙기를 청합니다."

매화정에는 두어 번 혼자 와서 술을 마셨을 뿐, 주모와 아랫것들에게 자신이 좌평이란 말을 한 적이 없었다. 묵직한 남자의 목소리였다. 잠시 망설이던 임자가 조용히 말했다.

"누군지 모르나 사람을 잘못 보았소."

그러자 문밖에서 더욱 신중한 목소리가 들렸다.

"위사좌평 임자 어른인 줄 알아뵈었습니다."

임자는 술잔을 내려놓고 문을 노려보았다. 전혀 짐작이 가지 않는 목소리일 뿐 아니라 억양도 생소했다.

"들게."

귀족인 듯한 복장을 한 키 큰 남자가 들어서서 인사를 올렸다.

"초면인 듯싶은데 나를 어찌 아는가?"

"소인은 전국을 돌며 장사하는 명개라고 합니다. 특히 귀한 특산물을 구입하여 다른 나라에 팔기도 하지요. 하여 그 점을 좌평 어른과 의논하고 싶어서 뵙자 하였습니다."

명개의 말투는 조심하는 듯하지만 다소 투박하고 억양이 남달랐다. 그는 품속에서 조그만 상자를 꺼내 임자 앞에 내밀었다.

"이것이 무엇인가? 관리가 뇌물을 받으면 그 몇 배의 죄를 받게 되는 줄 알고 있는가?"

"물건을 선보이려는 것이니 노여워 마시고 봐주십시오."

임자가 상자의 뚜껑을 열자 서늘한 기운이 뿜어져 나왔다. 상자 안에는 잿빛 얼룩무늬가 있는 동그란 것이 거북이 등껍질처럼 앉아 있었다.

"이것이 무엇인가?"

"차가운 기운이 감돌지 않습니까? 이것은 용피龍皮라 하는 것인데, 신라의 바다에서만 나는 귀한 물건입지요. 더운 여름날 이 용피를 방에 두면 서늘한 기운이 퍼져 더위를 피할 수 있습니다."

"신라의 것이라니? 어떻게 들여온 것인가?"

명개는 임자에게 다가앉으며 목소리를 낮추었다.

"제가 목숨을 내놓고 드리는 말씀이니, 혹여 제 부탁을 거절하시더라도 비밀은 지켜주십시오."

"그러지. 약조하겠네."

"제가 신라에 직접 가서 가져온 것입니다."

간혹 장사하는 사람들이 국경을 넘는단 말을 들은 적이 있으나, 이토록 귀한 물건을 사서 백제와 신라를 넘나들며 장사를 하다니. 임자는 의심의 눈초리를 거두지 않았다.

"우리 백제의 물건으로는 황칠이 유명하지요. 백제의 섬 몇 군데에서만 나는 황칠은 백제에서도 귀한 물건입니다. 그런데 이 황칠을 신라인들이 더 좋아한답니다. 신라의 귀족들은 집 안에 온통 금색 칠을 한다지 않습니까."

"내게 그 이야기를 하는 연유가 무엇인가?"

"저희 같은 장사치들이 국경을 자유롭게 드나들 수 있도록 좌평 어른께서 도와주십시오. 좌평 어른의 조부님께서 한때 이름난 거상이셨기에, 아마도 이런 장사의 흐름을 잘 이해해주실 것이라 생각했습니다."

내가 공명을 본받은 귀족 집안이 아니라, 장사꾼 집안 출신이어서 나에게 가져왔단 말인가? 잇속을 위해 마음대로 국경을 넘나드는 것을 눈감아달란 말인가? 임자는 성내에서 흥수가 자신을 얕잡아보며 했던 말을 떠올렸다. 이런 장사치들까지 나를 무시하여 함부로 청탁을 한단 말인가?

임자의 표정이 굳어가는 것을 보지 못한 듯 명개는 웃음을 띠고 말했다.

"게다가 신라를 다녀오면서 좋은 정보를 가져올 때도 있습지요. 좌평 어른께 큰 도움을 드릴 수도 있습니다."

임자가 손바닥으로 상을 내려쳤다.

"신라에서 쓸데없는 정보를 가져오고, 우리 백제의 귀한 정보를 신라에 넘기지 않는다고 어찌 장담할 수 있겠나? 타국과의 교역은 나라에서 관리하고 있거늘, 어찌 함부로 사사로이 신라를 오간단 말인가?"

임자는 낮지만 무거운 음성으로 명개를 몰아세웠다.

"내 애초에 약조했으니 이 일을 문제 삼지 않고 덮어주겠네. 하지만 명개, 자네를 똑똑히 기억해둘 터이니 한 번만 더 이런 일이 있다면 용서치 않겠네."

임자는 자리를 박차고 일어났다. 매화정의 문을 열고 나오면서 명개가 한 말을 떠올렸다. 신라를 다녀와 좋은 정보를 주면 나에게 도움이 될 것이다? 임자는 잠시 머뭇거렸으나 고개를 젓고 걸음을 재촉했다.

명개는 그길로 국경을 넘어 장한산성으로 돌아갔다. 그러고는 유신 앞에 엎드려 좌평 임자에 대해 낱낱이 고했다. 유신은 한참을 듣고 나서 가만히 고개를 끄덕이며 말했다.

"기회를 보아 사람을 시켜 임자의 집으로 용피를 보내거라. 용피를 보면 틀림없이 마음이 흔들릴 게다. 충분한 자리만 보장하면 우리 편으로 만들 수 있는 인물이다. 성충이나 흥수는 목숨보다 신의를 택할 인물이지만, 그자는 잇속이 우선이다."

백제가 고구려와 함께 신라의 북쪽 성들에 대한 공격을 시작한 날, 명개는 임자의 집으로 용피를 보냈다.

장한산성

고구려의 개마무사들이 선두에 나섰다. 철로 된 갑옷으로 온몸을 감싸고, 말에게도 철갑옷을 입힌 부대였다. 손에는 키보다 긴 삭을 들었고, 허리 양편에는 손잡이에 둥근 장식을 한 칼을 차고 있었다. 철로 무장한 개마무사를 처음 본 신라군은 겁에 질려 감히 대적할 엄두를 내지 못했다.

개마무사 왕구루가 선두에 서서 적진으로 말을 달렸다. 긴 삭을 휘두르며 다가가자 신라군은 성 안으로 도망치기 바빴고, 미처 달아나지 못한 군사들은 단칼에 베이고 말았다. 적진을 휘몰아치고 돌아오는 왕구루의 등 뒤에서 화살이 날아왔다. 그러나 화살은 철갑옷을 뚫지 못했다. 왕구루는 어깨에 멘 각궁을 뽑아 들었다. 달리는 말 위에서 몸을 뒤로 돌리고 각궁을 겨눠 화살을 날렸다. 신라군 장수가 가슴에 화살을 맞고 말에서 굴러떨어졌다. 그것을 시작으로 고구려군이 총공격하자, 신라군은 오래 당해내지 못하고 성을 내주고 말았다.

고구려군과 함께 온 말갈족의 장수 걸사지추는 별명이 저승사
자였다. 검은 머리를 길게 땋아 늘어뜨렸는데, 귀밑부터 시작된
검은 수염이 얼굴의 절반을 덮고 있었다. 긴 창과 칼을 휘두르며
말을 타고 달리는 모습이 저승사자를 방불케 했다. 걸사지추가
창에 신라 군사 둘을 꿴 채 괴성을 지르며 달려들자 신라군은 혼
비백산해서 달아났다.

의자는 직접 출전하여 첫 전투에서 대승을 거두었다. 백제군
이 먼저 공격하고 고구려가 지원하는 전법을 펼쳐 신라의 북쪽
성들을 단번에 손에 넣었다. 전략을 나누면서 흥수가 말했다.

"그다음은 장한성입니다. 장한산성을 함락하기는 쉽지 않을
듯합니다. 이 전투부터 어라하께서는 본진을 지키시고 직접 출
전하지 않으시는 게 좋을 것입니다."

"아니, 장한산성만은 내 손으로 직접 접수하고 싶네."

"어라하!"

성충이 옆에서 만류했다. 장한산성은 본래 백제의 아도산성이
었으나 고구려에 빼앗긴 뒤 지금은 신라의 산성이 되어 있었다.
정보에 따르면 김유신이 이 장한산성에 고구려인과 백제인을 가
둬놓고 엄격한 군사훈련을 시킨다고 했다.

"고구려 역시 장한산성을 신라에 빼앗긴 것을 통탄하니, 이번
에는 고구려군을 앞세우는 것이 좋습니다."

성충의 간곡한 만류에 의자는 고개를 끄덕였다.

날이 어두워질 무렵, 전열을 가다듬고 있는데 멀리서 한 떼의 군사들이 달려왔다. 백제군의 옷을 입고 선두에서 말을 타고 달려오는 장수는 처음 보는 이 같았다. 키가 칠 척에 덩치가 우람했으며, 얼굴은 이제 스물대여섯 되어 보이는 젊은 장수였다. 말에서 내린 그가 의자 앞에 무릎을 꿇었다.

"소신 흑치상지, 어라하를 뵙습니다!"

젊었으나 강단이 있는 목소리였다. 의자는 어딘가 낯이 익은 이 젊은 장수를 알아보지 못했다. 그때 흥수가 나서서 아뢰었다.

"계백 수하의 장수, 무진도량의 흑치상지입니다. 계백의 도량에서 군사 천 명을 모아 왔습니다."

의자는 계백이란 말에 반가워 흑치상지의 손을 덥석 잡았다.

"계백의 무진도량에서 무술을 선보일 때 본 적이 있어. 계백이 자네를 보냈나?"

흑치상지는 의자를 한 번 보았다가 황급히 시선을 거두며 우렁차고도 공손하게 대답했다.

"장군께서 저에게, 이번 전투에 고구려군과 말갈군이 오니 백제를 위해 싸우고 싶다면 군사를 내주겠다 하셨습니다."

흥수가 옆에서 조용히 말했다.

"흑치상지는 그 아비가 말갈인으로, 고구려에서 백제로 건너와 혼인하여 흑치상지를 낳았나이다."

"오! 말갈인의 핏줄이 섞였다고?"

그러고 보니 흑치상지는 큰 키에 곱슬머리를 뒤로 묶었는데, 부리부리한 눈과 날카로운 콧날 아래의 두터운 입술이 북방민족의 기상을 보이는 듯했다. 걸사지추가 그 말을 듣고 흑치상지에게 다가왔다.

"나는 말갈족 장수 걸사지추라 하오. 진정 부친이 말갈인이란 말이오? 어디 출신이오?"

흑치상지는 걸사지추란 말에 깜짝 놀라며 머리를 숙였다.

"장군의 존함은 아버님께 들은 적이 있습니다. 제 아버님은 기구 지방 출신입니다."

걸사지추는 껄껄 웃으며 흑치상지의 어깨를 툭툭 쳤다.

"나와 같은 지방에 살았구먼. 이것도 인연인데 잘 싸워보세."

흑치상지와 걸사지추의 인연에 좌중이 잠시 술렁거렸다. 흑치상지가 다시 의자에게 예를 갖추어 말했다.

"계백 장군께서 제게 뛰어난 수군을 뽑아주셨습니다. 강을 건너기 힘들면 밤에 수군을 이용하여 침투할 방법이 있을 것이니, 좌평 흥수 어르신께 고하라 하셨습니다."

"수군! 야심한 시각에 적들이 모르게 수군을 이용하는 방법이 있겠군."

흥수는 장수들을 급히 모아 전략회의를 했다. 의자가 지난날에 대한 감회에 빠진 듯한 표정으로 성충에게 물었다.

"계백은 혼인을 했다지?"

"예. 혼인하여 아들이 있다 하였습니다. 비록 달솔 관직은 받지 않았으나 어라하께서 부르시면 달려올 것인데, 왜 부르지 않으십니까?"

의자는 고개를 저었다.

"계백이 아니면 안 되는 전투가 있다면, 그때는 계백을 부르지."

고구려 사신을 수행하느라 여운을 잃은 계백이었다. 계백은 스스로 자책하며 장수로서 최고의 관직인 달솔직을 사양했으나, 자신의 오른팔인 흑치상지를 보내주었다.

달도 없는 야심한 시각, 어둠이 은밀히 숨을 고르며 짙은 어둠을 키우고 있었다. 칠흑 같은 어둠이 숨을 깊이 참다가 내쉬는 순간, 점점이 불꽃이 떠올랐다. 고구려 장수 왕구루가 선두에 서서 병사들을 지휘하며 장한산성을 향해 불화살을 쏘기 시작했다. 산성 안에서 신라군도 불화살로 맞대응했다. 그러자 왕구루의 군사들은 급히 물러서고, 이번에는 서쪽에서 백제군이 공격을 시도했다.

남문과 서문을 공략하고 있을 때, 흑치상지의 수군은 은밀히 강을 건넜다. 잠영에 능한 군사들을 뽑았기 때문에 성 위에서 대충 보아서는 이상한 조짐을 눈치챌 수 없었다. 어느새 군사의 절반이 강을 헤엄쳐 동문 앞의 수풀 속에 숨었다. 동문을 지키는 신라 군사는 몇 명 되지 않았다.

"소리를 내지 말고 신속히 성 위에 올라야 한다."

흑치상지와 부하 장수가 소리 없이 다가가 성문 앞을 지키는 병사 둘을 해치웠다. 성 위에는 군사 둘이 횃불 앞을 오가고 있었다. 흑치상지는 군사가 없는 쪽으로 다가가 줄을 매단 쇠갈고리를 성벽 위로 집어던졌다. 쇠갈고리가 걸려도 성 위에선 조용했다. 흑치상지와 부하 장수가 줄을 타고 성벽을 올라가 보초를 서는 군사들을 해치웠다. 흑치상지는 성루를 다시 살핀 후 성 아래의 병사들에게 신호를 보냈다. 수풀 속에서 사다리를 든 병사들이 나와 재빨리 성벽을 오르기 시작했다. 건너편에 있던 군사들도 강을 건너와 합세했다. 신라군이 남문과 서문에서 싸우느라 동문을 놓치고 있을 때, 흑치상지의 군사들은 소리 없이 동문을 점령했다.

장한성의 성주는 김유신에게 구원병을 요청했지만, 전령이 걸사지추의 부하에게 붙들려 죽임을 당하고 말았다.

"만약 성이 위험에 빠지면, 성내 낭도들을 먼저 신속하게 대피시켜야 하네."

유신이 전부터 성주에게 당부한 말이었다.

백제와 고구려에서 투항하거나 잡혀와 김유신의 특별훈련을 받은 이들을 신라의 화랑과 동등하다는 뜻으로 낭도라 칭하고 있었지만, 실은 다른 나라로 보낼 첩자들이었다. 성주는 낭도들을 북문의 하수로 입구로 데려갔다.

"이 길을 따라 곧장 서라벌로 달려가 대장군을 뵈어라."

성주의 말에 낭도들의 우두머리 수려가 말했다.

"성이 위태로운데 어찌 저희들을 도망가라 하십니까? 함께 싸우겠습니다!"

"자네들은 대장군께서 특별히 키우신 인재들일세. 대장군께서 이 산성보다 자네들을 더 귀하게 생각하신 뜻을 잊으면 안 되네."

성주의 말에 수려는 낭도들을 이끌고 수로로 내려섰다. 어두운 수로를 따라 나와 산성 쪽을 돌아보니 동문 쪽이 불타고 있었다.

"서라벌로 곧장 향할 것이다. 만에 하나 이탈한 자가 있으면 즉시 죽음이다."

수려는 다시 명개에게 말했다.

"명개만 사비로 가서 임무를 수행하라."

수려는 다짐을 받은 뒤 낭도들을 이끌고 험한 산길로 들어섰다. 어둠 속에서도 그들은 다람쥐처럼 산길을 익숙하게 달렸다. 명개는 반대 방향으로 길을 잡았다. 한참을 달린 명개는 역원에 도착하여 옷을 갈아입고 말에 올랐다. 금 장신구가 든 조그만 보따리를 품은 상인의 행색이었다.

아침이 밝았을 때 장한성 위에는 백제와 고구려의 깃발이 꽂했다. 성충이 의자에게 달려와 보고했다.

"장한산성을 함락했습니다. 그러나 신라 낭도들의 모습은 찾을 수 없었습니다. 그들이 훈련을 한 흔적은 보이는데, 살아남은 신라 군사들 중 낭도로 보이는 자는 없었습니다. 어쩌면 전투 중에 죽었을 가능성도 있습니다."

"그럴 리가 없소. 분명 산성 내에 비밀스러운 군사들이 있다고 했거늘. 그들이 전투에서 그리 쉽게 죽을 리 없소."

의자는 실망감을 감추지 못하였다. 가라은이 고구려로 돌아갈 때 공격했던 신라인들도 분명 장한산성의 군사들이었을 거라 짐작하고 있었다.

"성주는 항복하였나이다. 살려두면 적과 내통할 가능성이 크니 성내의 군사들과 함께 죽여야 한다는 것이 좌평 홍수의 생각입니다."

그러나 의자는 고개를 저었다.

"성주를 살려두면 김유신과 내통할 길을 찾을 것이오. 잘 감시하여 그것을 역이용할 방법을 찾으면 되지 않겠소?"

"하오나, 자칫 큰 화근이 될 수 있습니다."

"그러니 잘 처리하라는 것 아니오? 이미 우리 수중에 들어왔으니 저들도 함부로 하진 못할 것이오. 면밀히 살피는 임무를 좌평에게 맡길 터이니, 성주가 내통하는 길을 찾으시오."

성충은 성주를 죽이는 것이 후환을 없애는 거라고 거듭 고했으나 의자는 듣지 않았다.

　고구려 장군 왕구루와 말갈족 걸사지추, 그리고 흑치상지는 연이어 근처의 성을 함락했다. 신라의 화랑들이 미리 와서 진을 치고 있기도 했지만, 완전무장한 개마무사들이 들이닥치면 화랑도 감히 그들을 감당하지 못했다. 백제군과 고구려군은 그 기세가 꺾이지 않아 출정한 이후 서른 개가 넘는 신라의 성을 함락했다.

　감물성을 함락한 뒤 서라벌 쪽으로 진격하던 백제군은 김유신의 군대와 맞붙었다. 백제군이 산을 넘어가자 이미 유신이 벌판에 진을 치고 있었다. 성충과 흥수는 더 이상 진격하지 않길 바랐지만, 왕구루와 걸사지추가 김유신과 맞붙길 원했다.

　왕구루가 나서서 신라군을 향해 호통을 쳤다. 철갑옷을 입은 왕구루의 모습에 감히 대적하러 나서는 자가 없었다. 그러자 왕구루가 철갑옷을 벗고 갑옷을 입히지 않은 말에 올랐다. 그제야 신라군의 진영에서 한 장수가 호령을 하며 달려 나왔다. 왕구루가 두 손에 칼을 들고 그를 맞았다. 말 위에서 자유자재로 칼을 휘두르는 왕구루의 위엄에 신라 장수는 말을 돌려 달아났다.

　이번에는 걸사지추가 검은 머리를 휘날리며 긴 창을 들고 달려갔다. 신라 진영에서도 덩치가 우람한 장수가 나서서 걸사지추의 창을 막았다. 저승사자라는 별명에 걸맞게 걸사지추가 섬뜩한 힘을 과시하자, 신라 장수는 칼을 놓치고 도망갔다.

　"나는 백제의 장수 흑치상지다. 늙은 호랑이 김유신은 나와서 내 칼을 받아라!"

흑치상지가 겁 없이 호령을 하며 달려 나가자 신라 진영에서 젊은 화랑이 말을 타고 달려왔다. 흑치상지와 몇 합을 겨루던 화랑은 흑치상지의 칼에 목이 떨어졌다. 그러자 다른 화랑이 함성을 지르며 달려와 흑치상지와 겨루었으나 역시 맞수가 되지 못하고 목이 떨어졌다.

"애송이들만 보내지 말고 김유신은 썩 나서라."

신라 진영에서 백마를 탄 유신이 앞으로 나섰다. 젊은 화랑을 둘이나 잃은 신라 진영의 군사들이 들끓고 있는 것이 느껴졌다. 그러나 유신의 표정은 담담했다. 흑치상지를 가만히 보던 유신이 오른팔을 번쩍 들어올렸다.

그러자 신라 진영에서 갑자기 화살이 비 오듯 쏟아졌다. 백제 진영에서 말을 탄 장수들은 황급히 뒤로 물러나고 방패를 든 군사들이 대열을 갖추었으나, 이미 화살을 맞은 군사들이 쓰러지고 있었다. 한바탕 화살 공격으로 주춤하다가 다시 개마무사들이 앞장서서 나아가기 시작했다. 양 진영이 전면전에 돌입해 밀고 당기기를 거듭하는 동안 들판은 피로 물들어갔다. 김유신은 뒤쪽에 서서, 전장을 누비는 흑치상지의 모습을 자세히 보았다.

"흑치상지, 저자는 내 아들과 비슷한 나이로 보이는데 어찌 저리 노련한가?"

처음 보는 흑치상지의 실력에 유신은 놀랐다.

한참 접전을 벌인 양 진영은 북을 울려 군사들을 거두어들였다. 하늘이 핏빛으로 물들며 어두워지고 있었다. 신라는 이미 북쪽의 성들을 모조리 잃어, 이 기세로 백제와 고구려가 밀어붙인다면 서라벌까지 점령당할 것 같은 위태로움을 느끼고 있었다. 그러나 유신은 백마를 타고 나서서 백제군을 향해 호기롭게 큰소리쳤다.

"백제군의 승리는 이제 끝났으니 그만 돌아감이 어떠한가? 곧 당나라에서 지원군이 몰려올 것이니 원정 온 고구려인과 말갈족을 몰살시키기 싫으면 이쯤에서 돌아가도록 하라!"

그러자 고구려 장수 왕구루가 나가 답했다.

"당 태종이 고구려를 치러 왔다가 실패하여 죽은 것을 모르는가? 사악한 당나라 군사까지 만난다면 더욱 싸울 맛이 날 것이다! 신라는 이제 도망갈 데라고는 서라벌밖에 없을 것이다!"

흥수는 급히 장군들을 불러 모았다.

"전령의 소식에 따르면, 당나라 군사들이 남쪽에서 올라오고 있는 중이라 하오. 우리는 이미 만족할 만한 성과를 거두었으니 여기서 물러나야 합니다. 감물성에서 승리한 후 돌아오라는 것이 어라하의 명이었소."

"당나라와는 유감이 많소이다. 맞붙어봅시다. 게다가 신라는 지금 수십 개의 성을 잃어버려 사기가 저하되어 있소."

왕구루가 고집했으나 성충은 고개를 저었다.

"고구려 개마무사들 앞에 거칠 것이 무엇 있겠습니까? 그러나 군사들이 오랜 전투로 지쳐 있고, 차후 당나라와의 관계를 생각할 때 불필요한 싸움을 할 필요는 없습니다. 게다가 당나라까지 끌어들인 김유신에게 다른 꿍꿍이가 있을지도 모르니 여기서 끝내야 합니다."

결국 어둠이 내리는 시각에 맞춰 천천히 군사를 돌렸다. 신라 진영에서는 백제군이 물러나는 걸 눈치채고도 뒤따라와 공격하지 않았다.

"대장군, 승산이 있는 싸움인데 왜 보내주는 것입니까?"

"오늘 싸움에서 승리한다고 해서 잃어버린 성들을 되찾을 수는 없네. 만약 진다면 그야말로 서라벌까지 위태로워질 걸세. 고구려까지 합세하여 우리에게 매우 불리한 전투라네."

"당나라에 지원군을 요청하면 보내줄 것입니다."

그러나 유신은 고개를 저었다.

"지금 당나라와 고구려의 갈등이 깊어지면 우리가 불리하네. 당나라가 고구려를 신경 쓰지 않고 우리를 전폭적으로 지원해서 백제를 총공격하게 해야 해. 말하지 않았나? 이것이 백제의 마지막 승리라고. 신라는 이제 전군이 사활을 걸고 사비로 진격하여 백제를 끝장낼 테니 두고 보게. 지금부터 내 계획대로 할 것이야."

유신은 어둠 속에서 후퇴하는 백제군을 바라보며 이를 악물었다. 당나라에서 지원군이 오고 있다는 말은 거짓이었다. 남쪽의 백성들에게 당나라 군복을 입히고 움직이게 해서 백제 전령의 눈에 띄게 만든 것이었다.

갑자기 김유신이 다급하게 말했다.

"여기서 장한산성까지 하루 만에 갈 수 있나?"

"예, 그러하온데……."

"저들이 사비성으로 돌아가는 시간과 비슷하겠군."

유신이 갑자기 바삐 움직이기 시작했다.

백제군은 고구려군과 함께 신라의 북쪽 성 서른세 개를 함락하는 대승을 거두고 사비로 돌아왔다. 그러나 승리의 기쁨에 빠져 있을 때, 의외의 소식이 날아들었다.

"어라하! 장한산성이 김유신에게 함락되었다 하옵니다."

"뭣이라?"

의자는 고구려군과 말갈족의 장수들에게 축하연을 열어주고 사택지적을 독대하고 있다가 성충의 보고를 들었다.

"성주가 김유신과 내통하여 성내의 백제군을 모조리 죽이고, 백제군으로 가장한 신라군에게 성문을 열어 순식간에……."

"저런! 성주가 신라와 내통할 게 분명하니 잘 지키라 하였거늘!"

분노하는 의자 앞에 성충이 무릎을 꿇었다.

"소신의 불찰이옵니다. 군사들이 사비로 돌아오는 시기에 맞춰 불시에 공격하는 바람에 미처 철저히 준비하지 못하였습니다."

사택지적이 눈을 가늘게 뜨고 성충을 내려다보며 말했다.

"어라하께서 옥좌에 오르신 후 신라의 성을 수십 개씩 함락하면서 단 한 번의 실패도 없었거늘, 어찌 장한산성을 다시 빼앗긴단 말이오? 지난 전투에서 어라하께서 가장 중요하게 생각하신 성이 장한산성이었거늘!"

그 목소리는 낮았으나 비수를 품은 듯한 말투였다.

"적과 내통할 가능성이 있으면 성주와 성내의 군사들을 모조리 죽였어야 하거늘, 어찌 그런 실수를 저질러 어라하의 행적에 오점을 남긴단 말이오?"

의자는 눈썹을 꿈틀거리며 사택지적을 노려보았다. 사택지적은 성충을 나무라는 척하면서 실은 왕의 잘못을 지적하고 있었다. 의자는 숨을 고른 후 침착하게 말했다.

"성충과 흥수는 성주를 죽이고자 했으나, 김유신과 내통하면 그것을 역이용할 뜻으로 내가 살려두라 하였소."

사택지적이 의자 앞에 고개를 숙이며 목소리를 더욱 높였다.

"그러니 더욱 큰 죄를 저지른 것이 아닙니까? 어라하께서 그토록 심려하신 일을 결국 그르치고 말았습니다. 어라하께서 어렵게 회복하신 성을 전투 한 번 치르지 않고 고스란히 내주고 만 꼴이 아닙니까?"

"죽여주시옵소서!"

성충이 엎드려 고개를 들지 못했다.

"대좌평의 말씀이 과하시오. 그만 물러나 좌평회의를 마련하여 대책을 세우시오."

의자가 불쾌한 기색을 보였으나 사택지적은 냉정한 표정을 짓고 자리에서 물러났다. 그길로 사택지적은 왕비의 처소로 향했다.

왕이 신라를 공격하느라 사비성을 자주 비운 사이, 사택지적은 대좌평으로서 입지를 다지고 왕비 역시 신하들과 자주 만났다. 몸이 약한 태자를 몰아내고 자신의 아들인 효를 왕위에 올리고 싶은 욕망으로 사는 왕비였다. 아들 효를 위해 왕비는 부친을 정계의 중심에 내세우고 자신의 입지를 천천히 넓히고 있었다.

"뵐 때마다 여위시는 것 같습니다. 진맥을 받아보시고 옥체를 잘 보존하옵소서."

사택지적은 왕과 독대할 때의 냉정한 표정은 간데없고 애처로이 딸을 바라보았다. 친정 식구들이 멀리 내쳐지는 것을 보고도 분노와 설움을 삼켰던 착한 왕비였지만 왕의 사랑을 받진 못했다. 장한산성의 이야기를 들은 왕비는 씁쓸한 웃음을 보이며 말했다.

"장한산성에서 어라하께서 얻고자 한 것을 찾지 못하고 결국 신라에 돌려주고 말았군요."

사택지적은 딸을 측은하게 바라보았다.

"마음을 굳건히 가지시옵소서. 성충이 그동안 우리 사택가를 견제해왔는데, 곧 장한산성을 잃은 죄를 받을 것입니다. 더 이상 그 일로 마음을 상하지 마십시오."

좌평회의에서 대좌평인 사택지적은 성충의 죄를 물어 좌평직
에서 물러나야 한다고 강하게 주장했다. 좌평들이 반발하지 못
하고 오직 흥수만이 그 부당함을 따졌다. 성충은 좌평들의 말을
들은 뒤 스스로 집과 사병을 내놓고 관직에서 물러났다.

침입자

고구려 상단이 백제와의 국경을 넘었다. 역원의 관리들은 교역원의 관리인 해우염을 알아보고 예를 갖춘 뒤 상단에게 갈아탈 말을 내주었다. 백제 땅의 가장 북쪽에 있는 한남성의 교역원을 찾아가는 고구려 상단이었다. 성내로 들어가기 전, 해우염은 그들 중 둘을 은밀히 불렀다. 한 사람은 화려한 귀족 복장의 여인이고, 다른 여인은 칼과 활로 무장하고 있었다.

"그자는 백제인이라고 하나 신라인일 수도 있습니다. 장사치라고 하나 다른 목적을 가졌을 수도 있습니다. 장한산성을 오간다 하니 경계하고 또 경계해야 할 것입니다."

한남성으로 향하는 길목에서 교역원의 관리이자 상단 인솔의 책임자인 해우염이 신신당부했다.

"조정에서 아는 날이면 저는 죽은 목숨입니다. 무사히 사비성에 닿은 후, 예를 갖추어 고구려에 서신을 보내주십시오. 백제에서는 아무도 모르며, 오직 성충만이 짐작하고 있을 것입니다."

해우염은 거듭 조심하라 이르고 무장한 여인에게 말했다.

"잘 모시게. 목숨을 걸고 지켜드려야 하네."

두 사람과 이별한 해우염은 상단을 이끌고 한남성으로 향했다. 두 여인의 말에는 작은 상자가 두어 개씩 실려 있었다.

얼마 가지 않아 두 여인 앞에 청기와가 우뚝 솟은 집이 나타났다. 교역원의 관리들이나 역원을 오가는 상단이 쉬어 가는 곳이라 했다. 두 여인이 마차를 몰고 들어서자 비단옷을 입은 노인이 나와서 맞았다.

"혹여 명개를 찾아온 손님이신지요?"

"그러하오."

활을 멘 여인이 대답하자 노인이 그들을 객실로 안내했다.

객실에서 그들을 기다리고 있는 사람은 서른 살이 채 되지 않았을 것 같은 젊은 남자였다. 장사치로 보기에는 기골이 장대하고 어깨가 넓으며, 손마디가 굵은 것이 무사의 느낌을 주었다. 눈코입이 작고 단아하여 여자처럼 곱상하나 눈빛은 날카로웠다. 남자는 자리에서 일어나 공손히 절한 후 앞에 선 여인을 바라보았다.

"명개라 하옵니다. 태대사자 해우염의 조카님이신지요?"

"그러하네."

"고구려의 인삼을 직접 판매하는 길을 트고 싶어 하신다 들었

176

습니다. 대상단을 거느리시는 분의 조카님답습니다."

"자네는 교역관을 통하지 않고 백제와 신라, 고구려를 은밀히 오간다고 들었네. 백제의 사비성에 직접 가보고 싶어 부탁을 하였네."

자리에 앉은 여인이 칼을 차고 서 있는 여인에게 일렀다.

"요비야. 가서 인삼을 가져오너라."

요비가 나간 사이 여인이 명개를 보고 말했다.

"고구려 북쪽 마다산에서 나는 인삼이네. 일찍부터 수나라와 서역으로 나갔던 삼일세. 난 사비성에 직접 가서 인삼 판로를 열고 싶네. 나를 도와주면 원하는 대로 신라에 팔 인삼을 직접 대주겠네."

요비가 작은 상자를 가지고 들어왔다. 뚜껑을 열자 깊은 산의 푸른 냄새와 다가드는 쌉쌀한 향이 방 안을 가득 채웠다. 명개가 인삼을 조심스럽게 들어 이리저리 살펴보았다.

"과연 최고입니다."

마다산의 인삼이 최고라는 이야기를 나눈 후 여인이 말했다.

"그럼 인삼은 자네에게 넘길 테니 사비성으로 데려다주게."

명개는 사비성으로 가는 동안 주의할 점을 신신당부한 후 두 여인과 함께 길을 떠났다.

사비성에 도착하자 명개는 여인들을 매화정으로 안내했다.

"피로하실 테니 쉬고 계십시오. 제가 인삼 판매를 도와줄 분을 만나 뵙고 말씀을 드린 뒤, 두 분을 그 댁으로 모시겠습니다."

"그러시게. 우리도 태대사자께서 일러주신 백제의 관리를 만나야 하니 내일 여기서 다시 보세."

명개는 두 사람을 방에 두고 인삼상자를 들고 나왔다. 그리고 말을 달려 좌평 임자의 집으로 향했다.

"참으로 오랜만에 뵙습니다, 좌평 어른."

임자는 명개를 보고 반가운 기색을 보이지 않았다. 명개는 인삼상자를 임자 앞에 내놓았다. 상자를 열기 전 임자는 고아한 향기가 나는 상자에 귀한 약초가 들었음을 짐작했다. 명개가 임자의 표정을 살피며 상자를 열었다.

"고구려 삼입니다. 고구려 북쪽의 마다산에서 절로 자라는 산삼이지요. 수나라와 서역에서도 귀한 대접을 받은 최고의 상품입니다."

임자가 삼을 손으로 만져보자 독특한 향이 온몸으로 진하게 퍼졌다. 한 뿌리만 먹어도 수명이 는다는 삼을 왕비에게 드려야겠다는 생각이 먼저 들었다.

"고구려의 삼을 직접 전달할 사람을 데리고 왔습니다. 그들이 좌평 어른을 뵙고 싶어 하니 내일 한번 만나보십시오. 좌평이시라면 마다산의 삼을 직접 팔 수 있는 판로를 만들어주실 수도 있을 것이고, 좌평께도 큰 이득이 될 것입니다."

임자는 몇 번 망설였으나 그들을 만나보기로 했다.

"그래, 이번엔 어디를 다녀왔나?"

"신라에 다녀왔습니다. 신라에는 지금 곧 당나라를 끌어들여 우리 백제를 공격할 거란 소문이 돌고 있습니다."

임자의 표정이 살짝 굳어지는 것을 놓치지 않고 명개가 속삭이듯 덧붙였다.

"장한산성을 도로 빼앗긴 걸 놓고 백제 조정에서 의견이 분분하다는 말도 들었지요. 사택가에서 이번에도 밀리면 끝이라는 의견이 강해, 세력을 넓혀 조정을 장악할 거라고 하였습니다."

장한산성 이야기를 오늘 궁에서 듣고 나왔는데 명개는 그 일을 알고 있는 듯이 말했다. 장사꾼이긴 하나 명개는 정보가 빨랐으며, 그가 하는 말은 그저 흘려들을 말이 아니었다. 그러나 임자는 명개의 말이 잘못되었다는 듯이 코웃음을 쳤다.

"모르는 소리 말게. 사택가에서 사병을 내놓아 조정을 돕기로 했네. 내분이라니, 당치도 않네."

명개가 그 말에 반색하며 다가앉았다.

"좌평 어른, 제 사촌 중 한 놈이 무술 실력이 아주 뛰어납니다. 전장에 나가 무공을 세우고 싶어 하는데 신분이 비천하여……. 만약에 사택가의 사병으로 들어가 왕궁의 군사가 된다면 그놈에겐 아주 좋은 기회가 되지 않겠습니까?"

"실력이 된다면 내게 부탁할 필요가 없지 않겠나? 능력이 되면 사택가에 알아보게."

"아이고, 좌평 어른, 감사합니다."

명개는 일어나 임자에게 절을 했다.

그 시각 두 여인은 성충의 객실에 있었다. 성충은 자신을 찾아온 여인을 보고 깜짝 놀랐다.

"그대는 고구려 사신 가라은이 아니시오?"

가라은과 성충이 인사 나누는 것을 보고 요비는 밖으로 나와 방문 앞을 지켰다.

"찾아오시겠다는 소식은 들었으나, 정녕 비밀리에 고구려를 빠져나오신 게 사실입니까?"

"예. 또다시 사신으로 오는 것이 여의치 않아서 교역원에 오는 상단과 함께 국경을 넘었습니다. 어라하께서는 평안하신지요?"

왕의 안녕을 묻는 가라은의 눈빛이 애절했다. 오랜 그리움을 견뎌낸 여인의, 메마름이 깊으면서도 더 깊은 우물을 간직한 눈빛. 가라은의 눈은 왕의 눈빛을 그대로 닮아 있었다. 왜 왔느냐고 물을 필요는 없었다. 오직 한 가지 이유만으로 달려온 가라은이었다.

성충은 좌평에서 물러난 자신의 처지를 돌아보았다. 가라은과 왕을 만나게 하면 조정에서 논란이 일 것이다. 마지막으로 왕을 알현하며 그 소식을 전할 수 있으니 다행이었다. 사택가에서 알면 자신을 더욱 공격하겠지만, 이 일을 할 사람은 자신뿐이었다.

가라은을 궁에 데리고 가는 것은 쉽지 않은 일이었다. 왕을 뵙기 전에는 비밀에 붙여야 했다. 성충은 한 가지 방법을 생각해냈다.

"저는 좌평에서 물러나 제 사병들을 왕궁의 병사로 내놓기로 했습니다. 내일 사병들을 데리고 궁에 들 것인데, 두 분께서도 제 사병으로 변복하여 함께 드시지요."

다음 날 성충은 사병들을 데리고 궁으로 들어갔다. 병관좌평 흥수가 사병들을 심사한 후에 왕의 허락을 얻으면 관군이 될 것이었다.

흥수는 먼저 들어온 사택가의 사병들을 심사하고 있었다. 한쪽에 서서 그 모습을 바라보던 가라은이 요비에게 말했다.

"저 사병들을 보아라. 맨 뒷줄의 사병, 그자가 아니냐?"

가라은이 가리키는 자를 본 요비가 눈썹을 세우며 고개를 끄덕였다. 가라은은 옆에 선 성충에게 속삭였다.

"저 사병들 중 맨 뒤쪽에 선 이는 사택가의 사병이 아닙니다. 명개라는 자인데, 장한산성을 오가는 장사치로 못 믿을 자입니다. 확인하십시오."

성충이 급히 흥수에게 말하자 흥수의 눈빛이 날카로워졌다. 흥수는 사택가의 사병들을 한곳에 모은 후 명개에게 다가가 칼을 겨누었다.

"네놈은 누구냐? 이놈이 사택가의 사병이 맞느냐?"

사병들이 모두 명개를 보고는 모르는 이라고 답했다. 명개는 홍수의 칼 앞에서 대담하게 말했다.

"소인은 사택가의 사람입니다. 왕궁 병사가 되기 위해 사택 어른께 허락을 얻어 어렵게 여기까지 왔습니다."

가라은이 나서려고 하자 요비가 막았다. 성충이 가라은에게 속삭였다.

"저자가 확실합니까?"

"확실합니다. 부정한 뜻을 품고 숨어든 자가 틀림없습니다."

홍수는 명개를 옥에 가두게 하고, 사택지적에게 직접 확인하라고 일렀다.

홍수의 요청을 받은 사택지적이 급히 궁에 들었다. 옥에 갇힌 명개를 보고 사택지적은 고개를 저었다.

"처음 보는 놈이오! 어찌 감히 네놈이 나의 사병에 숨어들었단 말이냐?"

"대좌평 어른! 소인을 몰라보십니까? 왕궁 병사로 맞아줄 테니 찾아오라 하지 않으셨습니까?"

"어허! 이놈이! 어디서 망발을 하느냐?"

사택지적이 목에 핏대를 세웠다. 홍수는 가라은과 명개의 대질은 위험하다고 판단했다. 명개의 배후를 밝히기 위해 옥에 가둬두기로 하고 가라은을 왕에게 데리고 갔다.

북궁에 든 왕이 천정전에 다시 들겠다고 한 뒤였다. 가라은은 의자를 기다리고 있었다. 어스름이 내리는 무렵이었다. 갑자기 천정전 뒤편에서 다급한 외침이 들려왔다.

"잡아라!"

군사들의 발걸음 소리가 들렸다. 홍수와 요비, 가라은이 동시에 뛰어나갔다.

"좌평 어른, 옥에 갇힌 놈이 탈출하여 천정전 쪽으로 도망을 쳤습니다."

군사의 말에 홍수가 칼을 뽑아 들고 소리쳤다.

"천정전 앞을 호위하라!"

왕이 곧 천정전에 들 것이었다. 그때 군사들이 달려가며 외치는 소리가 들렸다. 홍수는 부하에게 가라은과 요비를 보호하라 이른 후 직접 칼을 들고 나섰다. 기와기붕 위를 날듯이 도망치는 자가 있었다.

"활을 쏘아라!"

화살을 피해 마당으로 내려선 자는 겁도 없이 천정전을 향해 정면으로 달려들었다. 홍수가 앞서 나가며 칼을 휘둘렀다. 복면을 한 자객이 뒤로 도망치려다 군사들에게 둘러싸였다. 담장을 타고 지붕 위로 올라가려는데 홍수가 병사의 창을 빼앗아 던졌다. 다리에 창을 맞은 자객이 땅바닥에 곤두박질쳤다. 군사들이 달려가 그를 둘러쌌다. 홍수가 다가가 복면을 벗기자 명개의 얼굴이 드러났다.

"옥에서 탈출하였느냐? 누가 너를 도왔느냐? 배후가 누구냐?"

명개는 숨을 몰아쉬면서 비웃음을 흘렸다. 뒤에 서 있던 가라
은이 나섰다.

"명개! 사병으로 변장하여 궁에 침투한 목적이 무엇이냐?"

가라은의 카랑카랑한 목소리에 명개는 눈이 커다래지더니 이
를 악물었다. 갑자기 품속에 손을 넣어 뭔가를 꺼내려고 했다. 홍
수의 칼이 명개의 가슴을 찔렀다. 명개의 손에서 조그만 대나무
통이 굴러떨어졌다. 홍수가 주워 살펴보니 대나무통 안에 침이
들어 있었다.

"조심하십시오. 독침입니다."

가라은이 다그쳤다.

"배후가 누구냐?"

명개는 헐떡이다가 숨이 끊어지고 말았다.

의자는 홍수에게서 명개에 대한 이야기를 전해 들었다. 궁에
침입했다는 명개에 대한 보고보다 가라은이 왔다는 말에 의자는
숨을 멈칫했다. 가라은, 가라은이 왔다! 그 말 다음에는 아무 말
도 들리지 않았다.

가라은은 문 앞에 서서 숨을 가다듬었다. 문이 열렸다. 의자가
가라은을 보았다. 가라은의 등 뒤로 문이 닫히자 의자가 자리에

서 벌떡 일어났다. 성큼성큼 다가오는 동안 그의 얼굴에 슬픔과 분노와 놀라움이 순간적으로 뒤엉켰다가 사라졌다. 가라온 앞에 선 의자의 두 눈은 안타깝도록 커다래져서 가라온을 빨아들일 듯이 바라보았다. 못 본 사이에 의자의 귀밑머리엔 흰머리가 생기고 눈 밑에는 주름이 잡혀 있었다.

"정녕 가라온, 그대가 맞군."

의자는 손을 들어 가라온의 얼굴을 만졌다. 가라온의 큰 눈이 뜨겁고 간절하게 빛났다. 갸름한 얼굴에 의지가 깊어 보였고, 도톰했던 입술은 세월을 머금어 붉게 농익어 있었다.

의자는 가라온을 와락 껴안았다. 단단하게 마른 몸이 의자에게 맥없이 기대어왔다. 의자는 그녀를 믿을 수 있었다. 수년 동안 서로가 기다려왔음을 말하지 않아도 알 수 있었다.

그날 밤 비가 내렸다. 비는 밤을 우려내서 만물을 그 안에 녹아 흐르게 했다.

가라온의 등에 길게 그인 흉터가 있었다. 살이 패어 흉이 된 자국을 만지는 의자의 손이 떨렸다.

"무슨 자국이오?"

"대야성에서 고구려로 돌아가던 날, 매복한 신라군과 싸우다 생긴 상처입니다."

의자가 그 흉터에 입술을 가져갔다. 칼이 길게 지나간 흉터 위를 정성스럽게 입 맞추자 흉터는 따뜻한 입술이 되었다. 가라온의 몸이 녹아 뜨거운 증기로 피어올랐다. 의자는 그 열기 속에 머리를 묻었다. 비마저 뜨겁게 거칠어지는 밤이었다.

충이 지다

성충이 고구려 여인을 비밀리에 국경을 넘게 했다는 말이 좌평들 사이에서 퍼져나갔다. 가라은이 고구려에서 도망쳐 왔다 하더라도 양국의 관계를 생각할 때 합당하지 못하다는 비판이 거세게 일었다. 가라은이 명개를 확인한 덕분에 자칫 일어날 수 있는 위험을 막았다고 흥수가 주장했지만, 가라은을 믿을 수 없다는 말도 나돌았다.

성충은 그에 대해 아무 말도 하지 않았다. 누군가는 책임을 져야 하고, 자신이 그 일을 해야 한다고 생각했다. 성충은 옥에 갇히기 전 의자를 만났다.

"어라하, 소신이 불충하여 판단이 미숙했나이다. 제 목숨이야 이대로 끊어진들 한이 없으나, 죽은 간자와 내통한 관리를 찾아내야 합니다."

의자는 그의 손을 마주 잡고 안타깝게 말했다.

"왜 수모를 억울해하지 않으시오? 내 그대를 버리고 누구와 정사를 논하겠소?"

의자를 바라보는 성충의 눈엔 조금의 미련도 없었다.

"또한, 신라는 반드시 당과 합세하여 백제를 칠 것입니다. 탄현! 탄현을 지켜야 합니다. 탄현은 주변 산세가 험하여 넘기가 힘듭니다. 저들의 공격을 탄현에서 막아서야 승산이 있습니다."

가슴을 치는 의자 앞에서 성충은 마치 전장을 눈앞에 둔 듯 결연하게 말했다. 그리고 죄인의 몸이 되어 옥에 갇히고 말았다.

의자는 대신들의 반대를 무릅쓰고 가라은을 후비로 삼았다. 고구려에 직접 글을 써 보내서 가라은을 후비로 삼게 되었음을 전했다. 가라은에게는 은고라는 새 이름을 내렸다. 이제는 고구려의 여인이 아니라 백제의 여인으로 거듭났다는 의미에서 이름을 바꾸었다.

왕비는 알 수 없는 병으로 날로 야위어갔다. 왕의 은혜가 떠난 상처가 깊고, 아들을 태자에 올리지 못한 화병이 깊었으리라 짐작이 갔다. 좌평 임자는 점점 소멸해가는 왕비를 마주하기가 겁이 났다.

임자는 사병으로 가장하여 궁에 침입한 명개 이야기를 듣고 모골이 송연했다. 자신이 명개와 접촉했다는 사실만으로도 죄를 피할 길이 없었으나, 다행히 조정에선 명개와 자기 사이를 모르고 있었다.

임자는 사택가에서 약을 보내왔다는 명목으로 왕비를 뵈러 북궁에 들었다. 왕비는 후원의 연못가에 나가 있었다. 연못 위로 햇빛이 쏟아졌지만 그 빛을 온전히 감당하지 못하는 왕비는 더 야위어 보였다.

"왕비마마."

임자는 중얼거렸을 뿐 입 밖으로 목소리가 나가지 않았다. 임자는 자신도 빛 속에 같이 스며들고 싶어 왕비 곁으로 다가갔다.

"왕비마마, 햇살이 뜨겁습니다."

임자의 말에 왕비가 돌아보았다. 빛과 바람에 말라버린 듯 왕비의 얼굴에서 감정을 읽기가 쉽지 않았다. 순간 임자는 느꼈다. 닿을 수 없는 사람, 가까이 다가왔으나 만질 수 없는 사람. 어쩌면 그것은 임자 혼자만의 감정이었다. 하얗게 야위어 더 길어진 왕비의 목은 길 없는 길이었다. 임자는 그 목을 쓰다듬어 자신의 가슴에 품고 싶었다.

"종친께서 귀한 인삼을 보내주셔서 가져왔습니다."

"약은 이제 그만 됐습니다. 내가 그리 병약해 보입니까?"

메마른 목소리, 풍화하고 있는 듯한 그 모습이 임자에겐 오히려 꺾을 수 있는 꽃 같았다.

"어라하께서 효와 태를 왜국에 다녀오게 할 생각이신데 제가 반대했어요. 왜에는 이미 풍이 가 있지 않습니까?"

"잘하셨습니다. 효 왕자님께서는 사비성에서 왕비님 곁을 지키셔야 합니다. 어라하께선 신라가 당과 손잡고 대대적인 공격을 할 경우를 대비해서 왜와 굳건한 관계를 만들고자 하심입니다."

"사택가에서는 당과 관계를 개선해야 한다고 하지만 어라하께선 고구려와 손잡을 생각만 하십니다. 고구려도 연개소문의 권력이 언제까지 갈지 아무도 장담 못 합니다."

왕비는 양미간을 찌푸리며 걱정스러운 표정을 지었다. 그러나 임자가 보기에 왕비에게 그런 걱정은 어울리지 않았다. 연연해 할 그 무엇이 있단 말입니까?

"어라하께선 대왕암에서 뱃놀이를 하신다지요?"

왕비의 얼굴에 마른 햇빛이 쏟아졌다. 왕비께서 이리 힘들어 하시는데 어라하께선 후궁과 뱃놀이를 하시는 것, 그것이 싫으신 것이지요? 고아한 성품을 가졌던 왕비가 질투에 병이 드는 모습을 보니 임자는 마음이 아렸다.

"왕비마마, 감히 아뢰옵건대, 이 말씀은 종친께서 전해달라 하셨습니다. 사비성에서 나와 좋은 곳을 찾아 휴양을 하시면 어떻겠냐고 하셨습니다."

그 말이 채 끝나기도 전에 왕비가 임자를 노려보았다.

"나를 왕비 자리에서 몰아내려고요?"

"아니옵니다. 어찌 그런 말씀을……."

소신의 마음을 어찌 그리 이해하십니까? 사가에 나와 계시면

제가 자주 찾아뵈올 수 있을 것 같아 드린 말씀입니다.

발끈하던 왕비가 어지러운 듯 이마를 짚고 비틀거렸다. 임자가 얼른 부축하느라 얼떨결에 왕비의 손목을 붙들었다. 가느다란 손목에 옥팔찌가 무거워 보였다.

"왕비마마."

사택지적이 멀리서 보고 달려왔다. 임자는 당황하여 왕비의 팔목을 놓았다.

"어디가 많이 편찮으십니까?"

왕비를 걱정스럽게 살피던 사택지적이 임자를 못마땅하게 바라보았다.

"자네가 여긴 어쩐 일인가?"

사택지적이 임자의 대답을 기다리지 않고 왕비에게 말했다.

"좌평을 후원으로 부르실 일이 아닌 줄 아옵니다. 자칫 사람들 사이에 쓸데없는 소문이라도 돌면 어쩌시렵니까?"

임자는 큰 잘못을 저지른 듯 황망히 고개를 숙이고 물러났다. 왕비는 임자를 돌아보지 않았다.

한 시절을 평화롭게 보내는 듯하였다. 끊임없이 신라를 공격하던 의자는 그간의 성과에 만족했다. 흥수가 몇 번이나 장한산성을 칠 시기라고 고했으나 의자는 고개를 저었다. 쉼 없이 달려온 전쟁, 더 이상 백성들을 전쟁터로 내몰고 싶지 않노라고 했다.

왕비의 병은 날로 깊어갔다. 왕비의 첫째 아들 효와 둘째 아들 태가 병문안을 왔다.

"내가 너희들에게 힘이 되지 못하는구나."

왕비의 눈 밑에 검은 그림자가 짙었다. 효가 왕비의 손을 잡고 결연한 표정을 지었다.

"어마마마, 제가 태와 함께 결심을 했습니다. 사택가에서도 저를 돕기로 약속했습니다. 어마마마 살아생전에 제가 태자가 되어 보여드리겠습니다."

왕비가 깜짝 놀라 자리에서 일어났다.

"그 무슨 소리냐? 자칫하다간 반란이 된다."

왕비의 움푹 팬 눈이 두려움에 떨고 있었다.

"실패하면 반란이지만, 성공하면 태자가 될 것입니다. 아바마마께선 지금 태자가 왕위를 이어야 왕권이 강화된다고 고집하시지만, 백제 최고의 가문인 사택가의 지원을 받는 제가 왕위에 오른다면 왕권이 더욱 안정되지 않겠습니까?"

"안 된다. 그만두어라. 설마 이 일을 누구에게 알리진 않았겠지? 대좌평께서도 알고 계시느냐?"

대좌평 사택지적은 왕자들에게 외조부가 되었다.

"아직 알리지 않았습니다. 어마마마께서 믿으시는 좌평 임자와만 의논하였습니다."

"임자?"

왕비는 사택지적이 임자에 대해 했던 말을 떠올렸다. 입안의 혀같이 구는 자는 충신이 될 수 없다고 했다. 임자에게 왕자들을 맡기기에는 믿음이 가지 않았다.

"안 된다. 그를 믿고 일을 벌여서는 안 된다. 임자를 믿지 말 거라."

왕비는 임자가 자신을 바라볼 때의 안타까움을 알고 있었다. 언젠가 차를 마시면서 그는, 일찍이 어미를 잃었고 연모하던 여인마저 병으로 죽어 혼인하지 않았노라고 했다. 자신을 보는 임자의 눈길이 어떤 때는 어미를 보듯 매달리고, 어떤 때는 연인을 보듯 애절했다. 연민은 왕자들에게 마지막까지 힘이 되지는 못할 것이다.

"효는 듣거라."

태자인 융은 부드럽고 연약한 상인 데 비해, 왕비 소생의 효와 태는 강하고 거친 성품이었다.

"우리 사택가는 백제 최고의 집안으로, 늘 나라의 안녕을 최우선으로 여겨왔다. 사욕을 앞세워 권력을 탐한 적이 없었다. 이제 네가 정당하지 못하게 태자가 되려 한다면, 그것은 우리 백제를 위험에 빠뜨리는 일이요, 사택가를 멸문의 지경에 이르게 할 수 있다."

"어마마마!"

효가 억울하다는 듯이 부르짖었다. 둘째 아들 태가 나서서 효를 두둔했다.

"효 형님은 어마마마의 소원을 살아생전에 이뤄드리고자 함입니다."

왕비는 고개를 저었다.

"내 소원은 백제의 안녕이고, 너희들의 강건함이다. 나 역시 효가 태자가 되기를 바랐으나 그건 쉽게 이루어지는 꿈이 아니다."

왕비는 재차 형제들을 만류하더니 기력이 다했는지 피곤한 기색이 역력했다. 효와 태는 어머니의 뜻을 거스르지 않겠다고 약속하고 방에서 물러났다.

며칠 후, 왕과 왕비가 궁 밖에 있는 정림사를 방문하기로 한 날이었다. 정림사에서는 사택가의 여인들이 왕비의 건강을 비는 백일기도를 하고 있었다. 왕과 왕비의 행렬이 궁 밖으로 나간 뒤, 효와 태는 군사를 모아 태자궁 앞으로 달려갔다.

놀란 태자 융이 태자비와 함께 밖으로 나왔다. 태자궁을 지키는 병사들 몇 명만이 태자와 태자비를 보호할 뿐이었다. 효는 많은 군사들을 이끌고 태자궁을 둘러쌌다.

"형님, 병약한 몸으로 어찌 백제의 앞날을 짊어지려고 하시오? 아우에게 태사 자리를 양보하시오. 여러 중신들의 의견도 그리하니 따르시기 바라오."

효의 우렁찬 외침에 융은 사색이 되었으나 그 목소리는 차분

했다.

"내가 비록 병약하였으나 몸을 조심스럽게 돌본 덕분에 이제 많이 좋아졌다. 네가 정녕 형제간에 피를 보고자 함이 아니라면 당장 군사들을 물리거라."

그 말에 효와 태가 칼을 빼들었다.

"사직을 위해 칼을 들어야 한다면 들어야지. 형님이야말로 피를 보기 싫으면 조용한 곳에서 병약한 몸이나 돌보시지요!"

효의 외침에 군사들도 모두 칼을 뽑아 들었다. 태자비는 와들와들 떨면서 융의 팔을 움켜잡았다. 그때 태자궁의 문을 박차고 들어오는 사람이 있었다.

"이게 무슨 짓인가! 이것은 역모다!"

병관좌평 흥수가 분한 얼굴로 수염을 날리며 들어섰다. 그는 군사들을 둘러보며 호통을 쳤다.

"네놈들이 병관좌평의 말을 거역하고 목숨을 부지할 줄 아느냐? 칼을 놓고 물러서지 않으면 모두 목을 칠 것이다!"

군사들은 군부의 최고 권력자이자 만인의 존경을 받는 흥수가 나타나자 크게 술렁이며 뒤로 물러났다. 감히 칼을 들고 나서는 이가 아무도 없었다.

"왕자마마! 어라하께서 궁을 비우신 사이에 이것이 어찌된 일입니까? 이것은 명백한 역모입니다!"

효가 칼을 쥐고 앞으로 나서는데 태자인 융이 먼저 말했다.

"역모라니요! 그것은 오해입니다!"

융의 말에 흥수가 눈을 찡그리며 속눈썹을 바르르 떨었다. 융은 흥수 앞으로 다가갔다.

"내 병세가 갑자기 악화되었다고 누군가가 헛소리를 한 모양이오. 그래서 아우들이 나를 지키러 달려왔습니다. 어라하께서 궁을 비우셨는데 태자궁에서 무슨 일이 나면 안 되니 군사를 몰고 나를 지키러 온 거지요."

효와 태는 말문이 막혀 동그래진 눈으로 융을 바라보았다.

"병관좌평은 빨리 군사들을 물리시오."

그러자 효가 칼을 쥔 손을 부들부들 떨면서 흥수에게 다가가 억울한 듯 흐느끼며 말했다.

"좌평! 많은 대신들이 내가 태자가 되어야 옳다고 했소. 그런데 아바마마께선 장자만이 태자가 된다고 고집하셨소. 나는 병약한 형님보다 더 강건한 태자가 될 수 있소."

흥수가 눈썹을 곤두세운 채 효를 바라보다가 낮은 목소리로 묵직하게 말했다.

"태자님과 효 왕자님의 말씀이 다르나, 태자님의 말씀을 따라야겠지요. 왕자님의 그 말씀은 듣지 않은 걸로 하겠습니다. 태자님께서 오늘 두 분 왕자님의 목숨을 구한 줄 아십시오."

그리고 군사들을 향해 위엄 있는 음성으로 외쳤다.

"오늘 태자궁에서 있었던 일은 일체 함구하라. 입을 여는 자는 목숨을 내놓아야 할 것이다. 즉시 자기 자리로 돌아가라."

흥수는 군사들이 물러가고 효와 태가 돌아서는 모습을 본 후 수하의 장수들을 불러 태자궁을 호위하게 했다.

군사들에게 입을 다물라고 했으나 성충은 옥에서 그 소식을 들었다. 그는 두 눈이 움푹 들어가고 가끔 피를 토하며 고통을 호소했으나 눈빛만은 형형했다. 깊은 밤 성충은 달을 한참 바라보았다. 옥문 사이로 보이는 초승달이 새롭게 다가왔다.

내 남루한 꼴로 태어나 과분한 대접을 받고 살아왔거늘, 이제 생을 마감할 때가 되었구나. 스스로 부서져야 새로운 내일이 있는 법······.

성충은 빛나는 초승달을 바라보며 미소 지었다. 그리고 옥문을 지키는 군사를 불렀다.

"내 감히 몇 자 올릴 글월이 있으니 목간을 가져다주게."

목간과 붓을 받아든 성충은 목간을 펼쳐 왕에게 올리는 마지막 글을 적었다.

못난 몸으로 감히 어라하를 모셨으니 여한이 없습니다.

신라는 분명 당나라를 끌어들여 우리 백제를 침공할 것입니다.

적이 육로로 온다면 험준한 탄현에서 적을 맞아 결코 탄현을 넘지 못하게 해야 합니다. 수군을 앞세워 온다면 기벌포에 들

197

어서지 못하게 막아야 합니다. 백제의 바다는 갯벌이 넓어 적이 쉽게 육지에 닿기 힘드니, 기벌포만 막는다면 승산이 있습니다.

또한, 효와 태 왕자가 태자 자리를 노리고 있으니 멀리 보내시어 일생 동안 사비에 못 들어오게 하셔야 합니다.

어라하를 모시고 백제인으로 살았으니 이보다 더한 영광이 어디 있겠습니까? 부디 내내 강건한 백제를 만들어주십시오. 불충한 성충, 죽어서도 백제를 지키겠나이다.

성충은 글을 다 적은 뒤 목간을 한쪽에 가지런히 챙겨두었다. 그러고는 비틀거리며 일어나 초승달을 보고 절을 올렸다. 달을 바라보는 그의 표정이 편안했다. 무언가 좋은 기억이라도 떠오른 듯 빙긋이 웃자, 한쪽 입술이 올라가며 뼈만 남은 얼굴이 일그러졌다. 순하고 밝은 웃음을 지으며 그는 눈을 감고 옛 생각에 잠겼다. 의자와 함께 말을 타고 달리던 백제 땅이 눈앞에 펼쳐졌다. 그는 들판의 향기로운 흙냄새를 떠올리며 숨을 깊이 들이마셨다. 그 향기를 영원히 간직하려는 듯 순간 숨을 멈추었다.

하늘에서 푸른 별 하나가 떨어졌다.

유신의 서신

660년 봄, 병이 깊어진 왕비는 궁에서 나와 사택가에서 요양을 하고 있었다. 집 안에 불상을 모셔놓고 매일 덕 높은 스님을 불러다 부처님 앞에서 왕비의 쾌유를 빌었다.

사택지적은 정계에서 물러날 것이라고 밝혔고, 왕비 소생으로 섬으로 귀양을 가 있던 왕자 효와 태는 사비로 돌아오라는 명을 받았다. 좌평 임자는 왕자들을 모시러 가겠다고 자청했다.

길을 떠나기 전날 저녁, 임자가 왕비를 뵙고 집으로 오니 덕솔 상영이 기다리고 있었다. 상영은 임자를 보좌하여 왕자들을 모시러 갈 임무를 맡은 자였다.

"좌평 어른을 뵙고자 누가 찾아왔습니다. 사택가에서 보낸 사람이라 하여 제가 안에서 기다리라 하였습니다."

얼마 전부터 누군가가 임자에게 귀한 선물을 보내오고 있었는데, 그가 누군지 임자로선 전혀 짐작할 수가 없었다.

방 안에 있는 사내는 귀족인 듯 차려입었으나 기골이 장대하고 목소리가 진중한 것이 무사처럼 보였다.

"그동안 나에게 선물을 보낸 사람인가?"

"그러합니다. 소인 수려라 하옵니다."

임자는 문득 예전의 명개가 떠올랐다. 장사꾼이라 했지만 신라의 첩자임이 분명했던 명개였다. 자신에게 접근하는 방식이 명개와 유사하여 수려가 어쩐지 불안했다. 수려는 무릎을 꿇고 이마가 방바닥에 닿도록 절을 하며 말했다.

"소인은 20여 년 동안 무술을 갈고닦았으나 신분이 미천하여 뜻을 이루지 못하였습니다. 좌평 어른께서 저를 써주신다면 목숨을 바쳐 섬기겠나이다."

수려의 큰 손은 마디가 굵고 굳은살이 박였으며, 우람한 어깨는 위협적이었다.

"왜 하필 나를 찾아왔는가?"

수려는 잠시 망설이더니 임자를 똑바로 보고 말했다.

"좌평께서 비밀을 지켜주신다면 은밀히 전할 서신이 있습니다."

수려는 품속에서 서신이 든 봉투를 꺼냈다. 귀한 종이였다. 임자는 의구심과 불안함을 느끼며 서신을 펼쳤다.

오래전부터 공을 유심히 지켜봐왔소. 공의 조부께서는 상술과 외교술이 뛰어나 우리 집안과도 간혹 거래를 하였다고 들었소.

공이 귀족 가문도 아니면서 좌평이 된 것은 그만큼 능력이 뛰어나기 때문이 분명하오. 특히 왕비에 대한 신의를 지키고 왕자들을 아끼는 정성을 보니 가히 충신이라 할 만하오. 그러나 효와 태 왕자가 비록 귀양에서 풀려나도 왕비께서 돌아가시고 나면 백제에서 온전히 목숨을 부지할 수 있겠소? 만일 공이 왕자들을 데리고 신라로 온다면 왕자들과 공을 신라의 왕족으로 대접하겠소. 앞으로 백제는 신라와 당의 공격을 받아 그 속국이 될 것이니, 그때 공과 왕자들로 하여금 백제 땅을 다스리게 하겠소. 깊이 생각해본 후 나의 제안을 받아들여주기 바라오. 이 서신의 내용은 수려도 모르오. 공이 만일 나의 제안을 거절한다 하여도 수려를 그대에게 보내니 그 목숨은 마음대로 하여도 좋소. ―상대등 김유신

기, 김유신! 신라의 상대등 김유신!

임자의 손이 가늘게 떨렸다. 처음에는 누구인가 궁금한 마음이었으나 신라로 오라는 제안에 가슴이 덜컥했다. 수려를 노려보는 임자의 숨결이 거칠었지만 수려는 그저 눈을 내리깔고 있을 뿐이었다.

"시, 신라에서 왔는가? 김유신이 보냈는가?"

임자가 목소리에 힘을 주며 나지막이 물었다.

"예. 그러나 이제 소인은 상대등의 사람이 아니라 좌평 어른의

사람이옵니다. 좌평 어른의 하명을 따르겠습니다."

나의 명을 따르라는 것이 바로 김유신의 명이겠지. 서신의 내용을 수려가 모른다는 것이 사실인지 믿을 수 없었다. 수려를 데리고 온 상영은 이들과 무슨 관계인가? 명개가 사병으로 위장해 궁에 들어갔다가 잡혔을 때, 누군가 옥문을 열어주었다는 말이 돌던데, 그가 상영이었을까? 그렇다면 예전의 명개도 김유신의 첩자로서 나에게 접근했단 말인가? 머릿속이 복잡하게 얽혔으나 임자는 짐짓 대범한 듯이 단호하게 말했다.

"백제의 신하에게 신라로 오라니, 나에게 반역을 하란 말인가? 어찌 감히 말도 안 되는 회유를 하는가? 좌평들 중에서 나의 집안이 볼품없다 하여, 나를 업신여기고 함부로 대해도 되는가?"

수려는 다시 방바닥에 닿도록 머리를 조아리며 말했다.

"어찌 그런 말씀을 하십니까? 상대등께서는 백제의 귀족들보다 좌평의 판단력이 출중하신 이유를 아십니다. 상대등께서도 본시 신라의 귀족이 아니고 금관가야 출신이라 신라의 귀족들 앞에서 힘이 미약했습니다. 상대등께서는 그런 연유로 좌평 어른께 동질감을 느끼신 듯했습니다."

"허나, 조정의 신하로서 이런 회유를 받았다는 것부터가 반역이나 마찬가지네. 서신을 가지고 내 앞에서 썩 사라지게!"

호통을 쳤으나 수려는 머리를 더 조아렸다.

"저는 이제 상대등께 돌아가면 죽은 목숨입니다. 차라리 좌평 어른께서 제 목숨을 거둬주십시오."

"썩 물러가게!"

수려는 임자가 허락할 때까지 밖에서 기다리겠노라고 하며 물러갔다. 그리고 밤새 임자의 방문 앞을 지켰다.

다음 날 새벽, 덕솔 상영이 군사 몇을 데리고 임자를 모시러 왔다. 임자는 상영이 김유신과 내통했을 것 같은 의구심이 들었으나 차마 물어볼 수 없었다. 임자가 수려에 대해 언급이 없자 수려는 말없이 임자를 따라나섰다.

닿을 수 없어서 안타깝고 멀기만 한 것이 바다였다. 배를 타고 건너간 섬에서 왕자들은 임자를 보자 눈물을 쏟았다.

"그대는 우리를 저버리지 않았소. 고맙소."

왕자들의 눈물에는 자신들을 섬으로 내친 사람들에 대한 분노와 원망이 서려 있었다.

"어마마마의 병환은 어떠하시오?"

"왕자님들을 기다리고 계십니다. 속히 가시지요."

배를 타고 육지로 나와 한참을 가자 날이 저물었다. 하룻밤을 묵고 말을 갈아탄 뒤 다시 사비를 향해 길을 떠났다. 산을 넘어 사비가 가까워지는 산허리 즈음이었다. 상영이 갈림길에서 왼편에 있는 봉은사를 가리키며 말했다.

"좌평 어른, 태자께서 봉은사에 나와 계신다고 하니 먼저 들러 인사를 여쭙는 것이 어떻겠습니까?"

임자는 상영에게 무슨 계략이 있음을 알아차렸다.

"아니야. 성으로 들어가 어라하를 먼저 뵙고 왕비마마께 문안을 올리는 것이 도리일세."

임자의 말에 상영이 고개를 숙이는데 다가오는 말발굽 소리가 들렸다. 숲을 헤치고 군사들이 나타났다. 왕자들이 그들을 보고는 얼굴에 화색이 돌았다. 상영이 고했다.

"좌평 어른, 사택가에서 보낸 군사들입니다."

백여 명이 넘는 군사를 본 임자는 이들이 무슨 일인가를 꾸미고 있음을 눈치챘다.

"상영 네 이놈! 나는 어라하의 명을 받고 왕자님을 모시기에 충분한 군사들을 데리고 왔거늘, 이 무슨 해괴한 짓인가! 어찌 사사로이 군사를 동원한단 말인가?"

왕자 효가 나서서 당당하게 말했다.

"좌평! 이 군사들은 나와 태를 보좌하기 위해 온 것이오. 지금이 기회요. 태자를 굴복시키고 내가 왕위를 이을 것이오!"

"왕자마마! 아니 되옵니다. 어라하께서 용서하시겠습니까?"

"태자가 스스로 굴복하면 어라하께서도 어쩌지 못하실 것이오."

군사들 틈에 말없이 서 있던 수려가 나섰다.

"좌평 어른, 이 군사들은 좌평 어른과 효 왕자님을 모시기 위해 온 자들입니다. 저 역시 좌평 어른을 모시고 효 왕자님을 태자

자리에 올리는 데 목숨을 바치겠습니다."

임자는 자신도 모르게 음모에 휘말렸음을 알았다. 왕자들의 욕심에 수려와 상영이 합세한 것인지, 상영과 수려가 왕자들을 부추긴 것인지는 알 수 없으나 이것은 역모였다.

"군사를 돌려라! 돌려보내라!"

상영이 다급하게 외쳤다.

"좌평! 우리가 성공하도록 사택가에서 돕기로 했습니다."

"내가 알기로 사택지적께선 반역을 하실 분이 아니다! 군사를 돌려보내지 않으면 네놈의 목을 치겠다!"

그때였다. 봉은사 입구에서 온 산이 쩌렁쩌렁 울리는 목소리가 들렸다.

"왕자님들, 먼 길 오시느라 얼마나 노고가 많으셨습니까?"

흥수가 수염을 휘날리며 바위 위에 우뚝 서 있고, 승려 도침이 합장을 했다. 그 뒤로 나무 사이에 군사들이 늘어서 있는 모습이 보였다. 흥수는 흥수대로 왕자들이 딴마음을 먹을까 봐 염려되어 군사들을 이끌고 나온 것이 분명했다. 도침은 병법과 천문에 밝고 무예가 뛰어나 승려들 사이에서 그 이름이 높았다.

"태자마마를 모시고 나왔다가 이렇게 왕자님들과 마주치게 되었군요. 그런데 사비성은 이쪽 길이 아닙니다. 좌평께서 봉은사 쪽으로 길을 잘못 드셨군요."

임자는 모골이 송연했으나 흥수에게 고개를 숙이며 대답했다.

"그러한가 봅니다. 제가 길을 잘못 들어⋯⋯."

그때, 뒤에 서 있던 효가 앞으로 나서서 외쳤다.

"태자가 여기에 있다는 것을 알고 담판을 지으러 왔소이다. 좌
평의 호위병사만으로는 나의 군사들을 따르지 못할 것이오! 다
들 공격하라!"

임자가 말릴 겨를도 없이 효가 손을 높이 쳐들며 외쳤다. 그러
나 그 신호에 맞춰 먼저 공격을 시작한 것은 홍수 쪽이었다. 봉은
사 쪽에서 화살이 빗발치듯 날아들었다. 말을 타고 있던 군사들
이 길을 오르지도 못하고 위쪽에서 날아오는 화살을 맞고 쓰러
졌다. 용하게 봉은사를 향해 올라간 군사들은 오르막 끝에 서 있
던 홍수와 도침의 칼에 무참히 베어졌다. 그러자 왕자 태가 나서
서 외쳤다.

"병관좌평! 살려주시오! 형님께서 귀양 갔던 울분이 터져서 본
의 아니게 실수를 범했소. 우리를 데리러 온 군사들일 뿐, 다른
뜻은 없었소이다."

그 말에 홍수가 손을 들어 군사들을 멈추게 했다. 위에서 아래
를 내려다보고 공격하니 아래쪽 군사들은 속수무책으로 당할 수
밖에 없었다. 임자가 앞으로 나서서 홍수에게 말했다.

"모든 일이 저의 불찰입니다. 왕자님께서 울분을 참지 못하고
저지른 일이니 용서해주십시오. 제가 왕자님들과 궁에 들어가
어라하게 고하고 벌을 받겠습니다."

반백의 머리를 한 흥수는 같은 좌평이지만 임자가 감히 근접할 수 없는 위엄이 있었다.

"좌평을 믿겠소이다. 상영이 거느리고 온 사비성의 군사들만 데리고 속히 궁으로 가시오. 남은 군사들은 내가 처리하겠소."

흥수가 부하들을 데리고 임자 쪽으로 내려왔다. 무장한 그들을 보자 갑자기 효 왕자가 말을 돌려 달아나기 시작했다.

"사비로 가면 나는 죽은 목숨이다!"

그러자 효의 군사들이 그 뒤를 따르며 흥수의 부하들에게 화살을 쏘아댔다. 왕자 태와 임자가 그들을 말리려고 했지만 효의 말은 전속력으로 달아났다. 흥수도 부하들과 함께 말을 타고 뒤쫓기 시작했다. 수려가 임자에게 다급히 물었다.

"좌평, 어찌해야 합니까? 효 왕자를 도와야 합니까?"

"왕자의 목숨만은 살리고 봐야지."

임자도 말을 달렸다.

효는 절벽 쪽으로 달아나고 있었다. 군사들을 데리고 도망치던 효는 눈앞의 절벽을 보고 뒤를 돌아보았다. 흥수의 부하들이 뒤쫓아 오고 있었다. 효를 따르던 군사들이 화살을 맞고 쓰러졌다. 효를 태운 말의 엉덩이에도 화살이 꽂혔다. 효는 절벽 앞에서 멈추려고 했으나 화살을 맞은 말이 앞발을 들고 솟구치더니 그대로 절벽 아래로 떨어지고 말았다. 그 뒤를 따르던 군사들 몇몇도 말을 탄 채 절벽 아래로 고꾸라졌다.

"왕자님!"

임자와 왕자 태가 절벽 앞에 섰다. 깊은 계곡에 떨어진 효 왕자
의 모습은 보이지 않았다. 말의 비명 소리가 처량하게 계곡을 울
릴 뿐이었다.

며칠 후, 수려는 장사꾼으로 위장하여 신라로 들어갔다. 서라
벌에서는 당나라에서 온 장군과 함께 나당연합군의 백제 공격에
대해 논의하고 있었다. 김유신은 수려를 만나자 그의 어깨를 덥
석 안아주었다.

"큰일을 했네."

수려는 유신에게 예를 갖추고 품에서 서신을 꺼냈다.

"하나는 임자가 올린 것이고, 하나는 상영이 올린 서찰입니다."

유신은 임자의 서신을 먼저 펼쳤다.

상대등의 회유를 받은 나 자신이 심히 부끄럽소이다. 이번에
나의 불찰로 왕자 효가 죽음을 맞았으니, 이 역시 상대등의 계
책이었다고 짐작하오. 왕자를 죽음에 이르게 하였다는 죄로 흥
수가 유배를 가게 된 것도 나의 죄이니, 좌평에서 이만 물러날
생각이오. 우리 백제와 신라가 전쟁을 계속하고 있으니, 신하
된 자가 나라와 운명을 함께하는 것이 당연하오. 우리는 신라
와 당의 대군이 침략해 오더라도 물리칠 수 있으며, 백제의 이

름은 사라지지 않을 것이오. 이제 수려를 상대등께 보내니 두 번 다시 나를 능멸하지 말기 바라오.

임자의 서신을 읽은 유신은 크게 소리 내어 웃었다.

"하하! 임자는 자신이 성충이나 흥수 같은 사람이라고 착각한단 말인가? 정녕 백제의 귀신이 되고 싶다면 상영과 너를 살려두었을 리 없지. 명개가 죽었을 때도 아무 소리 못 하던 자 아닌가?"

유신은 상영의 서신을 꺼내 읽었다.

"상영이 역시 비상하구나. 왕자 태를 잘 보살피다가 결정적인 순간에 우리에게 도움을 주겠다는구나. 흥수를 유배 보냈으니 백제왕은 성충을 잃고 나머지 한쪽도 잃은 셈이구나. 상영의 공이 크다. 상영이 비록 명개는 구하지 못했지만, 오랫동안 애를 썼으니 그의 집안을 잘 보살펴라. 금을 전해주고 편안히 살게 하라."

유신은 상영에게 답신을 써서 수려에게 건넸다.

"상영에게 서신을 전한 뒤 너는 다시 임자에게 가거라. 좌평직에서 물러나지 말라고 권유하고, 6월 21일에 당나라 대군이 신라의 덕물도(지금의 옹진군 덕적도)에 도착할 테니 준비하라고 전하여라. 그리고 너는 죽으라면 죽는 시늉까지 하며 임자 곁에 붙어있어라."

"그런데 백제왕의 후비는 그대로 두오리까?"

고구려 여인인 그 후비로 인해 명개를 잃었다. 수려는 후비가 된 그녀를 암살하고자 했으나 유신이 반대했다.

"그냥 두어라. 건드려 화를 부를 필요는 없다. 어차피 백제의 사비성은 무너지게 될 테니. 또한 네가 궁에 들어가 위험해진다면 수년간 공을 들인 상영과 임자까지도 잃을 수 있으니 후비는 좀 더 두고 보자."

수려는 다시 백제로 넘어와 임자를 찾았다. 상영은 강등을 당했지만 임자는 여전히 좌평직에 있었다. 모든 책임을 지고 사택지적이 물러나며, 효 왕자가 죽었으니 이 일을 더는 문제 삼지 말아달라 간청한 덕분이었다. 왕은 효의 죽음과 위독한 왕비를 생각하여, 왕자 태에게 근신하라는 명만 내렸다.

임자는 수려를 보자 분노하여 칼을 빼들었다.

"나를 능멸하지 말라고 했거늘! 이제 네 목숨을 거둘 테니 죽더라도 나를 원망 말거라!"

임자가 칼을 들어 목을 치려고 했지만 꿇어앉은 수려는 눈을 감은 채 꼼짝도 하지 않았다. 결국 임자가 칼을 놓고 돌아서는데 하인이 달려와 급히 고했다.

"대좌평 댁에서 사람이 왔습니다. 다급하다 하옵니다."

왕비께서 위독하시구나! 임자는 사택지적의 집으로 달려가는 동안 애가 다 녹아내리는 듯했다.

대좌평의 집 안에는 고요가 깊고 짙게 깔려 있었다.

"왕비마마!"

임자가 들어서자 방 안에 있던 사택지적과 왕자 태가 눈물을 보이며 자리에서 일어났다. 왕비의 얼굴엔 이미 죽음의 그림자가 짙게 드리워 있었다. 퀭한 눈으로 임자를 보며 메마른 입술이 달싹거렸다.

"좌평 임자."

임자는 입술을 깨물고 눈을 부릅뜨며 눈물을 참았다. 왜 하필이 여인을 연민하고 우러러봤을까. 마지막 순간에도 손 한 번 잡아볼 수 없는 이 여인을.

"내……, 다 압니다. 좌평의 마음을."

가까이 있는 임자만이 알아들을 수 있는 낮은 목소리에 간절한 숨결이었다.

"허나, 좌평 곁에 있다가 효가 죽었습니다."

애절하던 왕비의 눈이 겁에 질렸다. 눈이 점점 커지며 호흡이 가빠졌다.

"태는, 태는 안 됩니다!"

왕비의 호흡만큼 임자도 제대로 숨을 쉴 수 없었다.

효 왕자가 나 때문에 죽었다는 것인가? 왕비가 죽어가면서 나를 원망하다니!

왕비가 갑자기 손을 높이 들며 부르짖었다.

"태야!"

뒤쪽에 물러나 있던 왕자 태가 다가앉아 그 손을 쥐었다. 검은 나비가 날개를 펼치고 왕비의 얼굴에 내려앉았다. 임자는 죽음의 그림자가 자신의 목을 죄어오는 듯 숨을 쉴 수가 없었다.

"어마마마! 어마마마!"

태의 울음이 무거운 적막을 찢었다.

왕비의 장례식이 끝나고 며칠 후, 임자는 흰옷을 벗어놓고 햇빛 속에 나섰다. 햇빛이 가시가 되어 눈을 찔렀다. 사모하는 이들은 모두 임자의 가슴을 찌르며 죽어갔다. 어머니와 첫정을 바친 여인, 왕비와 왕자 효까지도.

"좌평 곁에 있다가 효가 죽었습니다. 태는 안 됩니다."

임자를 보며 두려움에 떨던 왕비의 눈동자가 잊히지 않았다. 임자는 생각했다.

두고 보소서. 소신이 태 왕자님을 끝까지 지키겠나이다!

눈물을 흘리며 비틀거리는 임자를 멀리서 수려가 지켜보고 있었다.

얼굴이 새까맣게 마른 임자 앞에 수려가 꿇어앉았다. 그를 한참 바라보던 임자는 붓을 들어 서신을 써내려갔다. 그리고 서신을 봉투에 넣어 수려에게 내밀었다.

"상대등께 전해주게."

백제는 만월이요, 신라는 초승달이라

당 고종은 백제를 치기 위해 소정방을 신구도행군대총관으로 봉하고, 당나라의 관직에 있는 김춘추의 아들 김인문을 불러 소상히 물었다.

"우리 당군 십삼만 명이 천구백 척의 배로 백제까지 대이동을 하자면 보급물자를 싣고 가기가 쉽지 않을 것이다. 신라에 좋은 방법이 있는가?"

김인문은 고개를 숙이고 시원하게 대답했다.

"당군이 신라의 서쪽 섬 덕물도에 닿으면, 그때부터는 모든 식량과 보급품을 우리 신라가 조달하겠습니다. 태자가 미리 나와 당군을 맞고, 덕물도에는 상대등 김유신이 대군을 이끌고 대기할 것입니다."

십삼만 명의 하루 치 식량만 해도 어마어마한 양이었다.

신라가 그토록 간절히 원하는 출격이니 당연히 신라가 당군의 보급품을 감당해야지. 그것만으로도 큰 걱정을 더는 것이고, 백제 공략이 우리로서는 손해 보는 일이 아니야. 백제를 잡으면 고구려를 잡기가 훨씬 쉬워질 터이니.

당 고종은 흡족한 듯 고개를 끄덕이며 김인문을 소정방의 부총관으로 삼아 출격을 명했다.

660년 6월 21일, 당나라의 배 천구백 척이 덕물도로 들어왔다. 김춘추는 태자 김법민을 시켜 배 백 척을 거느리고 나가 소정방을 맞이하게 했다. 김유신이 이끄는 신라군도 전투에 나설 주력부대와 함께 보급품을 운반하는 군사의 행렬이 오만 명에 이르렀다.

유신이 덕물도에서 소정방과 마주 앉았다. 당나라의 좌위장군과 좌무위장군, 좌효위장군 앞에 김유신을 중심으로 김춘추의 아들들인 김법민과 김인문이 좌우에 앉았다.

"먼 길 오시느라 노고가 많으셨습니다, 대총관."

김유신이 고개를 숙이자 소정방은 피로한 기색을 보이면서도 호탕하게 웃었다.

"덕물도까지 오는 동안 가져온 양식이 바닥났으니 이제부터 십삼만 명을 신라에서 잘 먹이고 보살펴주시오."

"신라를 위하여 백제를 치러 오신 길이니 당연히 우리 신라가 모든 것을 조달해야지요."

그 말에 소정방이 좌우의 장군들을 돌아보며 씨익 웃었다.

"우리에게도 이익이니 백제를 치러 왔겠지."

유신이 눈길을 꺾고 숨을 고른 뒤 억지로 웃음을 보였다.

"당연히 당에도 이익이 되겠지요."

"신라군의 배가 백 척이 왔던데, 덕물도를 떠나 백제에 도착하면 그 배가 우리 당군의 보급품을 감당하는 것이오?"

"아닙니다. 보급품은 육로로 조달할 것이며, 그 배에는 수군을 도울 물건이 실려 있습니다."

소정방은 고개를 갸우뚱했다.

"덕물도에서 보급품을 싣는다 하더라도 며칠을 견디기 어려울 텐데. 그럼 신라군은 백강에서 우리와 합세하여 전면전을 벌일 계획이 아니오?"

"백강에서 합류할 예정입니다. 수로를 통해 보급품 운송이 어려우니 육로를 이용하려 합니다."

"듣자 하니, 백강 하류가 길고 백제의 바다는 갯벌이 넓다던데, 어디로 상륙해야 하오?"

유신은 지도를 펼쳐놓고 자신 있게 한 곳을 가리켰다.

"백제의 병법가들이 하나같이 말하기를, 수군은 기벌포에서 막아내야 하고, 육로는 탄현을 넘지 못하게 해야 백제에 승산이 있다고 한답니다. 그러니 당나라 수군은 기벌포에 상륙하고 신라군은 탄현을 넘어 황산벌에서 백제군과 대적해야 승리할 수 있습니다."

소정방은 그제야 유신을 똑바로 보며 흡족한 웃음을 보였다.

"신라로서는 이제야 그동안 백제에 당한 복수를 하겠군. 우리의 도움이 아니면 불가능한 일이란 걸 잊지 마시오."

유신은 지도의 황산벌을 바라보며 혼잣말처럼 중얼거렸다.

"그동안 백제로부터 많은 수모를 받았지만, 자고로 달이 차면 기우는 법. 백제는 만월이 지났고, 우리 신라는 초승달이라 둥글게 차오를 일만 남았습니다. 신라가 삼국 중 가장 늦게 나라를 이루었으나, 우리는 삼국을 통일하여 강성한 나라가 될 것입니다."

사비성에 새벽이 밝아오고 있었다. 궁으로 들어서는 대신들은 미명 속에 웅크리고 있는 백제의 불안한 운명을 느꼈다.

뜬눈으로 밤을 새운 의자는 새벽녘에 고마미지현(지금의 전남 장흥)에 유배를 가 있는 흥수에게 서신을 보내 계책을 물었다. 또한 무진도량의 계백에게 위급한 상황을 전하도록 흑치상지를 보냈다. 일본에 가 있는 왕자 풍에게는 승려 도침을 보내 지원군을 데려오게 했다. 의자는 그런 후에 좌평들이 모인 정전에 들었다.

"당나라 대군이 백강 하류로 침공할 것이 분명합니다. 저들은 사비로 가장 빨리 향할 수 있는 해안을 통해 물밀듯 닥칠 것입니다."

좌평들의 일치된 의견이었다.

"십삼만 대군을 어찌 감당합니까? 속히 왜에 있는 풍 왕자님께

지원군을 요청해야 합니다. 지방군을 급히 모아도 백제군은 이만 명 남짓 될 것입니다."

임자의 말에 의직이 부릅뜬 눈에 힘을 주며 말했다.

"십삼만이라 하나 주력부대는 몇만 되지 않을 것이오. 수만 명이 움직이려면 군수물자의 이동을 비롯해서 동원되는 인원이 더 많은 법이오. 물론 그렇다 하더라도 당군이 수적으로 월등히 우세하지만, 우리에게 가능성이 없는 것은 아니오."

불안해하는 대신들 앞에 의직이 자신 있게 지도를 펼쳐놓고 말했다.

"기벌포의 갯벌은 넓고도 깊어 군사들이 배에서 내려 걸어 나오기 힘든 곳입니다. 저들이 배에서 내려 갯벌에서 허우적거리기 시작할 때 총공격하여 육지에 닿기 전에 기세를 꺾어놓는다면 승산이 있습니다."

사택가의 좌평들이 물러나며 적극 권유하여 좌평 자리에 오른 상영이 고개를 저었다.

"저들이 배에 있을 때는 멀어서 활로 공격해도 닿지 않습니다. 갯벌에 진을 쳐도 거리가 너무 멀어 역시 닿기 어렵고, 우리 군사들이 갯벌에 들어가기도 어렵습니다. 차라리 저들이 육지에 올라왔을 때 협공하는 작전을 펼쳐야 합니다."

의직의 말도, 상영의 말도 일리가 있었다. 의자는 다른 대신들의 의견을 물었으나 하나로 뜻이 모아지지 않았다. 재위 기간 동안 그토록 신라를 공격하며 어느 때보다 막강한 힘을 보여줬던 의자였다. 그러나 신라는 사활을 걸고 당의 대군을 몰아 백제의 사비로 바로 진격해오고 있었다. 의자는 차마 이 말까지 하기 고통스러웠지만, 큰 숨을 내쉬고 의연하게 말했다.

"또한 김유신이 오만의 대군을 이끌고 육로로 오고 있으니 이를 어찌 막아야 하오? 일찍이 성충은 신라군이 탄현을 넘지 못하게 막아야 한다고 했소."

성충의 이름을 말하는 순간 의직이 울컥 하는 얼굴이 되어 말했다.

"그러하옵니다, 어라하! 탄현은 산으로 둘러싸여 적들이 빠져나가기 어려운 요새와 같습니다. 성충의 말대로 탄현을 넘지 못하도록 막아야 합니다."

그런데 상영은 그 말에도 의구심이 든다는 표정이었다.

"하오나 산세가 험하면 우리 군사들도 진군하기가 어렵지 않겠습니까? 차라리 탄현을 지나 평지로 나오면 사방에서 일시에 협공하는 작전을 펼쳐야 합니다."

몇몇 신하가 상영의 말에 고개를 끄덕였다.

의자는 각 지방의 방령들에게 군사를 최대한 모아오라고 명을 내리는 한편, 웅진성만은 굳건히 지키라고 일렀다. 백강에서의 싸움에 승산이 없는 것은 아니나 무너질 경우를 생각해야 했다. 육로로 오는 김유신의 군대 역시 막아야 하지만 이도 패할 수 있었다. 그럴 경우 사비와 웅진의 성문을 굳건히 닫고 식량이 떨어진 당군이 돌아가기만을 기다리는 작전을 써야 한다. 사비와 함께 웅진성은 지형상 철옹성이기 때문에 최후의 보루로 남겨두어야 했다.

얼마 후 흥수에게서 답신이 왔다.

어라하! 큰 죄를 지은 저를 잊지 않고 찾아주시니 은혜가 하해와 같사옵니다. 사비에서 멀리 떨어져 있으나, 나라를 걱정하는 마음 어찌 한시도 잊을 수 있겠습니까?

저의 대책 역시 성충과 같습니다. 수군은 기벌포에서 막아내야 하며, 육로는 탄현을 벗어나면 불리합니다. 실로 대군이 공격해오지만 지혜를 모으고 합심하면 물리칠 수 있습니다. 기벌포와 탄현에서 밀릴 때는 사비성을 굳게 지키면 막을 수 있습니다. 사비성이 어려워질 때는 웅진성에서 배수진을 친다면 쉽게 무너지지 않을 것입니다.

의직으로 하여금 기벌포를 막게 하고, 계백으로 하여금 탄현을 막게 하소서. 처음부터 승산이 없는 싸움은 없습니다. 칼을 들고 나서지 못하는 소신의 불충을 용서하지 마옵소서.

흥수의 충심은 의자를 크게 위로해주었다. 풍전등화와 같은 시국을 맞이한 자신이 무력하게 느껴졌으나 흥수의 서신을 보고 힘이 생겼다. 흥수도 자신과 똑같은 생각을 하고 있었다. 죽은 성충이 옆에 있다면 그 역시 같은 계책을 내놓았을 것이다.

의자는 의직을 따로 불러 흥수의 서신을 보여주었다. 반백이 된 의직은 눈물이 도는 눈을 부릅뜨고 한스러운 듯이 울분을 토했다.

"어라하! 성충과 흥수가 지금 옆에 있다면 갑론을박하지 않고 바로 군사를 몰아 적을 단숨에 제압할 것입니다."

"그래서 좌평에게만 먼저 말씀드리오만, 이 위급한 시국에 흥수를 옥에 가둬둘 수는 없소. 흥수를 방면하여 기벌포로 부를 테니, 좌평이 윤충과 복신, 흥수와 함께 기벌포를 막으시오. 흥수를 부르는 일에 더는 왈가왈부하지 마시오."

두 눈이 충혈된 의직이 의자 앞에 엎드렸다.

"신, 흥수와 함께 기벌포를 지키는 데 목숨을 바치겠나이다."

무진도량의 여름 계곡은 푸르른 아우성이 햇빛보다 강했다. 나무들은 푸른 본성을 발하여 거칠 것 없이 우거지고 있었다. 폭포는 세상을 가르며 떨어지고, 그 사이로 새들의 지저귐이 빛처럼 부서졌다.

계백은 폭포수 아래에 앉아 맨몸으로 물줄기를 받고 있었다. 물은 날카로운 송곳이 되어 어깨를 찔렀지만 세상의 고뇌도 함께 씻어갔다. 세상이 전쟁을 원한다면 그 전쟁을 관통하여 나아가는 수밖에 없었다. 목숨도 부질없는 세상 물건의 하나일 뿐이고, 죽음이야 애처로울 일도 아니었다.

이윽고 계백이 물속에서 일어나 폭포 밖으로 나왔다. 물보라의 장막을 걷고 그가 걸어 나오는 모습에 흑치상지는 감명을 받았다. 계백은 범인凡人의 생사를 초월한 듯했고, 화살도 피해갈 만큼 기백 넘치는 장군이었다.

흑치상지는 왕의 서신을 든 채 계백에게 깊이 허리 숙여 예를 갖추었다. 웃통을 벗은 계백은 삼베바지를 입고 있었다. 계백은 흑치상지를 보고 미소 짓고는 그의 손에 들린 서신에 눈길을 주었다. 그리고는 옷을 갖춰 입고 무릎을 꿇어 예를 표한 후 왕이 보낸 서신을 받아들었다.

"당나라 군사 십삼만이 수로로 침략해오고, 육로로는 김유신이 군사 오만을 이끌고 사비로 쳐들어오고 있습니다. 하여 어라하께서 장군을 급하게 부르십니다."

계백은 알고 있었다는 듯이 고개를 끄덕이고는 도량의 우두머리 무사들을 불러오라고 했다. 근처 다른 도량에 있던 무사들도 이미 계백의 부름을 받고 달려오고 있었다. 계백은 왕의 뜻을 전한 후 여러 무사들에게 말했다.

"이제 나라의 부름을 받고 출전하려 하니, 이는 명예를 위함도, 실리를 얻기 위함도 아니다. 백제를 위한 싸움은 명령 때문도 아니고, 희생을 강요해서 될 일은 더욱 아니다. 이 나라 백성으로서 마땅히 나서야 할 도리이기 때문이다. 백제의 순결하고도 강인한 기운이 그대들에게 흐르고 있고, 하늘과 땅의 정의가 그대들 편에 있다. 목숨 또한 정의의 순리를 따르면 될 일이다."

계백의 표정에는 피 끓는 영웅심도, 애타는 분노도 없었다. 의로운 기운이 충만하여 그 얼굴은 떳떳했고, 숭고한 의지를 드러냄에 두려움이 보이지 않았다.

"나라를 위해 목숨을 버리라 하지 않겠다. 그대들 하나하나의 목숨이 모두 소중하며, 우리는 더 큰 소중함을 지키기 위해 출전하는 것이다. 옳고 그름을 따져 목숨을 거는 것은 어리석으나, 세상의 올바른 이치에 목숨을 내놓는 일에 주저하지 말라. 가고 싶지 않을 때도 있는 길이지만, 지금은 백제의 미래를 위해 마땅히 가야 할 길이다. 도량의 무사들에게 이 말을 전하고, 각 도량은 출전하고자 하는 무사들을 정비하여 내일 새벽 사비로 떠날 준비를 하라."

무사들은 결연한 표정으로 물러났다. 흑치상지만이 주먹을 굳게 쥐고 이를 악다문 채 계백에게 물었다.

"적을 죽이고 내가 살아야 하는 전쟁입니다. 어째서 당과 신라를 척결하고 백제를 구하는 데 목숨을 바치라고 하지 않으십니까? 전쟁에서 승리하여 살아남아야 한다고 가르치지 않으십니까? 오랑캐들이 침략하는데 순리대로 행하란 말씀이십니까?"

계백이 흑치상지를 보는데 그 눈길이 마치 눈앞의 그를 뚫고

아득히 먼 하늘을 끌어다 공중에 펼치는 듯했다. 계백의 양미간이 흐려지더니 곧 엷은 미소를 띠고 흑치상지에게 말했다.

"흑치상지야, 살아남아야 한다면 너는 끝까지 살아남도록 해라."

흑치상지의 눈에 불꽃이 일렁거렸다. 싸우되 자신의 목숨보다 더 소중히 지켜주고 싶은 계백은 자꾸 자신의 생각 밖에 있는 듯했다.

"내 너에게 두 가지를 부탁하겠다. 하나는……."

계백의 눈에 잠시 슬픈 빛이 떠돌았으나 곧 담담해졌다.

"하나는, 만일 우리가 지더라도 너는 끝까지 살아남아 백강으로 가서 당군을 막아야 한다. 거기서 또 지더라도 너는 살아남아 사비성을 지켜야 한다. 사비가 무너진다면 너는……, 주류성으로 가거라."

"주류성이라니요?"

"그다음 백제신검을 완성해다오. 도량의 무사들과 거의 다 익혔으나 아직 완전하지 못하다. 혹여 이 땅이 백제 땅이 아니게 된다 하더라도, 혹여 네가 백제 아닌 다른 곳에 가게 된다 하더라도, 백제신검을 가장 순수한 무술로 완성해다오. 이 두 가지를 위해 너는 반드시, 이 전쟁에서 살아남아야 한다."

흑치상지는 계백이 죽음을 각오하고 있으며, 이 전쟁의 최후를 내다보고 있음을 알았다.

"사비에는 이런 말이 돌고 있습니다. 백제는 만월이라 이제 기우는 중이고, 신라는 초승달이라 둥글게 차오를 일만 남았다고 말입니다."

"달이 차면 기우는 것이 순리이거늘, 그 말이 노여울 것이 무어냐?"

밤이 깊도록 각 도량에서 출전 의사를 보내왔다. 인근의 성에서는 계백의 이름을 대자 무사들에게 무기와 갑옷을 제공했다.

계백이 백제 전역에 있는 도량의 무사 오천 명을 이끌고 움직일 때, 의직은 이만 명의 군사를 이끌고 기벌포로 향했다.

누런 밀물

기벌포 어귀에 당군의 배가 밀고 들어왔다. 출렁이는 물결을 가르는 깃발들의 행렬에 햇빛도 숨을 죽였다. 수평선이 보이지 않게 수많은 배가 대형을 갖추고 조용히, 그러나 신속하게 다가왔다.

의직을 비롯한 백제의 장수들은 백강 하구에 배를 정박시키고 뭍에서 적의 배를 기다렸다.

"천구백 척이라더니 실로 어마어마하군."

"기벌포의 해안이 굴곡이 심하고 갯벌이 넓습니다. 분명 배를 대고 육지에 닿을 수 있는 가장 짧은 해안을 택할 것입니다."

의직과 장수들은 기벌포의 지형을 면밀히 살펴본 후 당군이 상륙할 만한 곳을 두 군데 정하여 군사를 이동시켰다.

"그러나 저들이 의외의 곳에 상륙할 수도 있으니 움직임을 주시하시오."

"저들은 드넓은 기벌포의 갯벌에 내리면 무기와 보급품을 옮기는 데 어려움을 겪을 게 틀림없습니다. 우리가 그 틈을 노려 공격하면 기선을 제압할 수 있습니다. 저들이 육지에 진지를 구축하기 전에 타격을 입혀야 합니다."

무수한 전투에서 공을 세운 윤충도 당나라 대군을 보고 긴장한 빛이 역력했다.

한편, 당나라 소정방은 김인문에게 상륙할 해안을 물었다.

"백제의 바다는 갯벌이 넓어서 상륙하기 힘들다 하는데 어느 곳으로 상륙해야 하오?"

"저들은 우리가 갯벌이 가장 좁은 해안으로 상륙할 줄 알고 대비할 것입니다."

인문은 지도에서 기벌포의 해안선을 짚었다.

"해안선이 크게 굽어 있는데 상곶과 하곶, 이 두 곳의 갯벌이 상대적으로 짧습니다. 저들은 우리가 이곳에 상륙할 것으로 보고 대비할 것입니다. 허나 우리는 상곶과 하곶 사이, 이 넓은 갯벌로 바로 내려가야 합니다. 배를 몇 척 띄워 저들의 시선을 상곶과 하곶 쪽으로 돌려야 합니다."

소정방이 양미간을 신경질적으로 찡그렸다.

"그 넓은 갯벌 위를 우리 대군이 다 건너갈 수 있겠소?"

인문은 의미심장한 미소를 띠고 말했다.

"상대등께서 신라의 배 백 척에 갯벌을 건너갈 수 있는 수단을 준비해주셨지요. 신라의 대아찬 양도 장군은 수군 전문 지휘관으로, 넓은 갯벌을 지날 수 있는 필살기를 준비해왔습니다."

"필살기라니? 멀리서 적을 쫓을 수 있는 신종 무기라도 있소?"

인문은 뒤쪽에 선 신라의 배를 향해 신호를 보냈다. 신라의 배들이 당군의 배들 앞쪽으로 나와 해안을 향해 최대한 다가갔다. 양도 장군의 배가 가장 앞장서 나가다가 멈추어 섰다.

"배에서 내려라!"

양도가 손을 들고 외치자, 배에서 긴 사다리가 내려오며 군사들이 물에 내려섰다. 그리고 둘둘 말린 거대한 돗자리를 배에서 내렸다.

"왕버들 돗자리를 갯벌에 펼쳐라!"

군사들이 둥글게 말린 왕버들 돗자리를 갯벌 위에 펼치기 시작했다. 돗자리의 가장자리를 잡고 나아가는 군사들이 갯벌에 발이 빠져 허우적거렸으나, 넓은 갯벌은 왕버들 돗자리로 메워지고 있었다.

"군사들이 갯벌을 메우고 있는 저것이 무엇이오? 저것이 필살기란 말이오?"

미덥지 않은 듯이 물어보는 소정방에게 인문이 자신 있게 대답했다.

"그렇습니다. 왕버들은 잎이 물에 젖지 않고 가벼워 운반하기가 쉽습니다. 저 위로 건너가면 갯벌에 발이 빠지지 않고 빨리 건

227

너갈 수 있습니다."

신라의 배에서 내린 왕버들 돗자리가 넓은 갯벌에 깔렸다. 물이 들어오던 검은 갯벌이 갑자기 황금빛 마른땅으로 변하고 있었다. 당나라 군사들이 그 위를 밟고 육지로 건너오기 시작했다. 갯벌에 발이 빠지지 않았고, 무기를 운반하다가 엎어지는 일도 없었다.

십삼만 군사가 해안을 가득 메우고 움직이는 모습은 마치 누런 빛깔의 밀물이 들어오는 것 같았다. 기벌포의 갯벌은 누런 밀물의 발아래서 고통스러운 울음을 울었으나, 그것은 곧 셀 수 없이 많은 발길 아래 무참히 짓밟혔다. 물결은 저 멀리서 뭍으로 오지 못하고 안타깝게 흔들릴 뿐이었다.

상곶과 하곶을 지키던 백제의 장수들은 당나라의 배가 상륙할 듯 머뭇거리다가 돌아나가는 광경을 목격했다.

"큰일 났소. 저들이 다른 곳으로 상륙하는 모양이오!"

"허나 저들이 상륙을 시도한다 하더라도 갯벌에 빠져 허우적거릴 것이오."

상곶과 하곶의 군사들은 당군의 배를 맞으러 속히 이동했다. 그러나 당나라 군대는 이미 대부분 갯벌을 건너와 육지에 진을 치고 있었다.

"이럴 수가! 저들이 어찌 신속하게 갯벌을 빠져나왔단 말인가?"

의직의 외침에 흥수가 앞으로 나섰다. 옥에서 병이 든 흥수는 몸은 야위었으나 얼굴엔 범치 못할 위엄이 서려 있었다. 그는 수많은 전투에서 상황을 오판한 적이 없었으며, 승패를 예측하는 데 어긋남이 없었다. 전투에서는 반드시 승리해야 하고, 실패할 우려가 있으면 물러나야 했다. 그러나 오늘 흥수는 물러설 수 없는 전투에 임했음을 깨달았다.

"때를 놓쳐 불리한 싸움이지만, 죽기를 각오하고 싸운다면 어찌 승산이 없으리오."

그 말을 신호로 의직이 공격 명령을 내렸다. 말이 떨어지기가 무섭게 윤충이 군사들을 이끌고 말을 달려 나갔다. 갯벌을 미처 다 건너지 못한 당나라 군사들을 향해 활을 쏘았다. 전진하던 당나라 군사들이 쓰러지자 칼을 들고 진격했다. 윤충은 말을 달려나가며 갯벌을 보고 깜짝 놀랐다.

저것이 무엇인가! 갯벌이 마른땅으로 변했는가?

그것이 넓게 펼쳐진 돗자리라는 것을 알고 윤충은 적의 치밀함에 두려움을 느꼈다. 순결한 바다를 빼앗긴 분노와 함께 불안이 엄습해왔다. 그러나 윤충은 불길한 기운을 떨치고 포효하며 적을 향해 달려들었다. 미처 육지로 빠져나가지 못한 당나라 군사들은 백제군의 칼과 창에 스러졌다.

의직과 흥수는 적이 대열을 정비하기 전에 총공격을 감행했다. 화살을 빗발처럼 쏘아대자 앞에 있는 적들이 우수수 쓰러졌다. 적의 중심을 흩트린 뒤 장수들이 앞장서서 칼을 들고 나섰다. 쓰러진 자들 뒤로 활을 든 적들이 전진해왔다. 칼에 베이고 화살에 맞아 앞줄이 쓰러지면 그 뒤에서 또다시 밀고 왔다.

백제군이 밀려오는 당군의 힘에 눌릴 무렵, 윤충이 해안가에서 군사들을 이끌고 합류했다. 잠시 위기는 모면했으나 역시 적들의 수에 대적하기 힘들었다. 덕솔 관직의 장군들이 화살에 맞아 쓰러지자 군사들이 불안해하며 우왕좌왕했다. 윤충은 서둘러 군사들을 후퇴시켰다.

백제 진영은 작은 언덕에 가려졌을 뿐 안전한 진지를 구축하지 못한 형편이었다. 적들이 쉬지 않고 밀어붙이면 본진까지 금세 위험해질 수 있었다.

"전면전은 힘들 것 같소. 적들을 상곶 주변의 산 밑으로 유인하여 위에서 공격하시오."

흥수가 해안가에서는 유일하게 산세가 있는 상곶으로 이동하라고 권했다.

"만약 저들에게 밀리면 상곶에 있는 배에 올라 적이 직접 대적할 수 없는 강에서 공격하는 방법을 써야 하오. 당군은 다시 배에 올라 우리를 추격하기 어려울 테니, 백강 하구로 접어들어 싸우면 우리가 유리하오. 물론 배 위에서 뭍에 있는 적을 죽이기도 쉬운 일은 아니오."

덕솔 관직에 있는 검일과 모척이 나섰다. 그들은 신라인이었으나 대야성 전투 때 성주 김품일에 저항한 뒤 백제로 와 고사성의 장수로 있었다.

"소장들은 백제로 와서 지금껏 과분한 대접을 받았나이다. 이제 소장들이 앞장서 저들을 막을 테니 상곳으로 후퇴하십시오."

흥수가 그들을 보고는 엷은 미소를 지었다.

"검일과 모척, 그대들은 신라에서 가족을 잃는 아픔을 겪었는데, 또다시 그런 아픔을 겪게 할 순 없지. 내가 이곳을 막을 테니 그대들이 좌평을 모시고 상곳으로 후퇴하게."

"소장들은 신라에 있었다면 죽은 목숨입니다. 거두어주신 은혜를 오늘에야 갚고자 합니다."

그러나 흥수는 고개를 저어 그들을 만류했다. 각 장수들에게 임무를 준 뒤에 흥수는 의직의 손을 잡았다.

"좌평! 이 몸은 죄인으로 옥에서 죽어야 하거늘, 어라하께서 전장에서 죽을 기회를 주셨소. 장부로 나서 백제를 위해 싸우다 죽는 것은 명예로운 일이오."

흥수의 깊은 눈에 물기가 차오르고 있었다.

"좌평은 반드시 살아남아 어라하께 가야 하오. 백강에서 진다면 앞으로 사비성이 어찌될지 모르오. 사비성의 왕자님들은 아직 어리고, 중신 중에 간자가 있는지도 모를 일이오. 백강에서 패한다 해도 사비성만 지킨다면 나당연합군을 물리칠 기회가 올 것이오. 좌평이 반드시 어라하 곁으로 가야 하오!"

의직에게 거듭 부탁한 뒤 흥수는 윤충을 불렀다.

"그대가 아니었으면 어라하께서 신라의 그 많은 성들을 어찌 함락할 수 있었겠소? 그대는 진정 백제를 위해 하늘이 주신 인물이오."

윤충은 흥수가 무슨 말을 하려는지 짐작한 듯 큰 숨을 내쉬며 호기롭게 말했다.

"그러합니다. 소장은 비록 이 손에 적의 피를 많이 묻히긴 하였으나, 그 모두가 백제를 위해 하늘이 제게 주신 운명이라 생각합니다. 어차피 제 운명이 그러하거늘, 오늘 이 손으로 적의 목숨을 최대한 거두어 제 명을 바쳐서라도 백제를 살리고자 합니다."

목숨을 각오한 윤충의 말에 흥수는 그의 큰 손을 꼭 쥐었다. 윤충 역시 오늘이 이 세상 마지막 날이라 작정한 흥수의 결연한 낯빛에 경건하게 고개를 숙였다.

의직이 검일과 모척 인솔하에 상곶으로 이동하는 사이, 흥수는 군사들을 이끌고 당군 앞에 나섰다. 그는 백제군의 얼굴을 살펴보았다. 자식을 두고 왔을 아비도 있었고, 이제 갓 이팔이나 되었을 소년도 있었다.

"한 번은 죽을 목숨, 흥수 어른과 함께하면 영광입니다."

나이 든 군사가 말했으나 그 옆의 소년은 앳된 얼굴로 떨고 있었다.

"살고 싶습니다. 하지만 제가 죽어 제 가족이 살 수 있다면 괜

않습니다."

흥수는 손자뻘 되는 그 소년에게 다가가 머리를 쓰다듬었다.

"네가 목숨을 건다면 백제는 기필코 살아날 것이다. 네 가족은 백제 땅에서 대대손손 번창하리라 내 확신한다. 너와 내가 백제를 살리자."

소년의 눈에서 눈물이 한 방울 흘렀으나 표정은 의로움으로 빛나고 있었다.

흥수는 말을 달려 앞으로 나서며 큰 소리로 호령했다.

"네 이놈 인문아! 당군의 꽁무니에 붙어 있지 말고 썩 나서거라. 어찌 일국의 왕자 된 이가 이리 부끄러울 수 있단 말이냐? 신라왕인 네 아비가 그리 가르치더냐? 더러운 당군을 순결한 백제 땅에 끌어들인 네놈의 목을 내가 베리라!"

소정방 옆에 앉아 있던 김인문이 분노하여 벌떡 일어났다. 칼을 쥐고 나서려 하자 소정방이 그를 제지했다.

"체통 없이 직접 나서려 하시오? 늙은 용의 마지막 발악을 그저 지켜나 보시오."

소정방이 손짓을 하자 당나라 장수가 칼과 창을 쥐고 달려 나왔다. 양 진양에서 서로를 겨누었던 활을 내렸다. 괴성을 지르며 달려오는 적장을 흥수는 가만히 바라보았다. 그러다 적장이 창을 휘두르는 순간 몸을 돌리며 창을 깊이 찔렀다. 창은 적장의 옆구리에 그대로 박혔다. 적장은 팔을 떨어뜨린 채 말 위에 꼬꾸라져 적진으로 돌아갔다.

"조무래기를 보내지 말고 인문, 네가 나오너라!"

홍수의 호통에 다시 당군의 장수 하나가 뛰쳐나왔다. 칼을 꼿꼿하게 든 채 홍수를 겨냥해 달려오는 그를 향해 홍수도 칼을 뽑아 들고 달려갔다. 말과 하나 되어 달리는 쾌감을 느끼며 홍수는 적장의 칼끝을 아슬아슬하게 비켜났다. 그리고 다시 달려오는 적장을 향해 온 힘을 다해 칼을 휘둘렀다. 적장의 목이 달아났다. 백제 진영에서 환호성이 터져 나왔다.

그때, 더는 참을 수 없다는 듯 김인문이 앞으로 나섰다. 인문은 홍수의 명성에 관해 들은 바가 많았다. 아버지 김춘추는 홍수를 신하로 둔 것이 백제왕의 복이라고 말했다. 그러나 이제 백제는 망국이 될 터이고, 충신에게 오늘의 전장은 참혹한 무덤이 될 것이었다.

"홍수! 노장의 기개는 아직 살아 있으나 어찌하겠소. 오늘 하늘이 백제를 버리니!"

그 말을 들은 홍수가 크게 웃었다.

"역시 김춘추의 아들이로다! 내 목숨이 백제와 함께한다면 이보다 더한 명예가 어디 있으리!"

검은 말 두 마리가 사정없이 달려와 칼날이 부서질 듯이 마주쳤다. 다시 말을 돌려 달려와 칼을 부딪치며 홍수가 인문의 눈을 똑바로 보았다. 서로의 칼을 힘껏 밀어버린 후 다시 칼이 맞부딪쳤다. 흥수가 인문의 눈을 보며 말했다.

"우리 백성들이 억울하게 피를 흘리면, 내 죽어 귀신이 되어 네 목을 치겠다."

섬뜩해진 인문은 칼을 힘껏 밀어버린 후 몸을 돌려 흥수를 길게 베었다. 흥수의 왼팔이 잘려나갔다. 흥수는 잠시 비틀거렸으나 칼을 쥔 오른팔을 높이 쳐들었다. 인문이 흥수의 오른팔을 내려쳤다. 붉은 피를 흩뿌리며 흥수의 오른팔이 땅에 떨어졌다. 백제 진영에서 짧은 탄식이 터져 나온 뒤 정적이 흘렀다.

"음하하! 팔이 없다고 내가 못 싸우겠느냐?"

흥수는 큰소리를 지른 후 쓰러져 말의 목에 상체를 기댔다. 인문은 흥수의 목을 베기 위해 칼을 들었다. 잠시 후, 칼을 쥔 손이 공중에서 멈칫하더니 천천히 팔이 내려왔다.

"백제의 충신인 그대에게 내 마지막 예우는 해드리리다."

인문은 말에서 내렸다. 땅에 떨어진 흥수의 왼팔과 오른팔을 수습했다. 흥수의 팔을 주워 갑옷 속에 넣던 인문이 흥수의 부릅 뜬 두 눈을 보았다. 아직 숨이 붙어 있었다.

"이랴!"

흑마의 엉덩이를 치자 흥수를 태운 말은 주인이 굴러떨어지지 않게 조심하며 천천히 백제 진영으로 돌아갔다.

다시 말에 오른 인문은 당군의 진영을 향해 달려가며 외쳤다.

"전군, 총공격하라!"

세찬 함성과 함께 당나라 군사들이 진격하기 시작했다. 땅이 울리고 하늘에는 핏빛 외침이 퍼져나갔다. 누런 빛깔의 옷을 입은 당나라 군사들은 쏟아지는 화살 속에서도 끝없이 밀려들었다.

홍수를 태운 말은 백제의 어린 군사 앞으로 가서 주인의 몸을 내려놓았다.

"좌평 어른!"

귀밑에 솜털이 보송보송한 소년이 갑옷 속에서 피범벅이 된 홍수의 두 팔을 꺼냈다. 소년은 잘린 두 팔이 두렵지 않았다. 홍수에게 두 팔을 돌려주어야 한다는 생각만 들었다. 피가 흐르는 몸통에 두 팔을 붙여준 뒤 소년은 눈물을 흘렸다. 홍수는 두 눈을 뜬 채 전장을 바라보고 있었다. 그때 달려오는 적군의 함성이 들렸다. 소년이 고개를 돌리니 당나라 군사 하나가 창을 들고 소년을 찌를 듯이 달려왔다. 소년은 홍수의 몸을 끌어안으며 엎드렸다.

안 돼!

비명 소리도 감추고 소년은 홍수를 보호해야 한다는 듯이 그의 몸을 안았다. 순간, 창을 내리꽂으려던 당나라 군사가 멈칫했다. 홍수의 붉은 두 눈이 자신을 노려보고 있었다. 그는 창을 든 손을 내리고 소년을 지나쳐 앞으로 달려갔다. 소년은 그제야 칼을 들고 일어났다.

"좌평 어른의 말씀대로 저는 죽어 백제를 살리고, 제 식구들이 백제 땅에서 영원히 살도록 하겠습니다."

소년은 홍수에게 고개를 숙여 예를 차린 후 눈물을 닦고 돌아섰다. 처음 전쟁터에 나왔지만 소년은 거침없이 칼을 휘두르며 달려 나갔다. 닥치는 대로 적군을 죽이고 죽였다. 목숨이 무엇인지, 죽음이 무엇인지, 소년은 아직 알지 못했다. 홍수를 생각하며 칼을 휘두를 뿐이었다.

온몸에 피를 뒤집어쓴 채 헤매다가 다시 누운 홍수 앞에 왔을 때, 낯빛이 검고 어깨가 넓은 당군이 소년을 베었다. 소년은 홍수의 몸 위로 쓰러졌다. 홍수와 눈이 마주치자 소년의 얼굴에서 고통이 사라졌다. 여리고 작은 소년의 등을 무수한 당군들이 짓밟고 지나갔다.

홍수가 거느린 군사들이 전멸하며 시간을 버는 동안, 의직과 윤충은 남은 군사를 이끌고 상곳으로 후퇴했다. 그러나 지형을 이용한 대책을 세우기도 전에 적들이 쳐들어왔다. 윤충이 앞장서서 당군을 맞았다.

"홍수가 내 칼에 죽었다. 죽어가며 제발 백제인을 죽이지 말라고 사정하더구나. 군사들을 살리고 싶으면 그만 항복하라!"

인문이 나와서 큰소리쳤다. 윤충은 홍수가 죽었다는 소식에 가슴이 뜨거워져 숨을 쉴 수 없었다. 그러나 인문을 향해 호기롭게 소리쳤다.

"과연 홍수로다! 나에겐 적을 하나라도 더 죽이라 유언하고,

너에겐 백제군을 죽이지 말라 하셨으니, 지당하신 말씀 아닌가!"

윤충은 붉어지는 두 눈에 힘을 불끈 주고 적진을 향해 달려들었다. 쉽게 죽어서는 안 된다! 적을 한 명이라도 더 죽이고, 이 사지에서 의직을 사비로 보낸 후에 죽어야 한다!

윤충이 거침없이 적을 베나가는 동안, 검일과 모척은 의직을 보좌하여 강가에 세워둔 배에 올랐다. 목숨을 아껴 마지막까지 어라하와 의직을 보좌하라는 것이 검일과 모척에게 내린 흥수의 명이었다.

윤충은 혼자서 적군 수십 명을 헤치고 나가며 칼을 휘둘렀다. 누군가가 그가 탄 말을 베었다. 말이 비틀거리자 윤충은 말에서 뛰어내려 적과 맞섰다. 누구의 것인지 모를 붉은 피가 윤충의 얼굴에 뿌려졌다. 적의 피에서 누린내가 났다. 윤충은 자신의 몸을 적군의 피로 적시며 한 명만 더, 한 명만 더, 하고 속으로 외쳤다. 백제군은 점점 강가로 밀려났다.

그때였다.

"윤충!"

자신을 부르는 흥수의 목소리가 들렸다. 뒤를 돌아보니 막 출발하는 백제군의 배에 불이 붙고 있었다. 적이 배를 향해 불화살을 날렸다. 윤충은 불화살을 쏘는 당군을 향해 달려가 단칼에 베어버렸다. 한 척은 돛에 불이 붙어 군사들이 강으로 뛰어들었으나, 다른 배는 무사히 움직이기 시작했다. 의직이 저 배에 탔으리라 생각하고 윤충은 소리쳤다.

"백제 군사들이여! 우리는 오늘 백제의 거름이 되어야 한다!"

수적으로 우월한 적을 당해내지 못하는 백제군에게 그는 마지막으로 외쳤다. 그러고는 두 손으로 칼을 움켜쥐고 크게 호령하며 적군 속으로 달려들었다. 어디선가 날아온 화살이 그의 허벅지에 박혔다. 하지만 그는 말처럼 달리며 적을 베었다. 다시 날아온 화살이 옆구리에 박혔다. 그는 아픔을 느끼지 못했다. 또다시 화살이 날아와 꽂혔지만, 어떤 화살도 그의 용맹을 막아내지 못했다. 우람한 체구의 적장 하나가 윤충을 향해 창을 던졌다. 창이 윤충의 배를 꿰뚫었다. 그제야 윤충의 몸놀림이 둔해졌다.

다음 순간 당나라 군사가 백제군의 배를 향해 다시 불화살을 쏘았다. 윤충은 손을 들어 불화살을 막았다. 화살이 손등을 꿰뚫었다. 고개를 돌려 보니 의직을 태운 배는 무사히 상류 쪽으로 빠져나가고 있었다. 그때 그의 등에 수십 개의 불화살이 날아와 꽂혔다. 화살촉이 정확하게 그의 등을 파고들었다. 그는 불타는 등을 지고 뚜벅뚜벅 걸어 백강에 엎어졌다. 강물이 그의 피를 받아주며 타오르는 불을 꺼트렸다. 비로소 자신의 역할을 다한 듯 윤충은 눈을 감았다.

황산 전투

ᘺ

    당군이 기벌포에 상륙할 무렵, 계백이 이끄는 무사 오천 명은 탄현을 막기 위해 서둘러 가고 있었다. 그들은 속도축지법을 익혀 먼 거리를 남보다 빨리 움직일 수 있었다.

    그러나 계백이 가야 할 탄현의 입구에 먼저 도착한 것은 수려였다. 김유신이 장한산성에서 비밀리에 단련시킨 첩자들 중 우두머리였던 수려는 이미 좌평 임자를 포섭한 상황이었다. 수려는 임자에게서 계백이 탄현 입구에 도착할 때를 알아냈다.

    "계백이 신라군보다 먼저 탄현에 닿아서는 안 된다. 계백이 도착할 무렵 네가 탄현으로 들어서는 길목에 불을 질러라. 탄현은 산세가 험하여 저들이 먼저 들어가 우리를 노릴 것이다. 아무리 계백이라도 불이 난 길로 들어서는 누를 범할 수는 없다."

    유신의 명이었다. 유신은 애초에 계백보다 먼저 탄현에 들어설 계획이었지만, 계백의 무사들은 생각보다 일찍 탄현에 닿을 수 있다는 소식이 왔다.

수려는 탄현에서 계백이 들어설 만한 길을 찾았다. 그런데 멀리서 웅성거리는 소리와 함께 말발굽 소리가 들려왔다. 언덕에 올라 내려다보니 과연 계백의 군대가 빠른 걸음으로 다가오고 있었다. 수려는 계백을 본 적이 없었지만, 말을 타고 선두에 선 사람들 중 눈에 띄는 이가 있었다. 호전적인 기상이 느껴지는 장수의 몸에 단정하고도 신령스러운 기운이 느껴지는 인물이었다. 계백의 군사들은 걷고 있었지만 뛰는 것처럼 빠르게 움직였다.

남풍이 불어오자 수려는 품에서 마른나무를 꺼내 불을 붙였다. 여러 군데에 불붙인 나무를 던지자 드디어 푸덕거리는 소리를 내며 불이 붙었다. 그사이에 계백의 군사들은 언덕 아래까지 다가왔다.

"불이다!"

소리를 지른 것은 계백의 군사가 아니었다. 어느 틈에 백성들이 길가에 나와 서 있다가 불을 보고 소리를 질렀다. 계백이 불을 보고 달려 나오는데 흰옷을 입은 백성들이 그 앞을 막았다.

"장군! 장군께서는 신라군을 치러 가는 길이 아니십니까? 불은 저희가 끌 테니 신라를 치고 우리 백제를 구해주십시오."

계백의 군대가 온다는 소리를 듣고 백성들이 길에 나와 있다가 불을 먼저 발견한 것이었다. 백성들이 불을 끄기 위해 언덕을 올라왔다. 수려는 백성들을 헤치고 급히 올라오는 계백을 보고 몸을 감추었다. 탄현으로 들어서지 못하고 길을 돌아가야 하니 김유신의 계획대로 저들은 황산에서 신라군과 대적하게 될 것이다.

임무를 완수한 수려는 바람을 타고 번져오는 불길을 피해 산 아래로 내려가는 길을 잡았다. 그때였다. 화살이 날아와 수려의 얼굴을 아슬아슬하게 스쳐 지나갔다. 몸을 돌렸더니 키가 크고 어깨가 우람한 장수가 불길 속에 서 있었다.

"수일 전 장대비가 쏟아진 여름 산에 불이라니! 네놈이 불을 지른 것이렷다!"

불길이 자지러질 것 같은 우렁찬 목소리. 선두에 서 있던 장수는 계백이 분명했다. 수려는 다리가 떨려오고 입에서 말이 나오지 않았다.

"탄현으로 오는 길을 막으라고 보낸 신라의 첩자인가? 김유신이 보냈는가?"

계백의 어깨 뒤로 나무에 불이 붙어 타오르고 있었다. 불길 속에서 호령하는 그의 기세에 눌려 수려는 말을 못 하고 몸을 돌려 도망치기 시작했다. 그러나 다음 순간, 수려의 심장에 화살이 꽂혔다. 수려가 꺼꾸러지며 돌아보았을 때 계백의 모습은 보이지 않았다.

"적들이 황산으로 향하고 있다고 합니다."

전령이 달려와 계백에게 고했다.

황산! 저들이 탄현을 거치지 않고 사비로 향하기 위해서는 반드시 황산을 지나야 한다. 탄현에서 적을 물리친 후 군사를 돌려 백강에서 합류하거나 사비성을 엄호하라는 왕의 명이 있었다. 그러나 사비성에서의 계획이 어긋나고 있었다.

김유신은 과연 뛰어난 지략가로다. 지형이 험한 탄현에 들어서지 못하게 막은 후, 피할 곳 없는 넓은 벌판으로 유인하여 전면전을 펼치려 하는구나.

"황산으로 향한다!"

계백은 사비성에 전령을 보낸 후 군사를 속히 움직였다.

여름의 벌판은 무료하고 적막했다. 이따금 바람이 풀잎을 흔들면 무료함에 지친 잎들이 서로 몸을 뒤섞을 뿐이었다. 간혹 등짐을 진 사람들이 넓은 벌판을 지나노라면 유난히 뜨겁고도 지루한 길이 바로 황산벌이었다. 그 평화롭고 적막한 벌판에 전운이 감돌기 시작했다. 벌판이 감당하기 어려운 살기가 풀끝마다 차올라 있었다.

계백의 군대가 먼저 황산에 닿아 벌판의 왼쪽, 지대가 높고 험한 곳에 진을 쳤다. 세 개의 진에 각각 천오백 명을 배치하고, 나머지 말에 탄 오백 명은 계백의 선봉부대로 삼았다.

곧 신라의 대군이 황산벌에 도착했다. 신라군은 오만 명, 백제군은 오천 명이었다. 신라군은 넓은 벌을 가득 메우고 구름처럼 서 있었다. 그러나 계백의 무사들은 신라군 앞에 주눅 들지 않았다. 오히려 적을 확인한 무사들의 얼굴엔 결연한 의지가 살아나고 있었다.

지체할 이유가 없었다. 신라군이 진지를 구축하기 전에 밀어붙여야 했다. 계백은 오백 명의 선봉대를 이끌고 출격했다.

말 달리는 소리에 황산벌이 흔들렸다. 앞줄의 무사들은 창과 방패를 들었고, 뒤쪽의 무사들은 등에 활을 메고 허리 양쪽에 칼을 꽂고 손에는 창을 들었다.

김유신은 급히 1진에 있는 기마병 이천 명과 보병들을 내보냈다. 창과 창이 부딪치는 소리가 요란하게 울렸다. 백제의 무사들은 혼자서 대여섯 명을 능히 감당했다. 신라 기마병이 점점 뒤로 밀리고, 보병들도 전진하지 못하고 쓰러지는 자가 많았다. 신라군 2진이 가세할 준비를 했다. 그때 백제 진영에서 북소리가 울리더니 오백 명의 무사들이 물살이 갈라지듯 양옆으로 급히 달아났다. 그리고 가운데에 활을 든 무사들이 달려 나와 일제히 활을 쏘았다. 신라군은 2진이 미처 합류하지도 못한 상황에서 뒤로 물러났다. 계백의 선봉대에 기가 눌린 신라군은 애초보다 훨씬 뒤로 물러나 진지를 구축해야 했다.

첫 전투에서 승기를 잡은 백제군의 사기는 드높았다.

"이제 시작이다. 저들은 수적 우세를 믿고 막무가내식 공격을 할 것이다. 몸과 정신을 하나로 하여 흔들리지 않는다면 적의 수가 많은 것은 문제가 되지 않는다!"

계백의 말에 무사들이 힘찬 함성을 내질렀다.

신라군이 다시 공격을 시도했다. 화살을 집중적으로 쏘아대며 백제군이 한 발자국도 움직이지 못하게 하였다. 백제군은 산세를 이용하여 몸을 숨기고, 선두에 나선 이들은 방패로 몸을 가렸다. 한참 동안 빗줄기처럼 쏟아지던 화살이 멈추고 보병들이 돌진해왔다. 이번에는 흑치상지가 선봉대를 이끌고 2진의 보병들이 칼을 들고 달려 나갔다.

진영에서 전투를 바라보는 김유신과 김흠신은 적들의 용맹함에 표정이 굳어갔다. 백강 전투에 이만 명이 투입되었다 하니 황산벌에서 대적할 관군은 남아 있지도 않을 것이고, 계백의 군사가 온다 해도 몇천 명 남짓, 신라군을 당하기에는 중과부적이라 여겼다.

"어디서 저런 군사를 데려왔는가?"

유신의 말에 김흠신이 이를 갈며 말했다.

"계백이 데리고 있는 무사들이라 합니다."

"중앙군도 아닌데 저토록 용맹하고 실력이 출중하단 말인가?"

날이 저물도록 싸움은 끝이 없이 전개되었다. 백제군에도 사상자가 생겨났지만 신라군은 이미 수천 명의 사상자를 내고 사기가 떨어지고 있었다. 해가 지자 유신은 군사를 거두었다. 두 번의 전투는 신라의 패배였다.

황산벌 하늘에 별이 떠올랐다. 유신은 멀리 백제 진영의 벌판

위에서 말을 타고 오가는 이를 보았다. 순찰하듯 계속 벌판을 돌고 있는 그는 계백이 분명했다. 그는 간혹 하늘을 올려다보고 서 있기도 했다. 근엄한 장수의 위상이 보이기도 하고, 별을 따라 방랑하는 나그네의 뒷모습이 보이기도 했다.

계백! 그대 같은 이가 신라에 있었더라면!

그때 아우인 김흠신이 달려왔다.

"장군, 전령이 왔습니다. 기벌포에서 당군이 백제군을 섬멸하였으니, 약조한 대로 내일 백강에 합류하라고 합니다."

애초 당군은 7월 9일 기벌포에 상륙하고, 신라는 황산을 지나 7월 10일 백강에서 합류하기로 약조하였다. 그러니 내일이면 반드시 계백의 군사들을 섬멸하고 황산을 지나가야 한다.

다음 날 새벽이 되자, 유신은 최고의 장수들을 내세워 선제공격을 시작했다. 만오천 명의 군사를 동시에 출전시켜 수적으로 열세한 백제군을 제압할 생각이었다. 하지만 백제의 선봉부대는 한 치의 흐트러짐도 없이 신라의 장수들을 막아냈고, 보병들 역시 몇 배로 많은 적군과 싸우는데 힘이 달리지 않았다. 군사들을 교대시키며 오전 내내 싸웠으나 신라군은 오히려 후퇴하고 말았다.

오후가 되자 유신은 마음이 급해졌다. 당군은 지금 신라군이 보급품을 가지고 오기만을 눈이 빠지도록 기다리고 있을 것이다. 보급부대가 가지 않으면 십삼만 대군이 오늘 하루 굶어야 한다. 소정방은 무례한 인사라 약점을 잡히면 신라를 억압하는 명분으로 쓸 것이 분명했다.

유신은 전군 총공격 명령을 내렸다. 후미에서 보급품을 지키는 소수만 대기조로 두고 전원이 전투에 참여했다.

어둠이 내리기 시작하는 시간, 피를 뿌리며 죽어간 군사들의 시신에서 노을의 냄새가 비릿하게 풍겨왔다. 계백은 갑옷을 피로 물들인 채 말 위에서 대열을 정비했다. 무사 수백 명을 잃기는 했으나 오늘 전투는 백제군의 승리였다.

신라군은 수천 명의 군사를 잃고 의욕을 상실했다. 네 번의 전투에서 모두 패했다. 유신은 들릴 듯 말 듯 신음을 흘렸다. 오만 대군이 고작 오천밖에 안 되는 군사들을 뚫고 나가지 못하다니. 그러나 아무리 뛰어난 무사들이라 하나 수적 열세가 오래가면 반드시 지치고야 마는 법. 내일은 마지막 전법을 써서 황산을 지나 백강에 도착해야 한다.

유신은 김흠신의 아들이자 자신의 조카인 반굴을 불렀다. 반굴은 소년 시절 의자왕이 나선 전투에서 사로잡혔다가 살아 돌아온 경험이 있었다.

"화랑은 싸움에 나가 물러남이 없어야 함을 알렷다?"

반굴은 이제 한 가정의 아비가 되었지만, 의자왕이 목숨을 살려주었을 때의 굴욕을 잊지 않고 있었다.

"소신 화랑으로 부끄럽게 목숨을 부지하였으니, 이제나마 그

굴욕을 씻고 죽음으로써 명예를 회복하고자 합니다.”

“너의 죽음이 결코 헛되지 않을 것이다.”

이번에는 좌장군 김품일의 아들 관창을 불렀다.

“이번 전투가 너에겐 첫 전장이겠구나. 네 나이가 몇이냐?”

“열여섯입니다.”

“첫 공을 세울 만한 나이로다.”

관창이 고개를 들어 유신을 바라보는데, 그 눈빛이 해맑아 유신은 한순간 가슴이 아렸다.

“목숨을 바쳐서라도 공을 세우면 화랑으로서 어찌 자랑스럽지 않겠습니까?”

“내일 기회를 줄 테니 화랑의 명예를 드높이기 바란다.”

씩씩하게 물러나는 관창을 보며 유신은 긴 한숨을 내쉬었다.

계백, 그대가 시대의 영웅이라 하나 내일은 우리가 승기를 잡을 것이오. 탄현에서 그대를 만났다면 우리가 사비로 가는 것이 더욱 힘들었을 것이오. 계백, 당신은 내가 만난 제일의 장수이고 싸움을 아는 무사요.

계백은 검은 하늘을 우러러보았다. 무사들은 최선을 다해 싸워주었다. 그러나 그들은 점점 지쳐가고 있었으며, 눈에는 피로한 기색이 역력했다. 동고동락한 형제들의 죽음을 보면서 어찌 분노하지 않을 수 있는가. 적에 대한 분노는 전의에 촉매가 될 수 있으나, 감정을 다스리지 못하여 허점이 드러나기 쉬운 법이거늘!

계백은 장검을 짚고 서서 다시 하늘을 올려다보았다. 백강에서 당나라 대군에게 패했으며, 복신은 남은 군사를 이끌고 주류성으로 갔다는 기별이 왔다.

목숨을 버리며 순리를 따르고자 합니다. 다만 백제를 지킬 수 있도록, 그 순리가 의롭게 행해지기를 간절히 원할 따름입니다. 순수하고 의로운 자들의 목숨을 헛되이 하지 마시고 백제를 구하게 해주십시오.

다음 날 새벽, 계백은 무사들 앞에 나섰다.

"오늘 신라는 전군이 사활을 걸고 전면전에 나설 것이다. 휴전도 없고, 후퇴도 없다. 자랑스러운 그대들! 설사 오늘 목숨이 다한다 해도 훗날 백제의 생명으로 되살아날 터이니, 두려움 없이 싸우기 바란다."

말을 마친 계백은 흑치상지 앞에 섰다.

"만약 후퇴하게 된다면 주류성으로 가게."

그때 신라 진영에서 커다란 외침이 들려왔다.

"나는 신라의 화랑 반굴이다. 계백은 나와서 내 칼을 받아라."

흑치상지가 말에 올랐다.

"감히 장군의 존함을 함부로 부르다니!"

반굴과 흑치상지를 태운 말이 양 진영에서 거침없이 달려왔다. 가운데서 둘의 말이 부딪치는가 싶더니 칼이 번뜩였다. 다시 반굴이 말을 돌려 달려드는 순간, 흑치상지의 칼이 반굴을 베었다. 반굴은 말 위에 축 늘어져 신라 진영으로 돌아갔다.

신라의 화랑들이 술렁거렸다. 유신은 그때를 놓치지 않고 옆에 선 좌장군 김품일을 보고 말했다.

"그대의 동생이자 대야성주 김품석이 일찍이 백제의 침략으로 목숨을 잃지 않았는가? 그 복수를 이제 해야 하지 않겠나?"

김품일은 잠시 당황했으나 곧 결연한 표정으로 아들 관창을 불렀다.

"네가 가서 계백과 대적하겠느냐?"

관창은 어깨를 깊이 숙이며 우렁차게 대답했다.

"화랑의 명예를 걸고 싸우겠나이다!"

관창은 말에 올라 달려 나가며 외쳤다.

"계백은 나와서 내 칼을 받아라!"

이번에도 흑치상지가 달려 나갔다. 칼을 들며 화랑의 얼굴을 보았는데 아직 어린 애송이였다. 흑치상지는 관창의 얼굴 쪽으로 칼을 길게 그었다. 관창의 얼굴을 아슬아슬하게 비켜나간 칼이 말의 목을 베었다. 말은 괴로운 소리를 내며 꺼꾸러지고 관창은 땅에 굴러떨어졌다.

뒤에서 보고 있던 계백이 큰 소리로 외쳤다.

"아직 어려 목숨은 살려줄 테니 썩 돌아가거라!"

관창은 하얗게 질린 얼굴로 칼 맞은 말을 보고는 신라 진영으로 돌아갔다. 그러자 아버지 김품일이 호통을 쳤다.

"화랑은 전장에서 물러섬이 없거늘!"

관창은 이를 악물고 울부짖었다.

"말을 새로 주십시오!"

관창은 말에 올라 다시 백제 진영을 향해 달려갔다. 흑치상지가 달려오는 관창을 맞아 칼등으로 내려쳤다. 칼을 놓친 관창은 말에서 굴러떨어졌다. 계백이 관창 앞으로 나섰다.

"김유신이 어린 목숨을 이용하려 드는구나. 썩 돌아가거라!"

그러나 관창은 칼을 다시 쥐고 외쳤다.

"화랑은 전장에서 물러섬이 없는 법! 죽어서 갈지언정 살아서 돌아갈 수는 없소!"

계백은 쓸쓸한 눈빛으로 관창을 보고 나지막이 말했다.

"다신 살려주지 않을 테니 돌아가거라."

말을 하고 돌아서는 계백의 등을 향해 관창이 칼을 휘둘렀다. 계백이 옆으로 비켜서며 칼을 세우는 순간, 관창의 목이 떨어졌다.

"용기가 가상하니 화랑의 몸을 돌려보내라."

관창의 몸뚱이를 말에 싣고 말안장에 관창의 목을 매달아 신라 진영에 보냈다. 관창의 목이 잘린 것을 본 신라 화랑들이 분노하며 울부짖었다. 유신은 때를 놓치지 않고 외쳤다.

"누가 가서 반굴과 관창의 복수를 하겠느냐! 전군이 나서 두 화랑의 죽음을 헛되이 하지 말라! 모두 죽음으로 복수하라!"

신라의 화랑들이 함성을 지르며 황산벌을 달려 나갔다. 나이 어린 관창의 죽음을 지켜본 화랑들에겐 다른 말이 필요 없었다. 지난 이틀간의 전투는 계백의 군대를 물리치고 사비로 향해야 한다는 목적으로 싸웠다. 수적으로 열세한 저들이 쉽게 당하지 않고 오히려 아군의 사기만 저하되는 것이 불안했다. 그러나 지금은 목적도 없고 불안도 없었다. 가슴속에 오직 한 가지 말만 불길이 되어 타올랐다. 관창의 복수를 하라!

신라군의 기세가 완연히 달랐다. 계백은 전투의 끝이 눈앞에 보였다. 혼자 힘으로 능히 열 명은 감당해낼 능력이 되는 무사들은 힘이 쇠진해갔다. 몸과 정신을 맑게 하여 순리를 따르는 무술을 연마하던 백제의 순결한 청춘들이, 합심해서 달려드는 화랑들 앞에서 하나둘 목숨을 잃었다.

화랑들은 이미 숨이 끊어진 백제군의 몸을 다시 베고, 발아래 걸리는 아군의 시신을 밟고 전진했다. 칼을 휘두르는 사내들의 눈빛엔 지조도 의로움도 없었다. 살아남기 위해 죽어야 하는 본능 위에 복수와 저주만이 미친 듯이 타올랐다. 백제 무사들의 피로 황산벌이 붉게 물들고 있었다. 계백은 점점 뒤로 밀려 흑치상지를 비롯한 몇 명의 무사만이 살아남았다.

백제 진영 가까이까지 밀렸을 때 신라군의 공격이 멈칫했다. 김유신이 앞으로 나서서 손을 들었다. 그는 계백과 흑치상지를 죽이고 싶지 않았다.

"계백! 그대의 목숨은 거두고 싶지 않으니 이제 그만두길 바라오. 항복하라고 하진 않겠소. 사비성의 백제왕에게 가, 백성들이 더는 피를 흘리지 않게 항복하라 이르시오. 백성들이 그대를 존경하니, 그들의 희생을 막을 수 있도록 그대에게 기회를 주겠소."

계백은 두 팔을 활짝 벌렸다. 계백의 뒤에는 흑치상지와 살아남은 무사 세 명뿐이었다. 계백이 나지막한 목소리로 말했다.

"흑치상지는 이들을 데리고 가거라!"

팔에 부상을 입은 무사가 계백을 붙들었다.

"장군을 두고 어찌 갑니까? 저희가 막을 테니 장군께서 가십시오."

그러자 다른 무사도 눈물을 머금고 말했다.

"저희의 목숨은 하찮은 것이요, 장군의 목숨에 백제의 앞날이 달렸습니다. 김유신의 말을 듣는 척하고 후일을 도모하십시오."

계백이 그들을 돌아보는 순간, 중천에 떠 있는 해가 그의 얼굴을 비추었다. 계백의 표정엔 티끌만큼의 불안도, 분노도 없었다.

"지금은 나의 하찮은 목숨으로 그대들을 살릴 수 있다. 그대들의 목숨에 백제의 앞날이 달렸다. 주류성으로 가서 사비성이 함락되더라도 하늘이 허락하는 한 끝까지 포기하지 마라. 흑치상지야, 가거라!"

계백은 뚜벅뚜벅 걸어 나가더니 죽은 무사의 방패 두 개를 오른손과 왼손에 각각 들었다.

"김유신! 나는 세 치 혀로써 전쟁을 일으키고 어린 목숨을 이용하는 그대의 뛰어난 전략을 따를 수가 없소. 나는 그런 병법을 모르니 그저 하늘의 의지대로 싸울 뿐이오. 오늘 계백의 군대는 패한 게 아니라 순리를 따를 뿐이오. 내 형제들의 목숨을 빼앗듯 나를 거두고 지나가시오."

흑치상지는 출전하기 전날 계백이 했던 말을 떠올렸다. 결국 계백은 전투의 결과를 일찌감치 예상하고 있었던 것이다. 흑치상지는 계백을 지켜야 한다는 무사들을 데리고 뒤로 물러났다. 적들이 계백을 공격할 때 뒤도 돌아보지 않고 말을 몰아 주류성으로 가야 했다.

신라 군사들이 활을 쏘자 계백은 두 개의 방패로 막아냈다. 가까이 다가온 신라군이 칼과 창을 휘둘렀다. 계백이 한순간 방패 하나를 내던지고 날아오는 창을 잡았다. 창과 방패를 들고 적을 막아내던 계백이 또다시 방패를 내던지고 창을 잡았다. 양손에 창을 잡은 계백은 바람을 일으키며 적의 공격을 막아냈다.

춤을 추듯 좌우로 창을 휘두르던 계백이 멈칫했다. 어깨에 화살이 박혔다. 그러나 곧 아무 장애가 되지 않는다는 듯 창을 돌렸다. 그의 몸은 더욱 빨라져 마치 바람개비 돌듯 자연스럽게 적을 막아냈다. 다시 멈칫했을 때 두 다리에 화살이 박혀 있었다.

계백은 바람의 소리를 들었다. 신라군의 독기 오른 숨소리와 비릿한 열기가 점점 다가오고 있었다.

관창의 주검을 돌려보내지 말았어야 했다. 전장에서는 인간에 대한 예의가 독이 되어 돌아오는구나. 과연 김유신이로다.

흑치상지와 무사들의 발소리가 한순간 멀어진 후 더는 들리지 않았다. 그들은 백제 진영 뒤쪽의 좁은 길로 이곳을 벗어나리라.

고개를 드니 한 장수가 활을 겨눈 채 다가오고 있었다.

"내 어린 관창의 복수를 하겠노라!"

관창의 아버지 김품일이었다. 계백은 당연히 김품일을 맞아야 한다는 듯 양팔을 벌려 손에 잡은 창을 땅에 꽂고 버텨 섰다. 김품일이 활을 쏘았다. 화살은 계백의 심장을 정확하게 맞추었다. 연이어 신라군이 계백을 향해 활을 쏘았다. 수십, 수백 개의 화살이 바람을 일으키며 계백의 가슴에 쏟아졌다. 계백은 땅에 꽂은 창을 두 손으로 꽉 잡은 채 하늘을 우러러보았다. 문득 그의 얼굴이 말개지며 고통이 사라진 눈빛 속으로 푸른 하늘이 내려왔다. 다시 화살 하나가 심장에 꽂혔다. 영혼이 그의 몸에서 빠져나가 자신의 몸을 내려다보았다.

바람이 멎었다. 계백의 몸속에 돌던 피가 출구를 찾아 흘러내리기 시작했다. 그의 피는 황산벌을 뜨겁게 적시고, 영혼이 빠져나간 몸은 차갑게 굳어갔다. 그의 영혼은 쓰러진 무사들의 넋을 일으켜 세웠다.

아파하지 말거라. 잠시 고단하였을 뿐이니라. 이제 돌아갈 때이다.

그의 몸은 선 채로 단단하게 굳어갔다. 김유신이 붉어진 눈으로 계백을 향해 고개를 숙였다.

하필 우리가 같은 시대에 이런 전장에서 만날 운명이었다니. 그대 앞에 내가 없었다면, 하필 나와 칼을 겨누지 않았다면…….

계백의 몸은 뜨거운 태양이 지고 어둠이 피어날 때까지, 황산벌의 문지기라도 된 듯 석불처럼 굳게 서 있었다.

아직 백제는 있다

의자는 웅진방령 예식의 배신으로 피신해 있던 웅진성에서 나와 항복했다. 소정방과 김춘추에게 술을 따라 올리는 굴욕을 겪으면서도 의자는 의연했다. 아직 백제는 멸망하지 않았다. 사비성과 웅진성이 나당연합군에게 함락되자 인근의 성들이 항복했으나 백제의 몇몇 성들은 문을 굳게 닫아걸고 버텼다.

사비성이 함락된 지 열흘, 소정방의 군대가 곧 사비를 떠난다고 했다. 얼마 후에는 왕을 비롯한 성내의 백성들 일부가 당나라로 끌려갈 운명이었다. 성내에는 신라군이 주둔하여 왕족과 신하들의 행동을 감시하고 있었다. 성 밖에서는 당군이 여염집을 노략질하고 부녀자를 겁탈하는 일이 잦았다.

의자는 매일 부소산성에 올랐다. 태자암에 올라 백마강을 바라보고 간혹 대왕암에서 배를 타기도 했다. 의자가 뱃놀이를 한다는 말에 소정방과 김인문은 비웃었다.

"나라가 망했는데 뱃놀이나 일삼다니! 저 유흥에 백제가 망한 것 아니겠소?"

"부끄러운 왕이 후원에 숨어 뱃놀이나 하지 않으면 무어 할 일이나 있겠습니까?"

여름밤의 바람은 사비 땅에서 백제인의 피를 다 씻어가지 못한 듯 비릿했다.

"밖에서 무슨 소리가 나지 않는가?"

의자는 바람 소리에도 문득 은고에게 물으며 무언가를 기다리는 눈치였다.

"어라하, 적들이 감시하고 있습니다. 못 올지도 모르니 기다리지 마소서."

그때 내관이 조용히 문을 두들기고는 은밀히 고했다.

"어라하! 승려 도침이 들었사옵니다."

의자는 자리에서 벌떡 일어났다.

잠시 후 조용히 문이 열리고 도침이 들어섰다. 도침은 흥수의 죽마고우로, 무예에 능하고 의협심이 강한 승려였다. 도침과 의자가 마주 앉아 목소리를 낮추었다.

"어라하! 임존성의 흑치상지가 내일 인근의 성들을 향해 출격할 것입니다. 사비성과 웅진성을 제외한 성들은 적과 전투도 제대로 치르지 못하고 항복했습니다. 백제인으로서 다시 합심하여 사비성을 공격하려 합니다."

의자는 밤마다 편지를 써서 내관에게 건네며 은밀히 인근의 성에 전하게 했다. 주류성과 임존성의 장군들이 사비성을 회복하려 하니 그들에게 협력하라는 밀서였다.

"성마다 외곽에 당군이 수비를 하고 있으니 조심하시오."

"예. 수비하는 당의 군사들만 물리치면 각 성에서 흑치상지의 군대를 맞아줄지도 모릅니다. 또한 풍 왕자님도 왜선을 거느리고 오실 것입니다."

풍은 일찍이 왜로 건너가 백제인들과 무리를 지어 백제인의 지역에서 왕으로 추대받고 있었다.

"왜의 사이메이[齊明] 여왕이 병환이 들어 왕자님의 출국이 늦어졌다 합니다. 사흘 뒤에 왕자님이 왜군 오천 명과 백제인 수백 명을 거느리고 백강에 닿으면 새로운 전쟁이 시작됩니다. 제가 있는 주류성이 사비와 백강 사이에 있으니 저희가 나가 왕자님을 돕고, 복신과 흑치상지는 사비성으로 진격하면 승산이 있습니다."

도침의 말에 의자는 그의 손을 움켜잡았다.

"그래서 늦었구먼. 이제라도 와서 다행이오. 소정방이 지금 사비를 비웠으니 이때를 놓치면 안 되네."

"내일 흑치상지가 군사를 일으키고, 많은 성이 흑치상지에게 협력한다면 사비성을 회복할 수 있습니다."

"음, 어려운 일이지. 나는 그대들이 백강에서 이기고 오면 사비의 성문을 열도록 하겠네."

그 말에 도침이 목소리를 낮추어 말했다.

"어라하, 궁내에 김유신과 내통하는 자가 있다고 하니 조심하셔야 합니다."

"충신들을 다 잃고 살아남은 내 목숨이 부끄럽소만, 더한 치욕을 겪더라도 백제를 지켜내야 하지 않겠소? 나의 무능함을 용서해주시오."

도침의 눈시울이 붉어지며 목소리가 꽉 잠겼다.

"어찌 그런 말씀을 하십니까? 어라하만큼 강건하신 분은 없었습니다."

도침은 합장하며 부처님께 백제의 앞날을 위해 기도를 올렸다.

다음 날 새벽, 의자는 좌평 의직과 왕자들, 그리고 호위무사와 내관 몇 명만 불렀다. 다른 신하들 중에 혹 첩자가 있는지 믿을 수 없었고, 비밀이 새나가지 않게 조심해야 했다.

"내가 태와 함께 군사 백여 명을 거느리고 성 밖으로 나갈 터이니, 태자는 성의 군사들과 대기하고 있다가 내가 신호를 보내면 성문을 열도록 하라."

태자 융이 걱정스러운 표정으로 말했다.

"위험하니 소자가 나가 풍을 만나겠습니다. 아바마마께선 궁에 계시다 때가 되면 성문을 열어주십시오."

의자는 고개를 저었다.

"궁 밖으로 나가는 것부터 저들이 단속할 것이다. 당군이 우리

백성들을 노략질하여 피해가 많다는 이유를 들어 내가 직접 나
갈 것이야."

고개를 떨어뜨리고 있던 태가 왕과 태자의 눈치를 살피며 조
심스럽게 말했다.

"제가 아바마마를 잘 모시겠습니다. 형님은 걱정 마십시오. 제
가 경솔하여 사비성을 잃었으니 목숨으로 죄를 갚으려 합니다."

의자와 태자 융이 웅진성으로 피신한 사이, 태가 왕을 참칭함으
로써 이에 반대한 신하들이 몰래 사비성을 나가 결국 성을 내주고
말았던 것이다. 의자는 그로 인해 여전히 태를 못 미더워했다.

날이 밝자 의자는 사비성 내에 주둔한 김인문의 처소를 찾았
다. 김인문의 수하 장군 이찬이 나와 의자를 맞았다.

"이른 시각에 폐하께서 어인 일이십니까?"

"부총관을 보러 왔소."

"부총관께서는 대총관을 모시고 서라벌로 가셔서 며칠 후에나
오실 것입니다."

의자는 김인문이 소정방과 함께 신라로 간 것을 알고 찾아온
것이었다. 인문이 없음을 확인한 의자는 목소리를 높였다.

"백성들을 괴롭히지 않겠다 해놓고 어찌 이럴 수가 있소? 이것
을 보시오. 도선성에서 보낸 것이오."

의자는 이찬 앞에 목간을 내밀었다. 도선성주가 보낸 것으로

되어 있으나 실은 어젯밤 도침이 주고 간 목간이었다.

어라하께서 신라의 왕으로부터 백성들을 침범하지 않겠다는 약조를 받으셨음에도 불구하고 당군의 노략질이 도를 더해가고 있사옵니다. 도탄에 빠진 백성들이 상소를 올리며 민란을 일으킬 조짐까지 있으니 어라하께서 이를 평정해주시옵소서.

이찬이 눈썹을 일그러뜨리며 귀찮게 되었다는 표정을 지었다.

"우리 백성들이 당군의 노략질에 당하고 있거늘, 신라는 그런 당군을 이대로 보고만 있을 셈인가? 내 비록 무력한 왕이나, 백성들이 오랑캐에게 짓밟히는 것을 더는 볼 수가 없소!"

그러자 이찬이 발끈하여 목소리를 높였다.

"오랑캐라니요! 신라와 당나라는 연합군이고, 백제 땅은 이제 신라가 접수했으니……."

"오랑캐나 하는 짓이지! 신라의 백성들이 당군에게 저렇게 당해도 보고만 있겠소?"

이찬의 기세가 누그러지자 의자는 목소리를 낮추어 진지하게 말했다.

"이찬도 그동안 사비성에서 보았겠지만, 나는 이제 부소산성에서 뱃놀이나 하며 당나라로 갈 날만 기다리고 있는 신세요. 백성들이 오죽하면 나에게 목을 매겠소? 신라왕도 백성들의 안위

를 보장해놓고 이토록 무심할 수 있단 말이오? 반란이라도 일어
나면 어찌할 것이오? 반란군을 진압한답시고 백성들을 또 죽음
으로 내몰 것이오?"

이찬이 기세가 누그러져 한숨을 쉬며 당나라 군사들의 무도함
을 사과했다. 의자는 눈썹을 내리깔며 비굴하게 말했다.

"내 그동안 사비성에 갇혀서 백성들이 이리 비참하게 당하는
줄도 모르고 뱃놀이나 즐겼으니, 참으로 한심하오. 이제 얼마 후
면 당나라로 갈 허수아비 왕인데, 도선성에서 오죽하면 나에게
전령을 보냈겠소? 하오니 부탁하리다. 내 마지막으로 도선성에
가서 백성들을 위로하고, 신라군이 우리 백성들을 잘 지켜줄 것
이라 안심시키고 오겠소."

이찬이 선뜻 대답을 못 하고 곤란한 표정을 지었다.

"반란이 일어나면 자칫 인근의 성들까지 합세하여 전투가 일
어날 수 있소. 그러면 어찌되겠소? 우리 백성들이 또 얼마나 죽
임을 당하겠소?"

이찬은 퍼뜩 머리를 굴렸다. 백제를 점령했다고 하나, 백제의
모든 성에 신라의 힘이 미치지는 못했다. 문을 굳게 닫고 나당연
합군에게 성을 내주지 않은 곳도 있었다. 또 전투가 일어나 당군
의 보급품을 대는 일로 소정방의 요구가 많아지면 신라도 골치
아파질 것이었다.

"허나, 폐하를 궁 밖으로 모시면 안 된다고 하셨는데, 이는 허

락을 받아야 할 일입니다."

"허락을 받으러 왔는데 부총관께서 안 계시질 않소? 그대도 신라의 왕족이고, 이찬 벼슬이라면 높은 관직이 아니오?"

김인문과 소정방은 김춘추를 만나 백제를 다스릴 방법을 논의하고 있을 것이었다. 몇 번을 망설이던 이찬은 무력한 왕을 성 밖에 한 번 보내주는 정도는 자신이 먼저 결정하고 나중에 보고해도 될 일이라고 판단했다.

이찬의 허락을 받은 의자는 호위무사와 장수들에게 일반 병사의 옷을 입힌 다음 마차를 타고 사비성을 나왔다. 명색이 왕의 행차인데 앞뒤로 호위군사가 백 명은 되어야 한다고 하자 이찬이 비웃음을 띠었다. 성 밖으로 나온 의자는 인가가 드문 곳에서 말에 올랐다. 도선성으로 가는 왕의 행렬에 길을 열어주라고 이찬이 이미 명을 내려놓은 터였다.

도선성에 들어서자 성주가 의자의 발 앞에 엎드리며 어깨를 들썩였다.

"어라하! 백제 700년 역사가 이렇게 무너질 수는 없습니다. 소신 목숨 바쳐 백제를 일으키는 데 보탬이 되고자 합니다."

의자는 성주의 손을 잡아 일으켜 세웠다.

"그대 같은 충신이 있으니 백제는 끝난 게 아니오. 흑치상지의 군대가 이곳 도선성으로 오기로 했소. 성 밖의 수비부대를 공격할 때 도선성에서도 나가 당군과 싸워주시오."

도침의 말에 따르면, 도선성주가 의협심이 강해 흑치상지에게 협력하겠다는 뜻을 먼저 보내왔다고 했다.

"이미 성내의 군사들을 무장시켰습니다. 임존성의 장수들이 오기만 하면 바로 합세하겠습니다."

의자는 성주와 함께 성문에 올라 임존성에서 아군이 달려오기만을 기다렸다.

이윽고 성문 아래쪽 벌판에서 흙먼지를 일으키며 흑치상지의 군사들이 나타났다. 말을 탄 무사들이 먼저 달려오고 그 뒤에 흑치상지의 모습이 보였다. 성을 수비하던 당군과 신라군이 즉각 대응에 나섰다. 신라군 대장이 성주에게 달려와 보고했다.

"밖에서 적의 공격이 있으니 전투 준비를 하시오."

도선성주는 황급한 표정으로 그러겠노라 하고 군사들을 모았다. 당군과 신라군이 성문 밖에서 흑치상지의 군대와 맞붙었다.

"어라하와 왕자님께서는 성을 맡아주십시오."

성주는 직접 갑옷을 입고 군사들 앞에 나가 외쳤다.

"우리 성을 되찾으러 백제군이 왔다. 우리는 죽어도 백제인이니, 당군과 신라군을 성에서 척결하라!"

성주는 군대를 이끌고 당군의 후미를 공격했다. 앞에선 흑치상지의 군대가, 뒤에선 도선성의 군사들이 공격하니 적은 오도 가도 못하고 몰살되었다. 북문을 지키던 당군이 뒤늦게 합류하고자 했으나 의자가 성 위에서 그들에게 화살을 쏘게 했다. 도선성 성문 앞에 백제인들의 함성이 울려 퍼졌다.

의자는 성문을 열고 나가 흑치상지를 비롯한 임존성의 장군들을 맞았다.

"내가 부족하여 사비성을 잃었으나, 그대들이 있어 백제는 살아 있소. 고맙소."

흑치상지와 장수들이 의자 앞에 무릎을 꿇었다.

"계백 장군께서 저희에게 끝까지 싸우라 하시고 홀로 황산벌에서 최후를 맞으셨습니다. 그 깊은 뜻을 어찌 잊을 수가 있겠습니까. 적들이 소식을 듣고 힘을 모으기 전에 바로 인근의 성들을 하나씩 회복하고자 합니다."

"도침이 말하길, 주류성이 고립되어 있으니 먼저 주류성 근처의 성들을 회복해달라 하였소. 그러면 주류성에서도 군사를 이끌고 나와 흑치상지와 합세할 것이오."

흑치상지는 주류성으로 가는 길목의 성들을 공격했다. 성을 지키는 나당연합군과 전투를 벌이면 성내의 백제군이 흑치상지를 도왔다. 그날 오후에 흑치상지는 주변의 여러 성을 함락했으며, 저녁 무렵에는 주류성 근처에 닿았다는 소식이 왔다.

한편, 사비성에서 신라의 이찬이 보낸 전령이 도선성으로 달려왔다. 왕자 태가 전령을 맞았다. 흑치상지가 난을 일으켜 도선성이 위태롭다 하니 의자 일행은 즉시 궁으로 돌아오라는 이찬의 서찰이었다. 태가 전령에게 간곡히 말했다.

"우리는 지금 도선성에 잡혀 있네. 어라하께선 은밀한 곳에 잡혀 있어서 뵐 수가 없네."

다음 날, 흑치상지와 복신의 군대가 주류성을 되찾았고, 도침도 백제의 성들을 회복하기 위해 출정했다는 소식이 왔다. 인근에서는 성을 수비하는 당군을 먼저 공격하여 흑치상지의 군대에 성문을 열어주기도 했다.

의자는 왜에서 출발한 풍의 배가 백강에 닿을 것이라는 소식을 들었다. 10년 만에 돌아오는 아들을 직접 맞이하고 싶었으나, 도선성에서 함부로 움직일 수 없었다. 풍이 거느린 왜군과, 흑치상지와 복신을 앞세운 백제군이 당군을 물리치고 사비로 진격해올 때 성문을 여는 것이 의자의 몫이었다. 벌써 수십 개의 성을 회복했으니 힘을 합쳐 사비성만 되찾으면 백제는 다시 일어설 수 있었다.

노을이 번져올 무렵 도선성을 향해 무사들이 달려왔다. 의자가 남문을 열고 나가 그들을 맞았다. 무사들이 말에서 내려 의자 앞에 한쪽 무릎을 꿇었다.

"어라하! 소장들은 계백 장군의 무진도량에 있던 무사들입니다. 장군께선 황산벌에서, 저희 셋의 목숨이 중하다 하시며 저희를 대신해 최후를 맞으셨습니다. 죽을 때까지 그 뜻을 잊을 수 없습니다."

계백의 이름을 말하는 무사의 목소리가 떨렸다.

"오, 그대들인가? 일어나게. 풍의 왜군은 어찌되었나?"

무사들은 희망찬 얼굴로 대답했다.

"풍 왕자님의 왜군과 우리 군이 합세하여 당군과 신라군을 무찌르고 진격해오는 중입니다. 지나는 길목의 성들을 모두 회복했으니 곧 사비성으로 향할 것이라 합니다. 소장들이 어라하를 사비성으로 모시겠습니다."

의자는 무사의 어깨를 덥석 안았다.

역사가 무심하지 않으리니! 백성들이여, 내가 곧 사비성을 회복할 것이니 조금만 더 견디게.

의자와 태는 세 명의 무사와 함께 사비성으로 말을 달렸다. 사비성 입구에 이르렀을 때 갑자기 나타난 신라군이 일행을 둘러쌌다.

"웬 놈들이냐? 감히 어라하와 왕자에게 칼을 겨누는 자는 용서하지 않을 것이다! 우리는 신라 부총관의 허락을 받고 궁 밖을 시찰하고 오는 길이다!"

왕자 태가 나서서 외쳤으나 신라군은 아랑곳하지 않고 칼을 휘둘렀다. 호위하던 무사들이 두 손에 칼을 들고 바람처럼 신라군을 베었다. 의자는 세 무사의 호위를 받으며 사비성 입구에 다다랐다.

남문 앞을 바라본 의자의 눈에 순간 푸른 불꽃이 일었다. 가슴이 철렁 내려앉았다. 열망에 차 있던 의자의 얼굴이 굳어갔다. 남문 밖 들판에 횃불을 든 당군이 기다리고 있었다. 그 수가 수천인지 수만인지 가늠할 수 없을 정도였다.

"자네들은 속히 돌아가, 당군이 사비성 앞에 대기하고 있음을 알리게."

의자는 무사들에게 일렀다.

"백제군이 앞서 진격하는 상황을 보고, 만일 전세가 불리하면 풍과 왜군은 돌아가라 이르게. 불리하다면……, 돌아가 다음 기회를 노리라 전하게."

아들을 만나보지도 못하고 돌아가라는 말을 전해야 하는 의자의 심정은 심장을 도려내는 듯했다. 무사들은 붉게 물들어가는 하늘 아래를 쏜살같이 달려갔다.

성문 앞으로 다가가자 당군 장수가 칼을 들고 의자 앞에 다가왔다.

"어디를 다녀오는 길이시오?"

"도선성에 갇혔다가 도망쳐 나온 길이다. 이 많은 군사는 다 무엇이냐?"

의자의 말에 장수는 코웃음을 치며 외쳤다.

"백제왕을 성문 앞으로 끌고 가라!"

의자와 태가 성문 앞으로 끌려갔을 때, 성문 위에서 그들을 내려다보는 사람들이 있었다. 신라의 이찬과 좌평 임자였다. 임자가 황급히 뛰어 내려왔다.

"감히 어라하와 왕자님께 무슨 짓인가? 예를 갖추어라!"

당군에게 호통을 친 임자가 의자 앞에 머리를 숙였다.

"어라하와 왕자님께서 도선성에 감금되셨다는 소식을 듣고 모시러 가려던 참이었습니다. 백제군이 진격해온다 하여 당군이 성문 앞에서 싸울 준비를 하고 있으니 속히 안으로 들어가시지요. 여기는 위험합니다."

"저 많은 당군이 어디서 왔소?"

"신라의 김유신이 보냈다 합니다."

그렇다면 흑치상지의 군대와 풍의 왜군이 사비성으로 진격하려던 계획을 미리 알고 있었다는 말인가?

의자는 임자를 따라 성문 위에 올라가 아래를 내려다보았다. 사비의 들판을 당군의 횃불이 가득 메우고 있었다.

그때 저 멀리서 메아리 같은 함성이 울려 퍼졌다. 백제군이 진격해오고 있었다. 성문 위에서 이찬이 소리쳤다.

"진격하라! 백제군을 막아라!"

당군은 북을 울리며 남쪽을 향해 내려갔다.

이찬과 당나라 장수들이 성문 아래로 내려간 후 의자와 태, 임자가 나란히 서 있었다. 당군의 횃불은 백제군을 향해 다가갔다. 사비성을 회복하겠다는 일념으로 사흘 만에 인근의 성들을 회복하며 진격해오는 백성들 앞에 무도한 당군이 버티고 있었다. 밀고 내려가는 끔찍한 당군의 횃불과 그에 맞서는 백제군의 움직임이 멀리서 보이는 순간이었다.

"어라하! 태 왕자님은 당으로 가지 않고 사비에 남아서 사비성을 다스릴 수 있게 해달라고 소신이 빌고 있습니다. 하오니 어라하께서도 저들에게 간곡히 부탁하여 주시옵소서."

임자의 말에 의자는 뒤통수를 맞은 듯했다.

임자! 이자는 지금 사비성을 회복하고자 오는 백제군의 운명에는 전혀 관심이 없구나. 오직 태를 사비에 두려는 계산만 하고 있구나.

멀리서 함성인지 비명인지 모를 소리들이 고통스럽게 울려 퍼지기 시작했다. 의자가 갈라진 목소리로 물었다.

"당군은 백제군이 사비성으로 올지 어찌 알고 있었는가? 서라벌에서 군사를 보냈어도 이틀 안에 당도하기는 힘든 일인데."

임자는 그 말에 대답을 못 했다.

당군의 횃불이 점점 아래쪽으로 향했다. 백제군이 밀리고 있었다.

"누군가가 김유신에게 계획을 알려 당군이 일찌감치 눈치채고 대비를 했구나."

"이찬이 연락한 듯합니다."

임자가 당황하며 말했다.

"하오니 어라하! 저들에게 태 왕자님으로 하여금 사비성을 다스리게 하라 간곡히 청하십시오."

"네 이놈! 지금 백제군이 당군의 칼 앞에 죽어가는데 태의 일신만 챙기려 하느냐!"

"어라하! 어차피 이길 수 없는 싸움입니다. 백강에선 당군이 숨어 있다가 풍 왕자님과 왜군이 내리면 그 후미를 친다 했으니 이길 수 없는 전투입니다! 이미 싸움의 승자는 정해졌습니다."

의자의 눈이 임자를 향해 불꽃을 내뿜었다.

"풍은 오늘 오후에야 백강에 닿았거늘! 풍이 오기 전부터 당군이 숨어 있었다니, 애초부터 모든 계획을 누군가가 저들에게 흘렸구나!"

의자는 왕자 태를 노려보았다.

"임자는 이 일을 함께 도모하지 않았다. 네가 임자에게 일렀느냐? 네가 풍이 온다고 말했느냐?"

의자의 호통에 태는 불안하게 고개를 저으며 말했다.

"만약 우리가 도선성에서 돌아오는 길이 어려워지면 성문을 열어야 하니 좌평에게 도와달라고 말하였습니다."

의자는 연이어 자신의 가슴을 쳤다.

"태야, 네가 모든 계획을 망쳤구나! 임자 네 이놈! 네가 김유신과 내통하여 첩자 짓을 했겠다!"

목에서 피가 솟구쳤다. 사비성 밖에서는 백성들이 목숨을 걸고 싸우고 있건만, 좌평이란 작자는 그 백성들을 신라에 팔아먹은 간자였다. 못난 왕자 태가 임자를 믿어 그의 말에 놀아난 탓이었다.

의자는 태의 허리춤에서 칼을 빼들었다. 그러고는 태의 목을 겨누며 소리쳤다.

"내가 웅진성으로 피신한 사이 네가 사비성에서 왕 노릇을 하려다 성을 잃었다. 그런데 지금 백성들이 목숨 걸고 사비성을 회복하려는데 간자에게 속아 또다시 이 꼴이 되었구나. 네 목을 쳐서 백성들 앞에 사죄하리라!"

의자가 칼을 쳐들자 임자가 엎드려 의자의 바짓가랑이를 움켜쥐었다.

"어라하! 용서하소서! 용서하소서! 모든 것이 소신의 잘못입니다."

의자는 차마 태를 벨 수 없어 칼을 떨어뜨리고 성벽 가까이 다가섰다. 당군의 횃불이 더 아래로 내려갔으니 사비의 들판에 또다시 백성들의 피가 흥건하겠구나. 의자는 몸을 부들부들 떨며 눈물을 흘렸다. 등 뒤에서 태의 목소리가 가느다랗게 들려왔다.

"진정 좌평이 그랬소? 좌평이 김유신과 내통한 것이오?"

임자의 울음 섞인 목소리가 몇 마디 변명을 했으나 태의 음성에 묻히고 말았다.

"사비성에서 나에게 왕위에 오르라고 종용한 것도 김유신의 사주였소? 아바마마께서 자리를 비우신 사이에 사비성을 빼앗기 위해 나를 이용한 것이오?"

"그건 아닙니다. 맹세코 아닙니다. 태 왕자님을 왕위에 올려 돌아가신 왕비마마와 효 왕자님 전에……. 흐흑! 소신, 오직 왕자님을 위해……."

"으아악!"

분노에 찬 태의 고함 소리에 의자가 돌아보았다. 태가 두 손으로 칼을 높이 쳐들고 있었다.

"어마마마의 말씀이 옳았소. 임자를 믿지 말라고 하셨거늘! 임자는 못 믿을 이라 하셨거늘!"

엎드려 있던 임자가 고개를 들었다. 멍하니 태를 보더니 넋을 잃은 듯이 외쳤다.

"그럴 리가 없습니다! 왕비마마께선 오직 저만 믿으셨습니다. 오직 저만이 왕자님을……."

"임자를 믿지 말라고 하셨건만!"

임자는 엉거주춤 일어나며 미친 듯이 소리쳤다.

"그럴 리가 없어! 마마께선 나만 믿을 수 있다고 하셨소. 오직 나만이!"

"으아아악!"

분노의 울음을 내지르며 태가 임자의 목을 베었다. 임자의 목이 저만치 굴러가고, 주인을 잃은 임자의 몸은 여전히 태를 향해 앉았다가 옆으로 쓰러졌다.

낙화

9월이 되자 한낮의 햇빛도 기세가 꺾였다. 무덥던 바람도 서늘한 기운을 키우고 있었다.

의자와 은고, 태자 융과 왕자 태를 비롯한 왕족 팔십여 명, 백성들 일만여 명이 당나라로 끌려갈 날이 다가오고 있었다. 사비성은 당군 일만 명과 신라군 칠천 명이 지킬 계획이라 했다.

복신과 도침이 각각 은밀히 의자에게 소식을 전해왔다. 풍은 왜에 잘 도착했으며, 곧 사이메이 여왕의 뒤를 이어 덴지[天智] 왕이 즉위하면 다시 대군을 이끌고 백제를 도울 것이라 했다. 흑치상지는 여전히 백제의 성들을 되찾기 위해 싸우고 있으며, 많은 성들이 호응하고 있었다.

당으로 떠나기 며칠 전이었다. 은고가 의자와 마주 앉아 차를 따르며 말했다.

"좌평들은 사비를 떠나거나 당으로 가는데 한 사람만 사비성에 남는다 합니다."

은고가 주위를 살핀 후 목소리를 낮추었다.

"좌평 상영입니다. 김인문이 상영만 따로 불러 임무를 주었다
합니다."

역시 상영이었다. 상영은 기벌포와 탄현을 막고자 했을 때도
다른 의견을 내었다. 의자가 상영의 의견을 받아들이진 않았지
만, 결국 상영의 주장대로 탄현에 들어서지 못하고 황산벌에서
계백이 신라의 대군과 맞서야 했던 것이다.

"또한 상영의 수하에 있는 덕솔 두 명이 당군과 은밀히 어울리
고 있습니다. 내관에게 일러 그 둘을 살피게 하였는데, 신라 장군
의 방에 자주 드나든다 합니다. 그들도 당으로 가지 않고 사비에
남습니다."

은고가 신라와 내통한 첩자로 상영을 지목했다. 당군은 앞으
로 사비성을 다스릴 때를 대비해, 그들을 이용해 계책을 세우려
는 것이 분명했다.

"백제를 위해 성 밖에서는 저렇게 목숨을 걸고 싸우고 있거늘,
궁 안에 백성을 배신하는 첩자가 있었소. 궁을 떠나기 전에 첩자
만은 내 손으로 목숨을 거두겠소."

은고가 의자의 손을 가만히 잡았다.

"제가 해결하겠습니다. 저에게 맡겨주십시오."

은고의 커다란 눈에 의자를 향한 연민과 함께 굳은 결의가 엿

보였다. 의자는 은고에게 많은 신세를 지고 있었다. 후비가 되고 나서도 은고는 아무런 영예를 누리지 못했고, 그것을 바라지도 않았다. 그리고 백제가 멸망하는 고통까지 고스란히 느껴야 했다. 의자가 미안한 마음으로 은고의 뺨을 쓰다듬었다. 빛나던 검은 말 가라온. 그녀가 이제는 의자의 아픔까지 짊어지느라 쇠약해져 있었다.

"나를 만난 일을 후회하지 않소? 고구려로 돌아갔더라면……. 내 곁에 머문 시간이 후회스럽지 않소?"

은고는 입가에 엷은 주름을 만들며 웃었다.

"어라하께서 저를 지키시느라 많이 인내하셨지요. 저는 어라하와 함께한 모든 시간이 고마울 뿐입니다. 후회한 적 없습니다."

그때 내관이 뵙기를 청했다. 태자 시절부터 의자를 보필해온 내관은 내경부와 외경부의 수장으로 궁인들의 존경을 받고 있었다. 내경부와 후궁부의 궁인들 중 수십 명만 당으로 함께 가기로 되어 있었다. 내관은 무릎을 꿇고 진중한 음성으로 말했다.

"어라하! 감히 간청드리옵니다. 사비성 내에 있는 내관과 이백 명의 궁녀들 모두 당나라로 따라가게 해주시옵소서."

의자는 왕족과 함께 당나라로 가기로 결정된 이후 사비성의 궁녀들을 모두 궁 밖의 사가로 내보내려고 했으나, 성을 장악한 당군이 그것을 허락하지 않았다. 소정방과 그 휘하의 장군들은 성의 주인으로 행세하며 내관과 궁녀 들을 자기 마음대로 부리려고 들었다.

"당나라로 가는 길은 험하다. 포로로 끌려가니 더욱 고통스러울 테지. 사비에 살아남도록 하게."

그러자 내관이 머리를 조아리며 울분을 억누르고 말했다.

"그 어떤 곳이라도 어라하를 모시다가 죽고자 하는 것이 궁인들의 소원입니다. 어라하께서 계시지 않은 사비성에 남아 저 무도한 당군의 노리갯감이 되느니, 차라리 어라하를 따르다 죽겠습니다. 어라하, 모두 따라가게 해주십시오."

"내관은 일어나게."

의자는 내관을 믿음직스럽게 바라보았다.

"내 태자를 궁에 남겨 사비성을 돌보게 하려고 했더니, 신라는 호응했으나 당이 반대하였네. 당나라는 어쩌면 우리 백제만이 아니라 신라까지 넘볼지도 몰라. 백제를 저 무도한 당이 다스리게 할 수야 없지. 차후에 분명 사비성과 백제 땅은 백제인이 다스리도록 할 것이니, 궁인들에게 기다려달라 하게. 내 반드시 태자를 사비성으로 보내 백제를 다시 일으키도록 하겠네!"

내관이 눈물을 머금고 물러난 후 은고가 말했다.

"어라하, 당으로 떠나기 전날 당나라 장수들이 부소산성에서 연회를 가진다고 합니다. 어라하께서도 대신들을 불러 간소한 연회를 열어주십시오."

"연회라니?"

의아한 표정을 짓던 의자는 은고의 속뜻을 깨달은 듯 고개를 끄덕였다.

　연회를 열겠다는 의자의 말에 당나라의 소정방과 유인원은 코웃음을 쳤다.

　"우리야 본국으로 돌아갈 장수들의 노고를 치하하기 위해서지만, 백제의 대신들이 무엇 하러 연회를 가진단 말이오?"

　그러나 의자는 김인문을 보고 정색하며 말했다.

　"신라가 가야국들을 안으면서 그 땅을 모두 가야의 왕족과 귀족들로 하여금 다스리게 하여 백성들을 안심시켰다 들었소. 백제 귀족들의 마음을 다독이고 위로해주어야 차후에 이 땅을 다스리는 데 도움이 되지 않겠소?"

　그러자 소정방이 발끈했다.

　"앞으로 백제 땅은 우리가 알아서 다스릴 것이오."

　의자는 소정방의 말을 들은 체도 않고 인문을 향해 이번에는 감상적인 투로 말했다.

　"또한……, 내 이미 노쇠하여 죽기 전에 백제 땅을 다시 볼 수 있겠소? 옛 중신들을 다시 볼 날이 있겠소?"

　인문은 의자의 속내를 헤아리려는 듯 의자의 얼굴을 바라보다가 고개를 끄덕였다.

　"사비성에서 맞는 마지막 날이니 소원이라면 그리하시지요."

　의자가 방에서 나오는데 등 뒤에서 유인원이 비아냥거렸다.

"나라가 망해 쫓겨가는 처지에 연회라니. 백제왕은 유난히 유희를 즐기나 보오."

인문이 다소 비굴한 음성으로 말했다.

"힘없는 왕의 마지막 소원이니 들어주지요. 백제의 귀족들을 불러 인사나 하고 떠나고자 합니다."

백제의 좌평과 귀족들은 왕의 부름을 받고 부소산성의 영일루에 올랐다. 왕비가 죽은 뒤 백두옹이 된 사택지적도 부축을 받으며 참석했다.

"어라하! 사비궁을 떠나 당으로 가시다니, 백성들은 누굴 믿고 살란 말입니까? 하늘 없는 땅에서 어찌 살라 하십니까?"

왕비를 외롭게 하고 사택가를 견제한 의자를 사택지적은 평소에 지지하지 않았다. 그러나 의자의 손을 꼭 쥐는 그의 눈에는 벌써 눈물이 그렁그렁했다.

"소신들이 어라하를 더 잘 보필했어야 하거늘, 소신들이 죄인이옵니다."

백제 최고 명문가의 실세였던 사택지적이 의자의 손을 잡고 흐느끼자 다른 대신들도 눈을 붉혔다. 의자 역시 중신들을 보며 만감이 교차했다. 나당연합군의 칼에 죽어간 충신들의 얼굴이 떠올랐다. 그는 잠시 두 눈을 감고 끓어오르는 울분을 가라앉혔다.

"모든 것이 내 부덕의 소치요. 어찌 대신들의 탓이겠소."

의자는 사택지적을 위로하며 자리에 앉게 했다. 대신들이 탁자를 마주하고 앉자 차와 소박한 음식이 차려졌다. 영일루에서는 온화한 사비의 들판과 그 땅을 부드럽게 휘감아 도는 백마강이 훤히 내려다보였다.

어디에 가서 이런 땅을 다시 본단 말인가. 문득 성충과 이곳 영일루에서 했던 말이 떠올랐다. 의직이 목소리를 낮추어 말했다.

"사비성 밖에서는 백제를 일으키기 위한 움직임이 계속되고 있습니다. 우리 대신들이 백제를 위해 무엇을 해야 하는지 생각을 하시기 바랍니다. 이런 때일수록 정신을 똑바로 차려야 합니다."

군량미와 말을 임존성과 주류성으로 보내는 귀족들이 있다는 이야기도 나왔다. 대신들은 모두 큰소리는 내지 않았지만 고개를 끄덕이며 그들에게 힘을 실어야 한다고 강조했다.

그때 좌평 상영이 커다란 술독을 든 장수 두 명을 데리고 나타났다.

"연회에 술이 없어서야 되겠습니까? 술을 가져오느라 늦었으니 용서하십시오."

상영이 고개를 숙이자 사택지적이 탁자를 쳤다.

"지금 무슨 잔치가 벌어졌소이까? 술이라니!"

상영이 난색을 하자 은고가 나섰다.

"대좌평께서는 노여워하지 마십시오. 좌평 상영이 먼저 오셨기에 제가 술이 없어 아쉽다 하였습니다. 오늘 이 자리 서럽고 원통하나, 어라하께서 백제 땅에서 대신들과 마지막으로 갖는 연회이니 소박하게 이별주라도 나눠야 할 것 같아 제가 부탁하였습니다."

은고의 말에 의직이 사택지적을 만류했다.

"어라하께 마지막으로 한잔 올려야 하지 않겠습니까? 당나라 장수들은 지금 뱃놀이를 하며 술판을 벌이고 있답니다."

상영이 자리에 앉자 은고가 술통의 술을 작은 병에 부었다. 의직이 의자에게 은잔을 내밀었다. 의자가 잔을 받아 들고 상영에게 말했다.

"좌평은 앞으로 사비성에 남을 것이니, 성을 잘 지켜주기 바라네. 한잔 따라보게."

은고가 술병을 상영에게 건네주었다. 상영이 술을 따르자 의자는 단숨에 마시고 상영의 잔에 술을 채워주었다. 의자가 대신들에게도 한 잔씩 부어주고 대신들은 회한에 잠긴 얼굴로 술을 마셨다. 술이 몇 잔 오간 뒤 은고가 자리에서 일어나 다소곳이 말했다.

"제가 백제의 대신들을 또 뵐 날이 있겠습니까. 하여 오늘, 제가 감히 고구려의 검무를 선보이고자 합니다."

"허허, 그래주시겠소?"

의자의 말에 은고가 상 밑에 두었던 검 두 개를 꺼내 들었다. 요비가 준비해둔 요고 앞에 앉아 요고를 가볍게 두들겼다. 은고가 쌍검무를 추기 시작했다.

검의 끝이 나비의 날개가 된 듯 사뿐사뿐 춤을 추었다. 은고는 까치발을 하고 두 개의 검으로 크고 작은 원을 그리듯 휘두르며 좌평들이 앉은 상 앞을 부드럽게 오갔다. 요비의 요고 장단이 점점 빨라졌다. 두 개의 검이 부딪치고 엇갈리며 안타깝고도 격렬한 음을 따라갔다.

이번에는 백마강의 물줄기가 휘돌아 나가듯 검을 돌리기 시작했다. 그 손끝이 현란하여 검무를 보는 대신들의 입에서 절로 감탄이 나왔다. 두 개의 검이 서로 다른 방향으로 소용돌이치다가 숨을 고르며 나긋나긋하게 바닥을 쳤다. 음률에 따라 검의 끝이 얌전해지는가 싶더니, 요비가 다시 요고를 휘몰아 두들기기 시작했다.

검의 끝을 돌리며 번개처럼 찌르는 은고는 검과 일체가 되어 꿈꾸는 듯한 표정으로 땀을 흘렸다. 요비의 장단이 달라졌다. 은고는 왼팔을 내려 검을 치마 뒤에 숨기는 체하고 오른쪽 검을 번개처럼 찌르더니, 그 번개가 한순간 의자 옆에 앉은 상영 앞으로 달려들었다.

자신의 가슴 앞에서 칼이 소용돌이치자 상영은 몸을 뒤로 빼며 당황했다. 요비가 힘껏 요고를 두들기다 멈추었다. 동시에 검무를 추던 은고의 칼이 상영의 가슴을 찔렀다.

"윽!"

상영의 비명에 영일루 아래 서 있던 상영의 부하들이 달려오려 했으나 내관들이 재빨리 그들의 목에 칼을 겨누었다.

"이, 이게 무슨……"

대신들도 사색이 되어 말을 잇지 못했다. 은고의 검이 상영의 목을 파고들기 직전이었다. 의자가 상영에게 분노를 토했다.

"네놈이 김유신과 내통한 간자로구나!"

의자의 말에 대신들은 크게 놀라며 일순간 상영을 능멸하는 표정이 되었다.

"상영, 네 이노옴!"

사택지적이 부들부들 떨며 몸을 일으켰다. 상영은 숨을 몰아쉬며 말했다.

"명개가, 비 때문에 죽었거늘……. 비를, 죽여야 했거늘……."

명개의 이름을 듣자 은고의 눈에 푸른 불꽃이 튀었다.

"명개를 아는 걸 보니 네가 일찍부터 첩자였구나!"

은고는 쥐고 있던 검을 상영의 왼쪽 가슴에 깊숙이 꽂았다. 상영은 피를 뿌리며 옆으로 쓰러졌다.

그때였다. 다급하게 달려오는 말발굽 소리가 들렸다. 후궁부의 궁인이 말을 타고 달려와 울부짖었다.

"궁녀들이 태자암에서 뛰어내리고 있습니다! 당나라 장수들의 추태가 심하여 술시중을 거부하자 목을 치려 하여 궁녀들이 자결하고 있습니다!"

"뭣이!"

의자가 먼저 일어나 말에 오르고 대신들도 황급히 달려갔다. 그 틈을 이용하여 상영의 수하 두 명이 내관들을 제압했다. 그러나 은고의 곁을 지키던 요비가 뛰어 내려가 두 장수에게 칼을 휘둘렀다. 장수들이 피를 쏟으며 쓰러졌다. 은고는 상영의 가슴에 박힌 검을 뽑아 단숨에 그의 목을 벴다. 떨어진 상영의 머리가 영일루의 계단을 굴렀다. 은고는 말에 올라 태자암을 향해 달렸고, 상영의 머리는 말발굽 아래 짓이겨졌다.

"멈추어라!"

의자가 태자암에 내려서며 소리쳤다. 궁녀 하나가 막 태자암에서 뛰어내리려 하고 있었다.

"어라하!"

궁녀들은 의자를 보자 주저앉으며 울음을 터뜨렸다. 뛰어내리려는 궁녀 앞에서 당나라 장수 하나가 칼을 든 채 비틀거렸다. 시퍼런 물 위에 떨어진 궁녀들이 꽃잎이 되어 강물에 쓸려가고 있었다. 의자는 참지 못하고 당나라 장수의 뺨을 후려쳤다. 장수가 쓰러지며 칼을 떨어뜨리자 의자가 그 칼을 주워 들었다.

"어라하! 참으십시오. 궁녀들은 어서 태자암에서 올라오너라."

의직이 외치며 다가왔다.

"일국의 장수라는 자들이 함부로 궁녀들을 노리갯감으로 삼는 것도 모자라 생명까지 앗아간단 말인가!"

의자의 호통에 쓰러졌던 장수가 일어나며 눈치를 보았다. 유인원과 김인문이 달려왔다. 당나라 장수가 술에 취해 궁녀를 겁탈하려 하자 궁녀들은 대왕암에서 태자암으로 도망쳐왔고, 뒤따라온 장수가 칼을 들고 겁박하자 차라리 죽음을 택하겠다며 태자암에서 뛰어내린 것이었다.

"뛰어내린 궁녀가 열이 넘습니다. 흐흐흑!"

궁녀의 말을 듣고 의자는 인문의 얼굴에 침을 튀겼다.

"취한 장수 하나가 궁녀들을 눈앞에서 죽게 했소! 당장 저놈의 목을 치시오!"

유인원이 무어라고 항의하려다가 주변에 둘러선 백제 중신들의 표정을 보고는 입을 다물었다. 인문은 분한 듯이 어깨를 들썩이며 말했다.

"장군을 파직하도록 대총관에게 권하겠습니다."

"당에서는 궁인들을 노리갯감으로 삼다가 이리 죽으려고 사비성에 남겨두라 하였소? 내 오늘 보니 당군을 믿지 못하겠소. 내일 당으로 갈 때 궁인들을 모두 데려가겠소."

그 말에 유인원이 나섰다.

"그건 아니 되오. 사비궁을 잘 아는 궁인들이 꼭 필요합니다."

"당으로 모두 데려갈 테니 그런 줄 아시오!"

의자는 내관에게 궁녀들을 위로하라 이르고 자리를 떴다. 연회는 그렇게 끝이 났지만 좌평과 귀족들은 사택지적의 집에 모였다가 흩어졌다. 인문이 궁녀들을 두고 가야 한다고 했으나 의자는 양보하지 않았다.

660년 9월 2일 이른 아침, 간밤에 부슬비가 내리다 말더니 백마강에서 하얗게 물안개가 피어올랐다. 전날 태자암에서 떨어져 죽은 궁녀들의 원혼이 서럽게 엉키고 흩뿌려진 듯 안개는 하얗게 끓어올랐다. 의자는 사비성에서 나와 당으로 가는 배에 오르기 위해 백강으로 향했다. 물안개는 길가에까지 번져와 백성들의 통곡과 눈물을 덮어주고 있었다.

"어라하! 소인들을 두고 어디로 가십니까?"

안개는 아이와 어른의 가슴에 눈물을 키우고 원통한 백성들의 몸을 흔들어 울음을 토해내게 했다. 그때였다.

"앗! 사비성에 불이 났다!"

누군가가 외쳤다. 놀라서 돌아보니 사비성의 오른쪽에 불길이 치솟고 있었다. 은고가 의자에게 나지막이 말했다.

"나이 든 내관들과 궁인 몇몇이 궁에 남겠다고 하며, 어라하께 하직인사를 올리지 못함을 아뢰더이다. 그들이 군량 창고에 불을 지른 것입니다."

사비 땅에서 난 곡식으로 당나라 군사들의 배를 채우지 않겠다는 뜻이었다. 의자는 내관들과 궁인들의 충심에 가슴이 저렸다. 당나라 장수들이 당황하여 무슨 일인가 고하라고 했지만 불이 난 연유를 아는 사람이 없었다.

일행이 사비성을 바라보고 멈춰 섰다가 당군의 재촉으로 다시 걸음을 옮길 때였다.

"저것이 무엇입니까? 부소산성을 보십시오!"

누군가가 외치는 소리가 들렸다. 부소산성에서 보랏빛과 푸른빛이 하늘거리며 백마강으로 떨어지는 것이 보였다. 하늘에서 낙화하는 잎들이 하얀 물안개 속으로 사라졌다.

"사람이 떨어진다!"

태자암! 태자암이었다. 의자는 몇 걸음 달려가서야 그것이 무엇인지 알아채고 가슴을 움켜쥐었다. 보랏빛은 궁인들의 치마폭이었다. 푸른빛은 내관들의 옷이었다. 다른 궁녀들을 위해 궁에 남겠다고 한 내관들과 궁인들이 군량 창고에 불을 지른 후 태자암에 올라 몸을 던지고 있었다.

서러운 보랏빛은 바람에 날리는 꽃잎처럼 한껏 펼쳐졌다가 백마강 속으로 빠져들었다. 푸른 기운은 꼿꼿한 자세로 흔들림 없이 백마강으로 달려들었다. 원통한 원혼들이 머리를 풀어헤치고 강에서 울부짖는 소리가 하얗게 일어났다.

의자는 가슴을 움켜쥐었다.

내 백성들이여! 태자암이 낙화암이 되었구나. 저 낙화가 설움에 겨워 다시 꽃으로 피어날 땅이여. 백마강 굽이칠 때마다 피맺힌 원혼들이 울면서 흐를 땅이여. 어찌하여 나는 이 땅의 백성들을 지키지 못하고 쫓겨가는 신세가 되었단 말인가.

의자는 울분을 삼키며 다시 걸음을 옮겼다. 부소산성의 나무들이 일제히 바람을 일으켜 의자의 옷자락에 매달렸다. 죽어간 넋들은 푸른 물 냄새를 일으키며 의자의 가슴을 미어지게 했다.

나의 백제여! 나의 백성들이여!

흙 냄새와 물 냄새, 햇살의 손길과 푸른 산, 저 순박한 사람들을 두고 나는 어디로 간단 말인가.

백제여, 아 백제여!

장안에서 사비를 꿈꾸다

당나라 장안까지 길은 멀고 험했다. 아침마다 해는 아프게 떠서 죽음처럼 무섭게 떨어졌다. 의자의 마음속에는 백마강과 백제의 갯벌이 가득했다. 눈에 보이는 것을 보지 않고 마음속에 있는 것을 더듬으며 험한 여정을 견뎠다.

저녁이 되면 물가에 앉은 새들을 바라보며 마음이 서서히 저물어갔다. 고향을 두고 머나먼 타향에 죽으러 온 새. 의자는 지친 새가 되어버린 듯했다.

사비를 떠나 처음 맞는 대륙의 초겨울은 험악했다. 대지는 거칠게 얼어붙고 바람은 칼날이 되어 숨 쉬는 것들을 마구 찢어놓았다. 의자는 자주 가슴이 딱딱하게 굳어왔다. 심장이 점점 말라 무덤의 마른풀이 되어갔다. 사비의 11월이 그리웠다. 사비의 늦가을엔 계절을 떠나는 풀벌레 소리가 애잔했고, 풀들은 풀벌레를 놓아주지 않으려 더 바스락거렸다. 부소산성에 서면 청량한 바람이 죽어가는 것들을 서럽지 않게 했다.

"어라하, 바람이 차갑습니다."

밖으로 난 창문을 닫고 은고가 무언가를 싼 옥빛 보자기를 내밀었다. 보자기를 풀자 깃과 소매에 푸른 선이 둘러진 흰 저고리가 나왔다. 의자는 그 옷을 알아보았다.

반가움에 옷을 덥석 들어 살펴보니 푸른 선에 수가 놓여 있었다. '百濟神劍(백제신검).' 네 글자가 깃과 소매에 기운차게 꿈틀거리고 있었다.

"백강 앞에 엎드린 백성들 중 농부의 행색이었으나 무사로 보이는 세 사람이 있었습니다. 계백과 함께 무진도량에서 수련했던 무사라고 하며, 어라하께 이 옷을 올린다고 하였습니다. 반드시 어라하를 다시 뵐 테니 옥체를 강건히 하시라는 말을 전하였습니다."

의자는 퍼뜩 그들을 떠올렸다. 계백이 스스로 최후를 맞으면서 끝까지 지켜낸 무사들이었다. 사비를 떠나던 날, 그들은 변복을 하고 나와 의자를 배웅했다.

의자는 정신이 번쩍 들었다. 내가 무엇을 하고 있는가? 계백은 오직 순리를 따라 백성으로서의 도리를 다하겠노라고 했다. 나역시 내 운명을 따라야 한다.

의자는 다시 창문을 열었다. 11월의 추위를 온몸으로 받아들이며 큰 숨을 내쉬었다.

의자는 장안의 궁으로 가 당 고종을 만났다. 고종은 서른한 살의 젊은 황제였다. 통통한 얼굴에 가느다란 눈, 둥그스름한 코 아래 작은 입술이 대륙의 황제라 하기에는 소심한 인상이었다.

의자가 예를 갖추자 당 고종은 대뜸 큰소리를 쳤다.

"변방의 작은 나라가 어찌 우리에게 발악하여 우리 군사들로 하여금 먼 길을 가게 하였는가? 많은 군사들이 목숨을 잃었으니, 그걸 바라보는 나의 고충이 얼마나 컸겠는가?"

백제를 짓밟은 자들의 고충을 의자에게 이해하라고 했다. 의자는 굴욕감에 입술을 깨물었지만 고개를 숙일 수밖에 없었다.

"또한 우리를 견제하기 위해 고구려와 손을 잡았겠다? 선대왕 시절부터 우리는 고구려와 원수로 지내거늘, 어찌 내 원수의 나라에 붙어 감히 나에게 대적한단 말인가?"

의자가 죄인인 체 머리를 수그리자 고종은 더욱 호통을 쳤다.

"작은 나라의 우두머리는 황제 앞에서 용서를 구하라!"

의자는 핏줄이 서고 목구멍에서 무언가 터져 나오려는 것을 꾹 참고 절을 올렸다.

"용서하여 주시옵소서!"

"네가 무능하여 우리에게 나라를 맡겼으니 앞으로 나에게 순응하고 충성하라!"

더욱 비굴하게 이 수모를 받게 해주시옵소서. 속으로 중얼거린 의자는 목소리를 낮추어 말했다.

"감히 작은 나라의 부여의자가 대국의 황제께 바라겠나이다. 백제 땅을 저의 아들인 태자 융이 다스리게 하면 대국의 뜻을 더욱 존중하겠나이다. 감히 엎드려 바라옵건대, 태자를 도독으로 파견해주시면 대국의 하해와 같은 은혜 백골난망이옵니다."

"참으로 염치없는 부탁이긴 하나, 내 생각해보겠네."

의자가 처소로 돌아온 후, 웅진도독부에 당나라의 관리 왕문도를 파견한다는 연락이 왔다. 태자를 보내기 위해 굴욕을 참았으나 저들은 의자의 부탁을 들어주지 않았다. 의자는 은고와 함께 의논하였다.

"왕문도는 신라로 가서 김춘추를 만난 후 백제로 간다 하오. 믿을 만한 사람을 붙여야겠소. 복신과 도침, 흑치상지에게 내 서신을 전해줄 수 있을 만큼 확실한 사람이어야 하오."

은고가 한참 생각하다가 말했다.

"좌평이나 왕족을 보낸다 해도 저들이 신뢰하지 않을 것입니다. 또한 신변에 위험이 따를 수 있으니 제 한 몸 책임질 수 있을 만큼 무술이 뛰어난 자라야 하지 않겠습니까?"

"그렇지. 무엇보다 왕문도의 마음에 드는 사람이어야 하오."

다시 생각하던 은고가 고개를 끄덕였다.

"적당한 인물이 있습니다. 저를 호위하는 요비가 어떠합니까? 영특한 데다 미색이라 왕문도의 신임을 얻을 수 있을 것입니다."

요비는 은고가 고구려에서 데려온 호위무사였다. 의자는 당장 요비를 불렀다.

요비의 눈빛은 침착하게 상대를 찌르는 듯했고, 솟은 코는 고집스러워 보였으며, 윗입술보다 아랫입술이 도톰하여 관능적이고도 믿음직스러웠다.

"너를 왕문도에게 보내려 하는데 그의 신임을 얻을 수 있겠느냐? 왕문도를 따라 신라로 갔다가 백제에 닿으면 흑치상지에게 밀서를 전해야 한다. 만약 발각되면 저들로부터 목숨을 부지하기 어려울 것이다."

그 말을 들은 요비는 털썩 엎드리며 목멘 소리로 말했다.

"백제로 가서 형제같이 지내던 무사들이 당군의 손에 죽고, 자매같이 지내던 궁녀들은 태자암에서 몸을 던졌습니다. 어라하의 기대를 받들겠나이다."

은고는 세세한 내용을 일러주고 요비를 왕문도 처소의 궁인으로 보냈다.

요비는 금세 호색한인 왕문도의 신임을 얻어 신라에 따라가게 되었다. 의자는 복신과 도침, 흑치상지에게 각각 웅진도독부를 다스리러 오는 당나라 관리를 공격하여 도독 자리에서 몰아내야 함을 강조했다. 그런 연후에 태자 융을 웅진도독에 앉힐 계획임을 알렸다.

신라로 떠나기 전, 요비는 의자와 은고에게 들러 절을 올렸다. 은고는 머리에 꽂은 금뒤꽂이를 뽑아 요비에게 내밀었다.

"이것은 예전에 어라하께서 나에게 마음의 증표로 주신 것이다. 너를 사지에 보내는 마음이 아프지만, 그만큼 너에 대한 믿음이 크다."

은고는 요비의 손에 뒤꽂이를 꼭 쥐여주었다.

"귀한 물건을 어찌 저에게 주시나이까? 제 임무를 다하고 돌아와 꼭 돌려드리겠습니다. 다시 뵈올 때까지 옥체를 보존하시옵소서. 또한······, 혹여 왕문도가 신라에서 급사했다는 소식이 오더라도 심려치 마소서."

요비는 의미심장한 말을 남기고 왕문도를 따라 배에 올랐다.

그런데 얼마 후, 왕문도가 신라의 김춘추를 만나기 전 산성을 오르다가 그만 급사했다는 전갈이 왔다. 의자와 은고는 요비가 했던 말을 떠올렸다. 그 후에 요비가 백제로 잘 들어갔는지는 알 방법이 없었다.

당나라에서는 유인궤를 다시 웅진도독으로 보냈으나 백제군의 공격을 받아 웅진도독부는 금세 유명무실해졌다. 그러자 당에서는 의자의 말대로 태자 융을 웅진도독으로 임명하여 백성들을 회유하기로 했다.

융이 떠나는 날, 의자는 아들의 얼굴을 자세히 보았다. 살아서 마지막으로 본다고 생각하니 새삼 서러웠으나, 그보다 백성들을 지키지 못한 자신의 죄가 더 한스러웠다.

"융아, 이 세상 어디에도 우리 사비와 같은 땅은 없느니라. 그 백성들처럼 순수하고 온후한 백성들은 없느니라. 왕이 무능하여 당나라로 끌려왔으나 백성들은 나라를 되찾고자 하니, 이보다 더 자랑스러운 백성들이 어디 있단 말이냐."

융의 얼굴 위로 계백이 보이고, 흥수, 성충, 윤충의 얼굴이 차례로 지나갔다. 백제에서의 일들을 오래 기억하려는 듯이 의자는 융을 한참 동안 바라보았다.

융을 떠나보낸 의자는 황하를 바라보고 섰다. 대륙의 큰 강인 황하의 물빛은 그 속을 가늠할 수 없도록 탁하기만 했다. 사비의 백마강같이 맑고도 순한 빛은 찾아볼 수 없었다. 가슴을 아릿하게 만드는 푸른빛, 부소산성의 나무들이 수면에 내려놓는 그윽한 향기도 멀게 느껴졌다. 의자는 심장이 점점 죄어와 숨을 쉬는 것마저 힘겨웠다.

융이 도독으로 간 후 흑치상지의 군대가 백제의 성 이백 개를 회복하여 사비성과 웅진성을 제외한 거의 모든 성을 되찾았다는 소식이 왔다. 당 고종은 노발대발하여 의자를 불러놓고 호통을 쳤다. 눈빛이 노래지고 목에 핏대가 서 있는 당 고종의 얼굴을 의자는 무심히 바라보았다.

"태자를 보내 백성들로 하여금 당나라를 섬기도록 해야 하거늘, 반란의 기세가 더 높아지니 어찌된 일이냐?"

의자는 병색이 짙은 눈으로 당 고종을 보며 웃었다.

"허허, 그러하다 합니까?"

당 고종은 노해서 자리에서 벌떡 일어섰다.

"나라를 잃은 놈이 웃음을 보이느냐?"

"내가 웃는 건 나의 백성들이 그리워서다……."

의자는 말을 다하지 못하고 기침을 하며 입에서 피를 쏟았다.

"저런, 어디서 더러운 피를 흘리느냐!"

"내 백성들의 피요, 백제의……."

"백제가 어디 있느냐? 백제는 이제 당이 다스리는 조그만 지역일 뿐! 감사한 줄 모르고 반란을 일으키다니!"

황제라는 자가 참으로 무도하구나. 대륙의 황제답지 못하니 그 말로가 허무할 것이다. 의자는 나이 어린 황제를 속으로 비웃었다.

"백제가 사라질 줄 아느냐? 으하하하!"

의자는 피 묻은 입으로 서럽고도 호탕한 웃음을 지었다.

"머리를 박고 용서를 구해도 시원찮을 판에!"

"내가 용서를 구할 사람은 오직 나의 백성들뿐이다!"

의자는 소리를 친 후 다시 울컥울컥 피를 쏟고 쓰러졌다.

"실성을 하였느냐? 저 폐왕을 북망산에 갖다 버려라. 숨이 끊어질 때까지 아무도 시중들지 못하게 하라. 이를 어기는 자는 모조리 죽여라!"

"백제는 사라지지 않는다! 백제는……!"

피투성이가 된 의자의 몸은 질질 끌려나와 마차에 실렸다. 보살펴주는 이 하나 없이 홀로 흔들리는 마차 안에서 의자는 피를 쏟으며 정신을 잃었다.

북망산은 당나라의 관리들이 묻히는 곳이었다. 비천한 마부들의 손에 끌려 의자는 북망산에 내렸다. 묻힐 자리를 살피지도 못한 채 의자는 그저 산비탈에 던져졌다. 기침을 하고 피를 쏟으며 의자는 조용히 어둠 속에 묻혀갔다.

가슴속에 맺혔던 피를 다 토해내니 어느덧 눈앞에 하얀 백제가 살아났다. 사비의 넓은 들이 펼쳐지고, 순한 땅을 안고 도는 백마강이 출렁거렸다. 그 백제를 오랫동안 보기 위해 의자는 가만히 눈을 감았다. 흙 냄새, 물 냄새, 부소산성의 푸른 향이 천천히 살아나 꺼져가는 의자의 영혼을 감쌌다.

깊은 밤, 산짐승 소리가 북망산의 짙은 어둠을 파고들었다. 흰 옷을 입은 여인 하나가 미친 듯이 산비탈을 헤매었다. 은고였다. 죽음의 안개가 자욱한 계곡에서 은고만이 의자를 찾고 있었다.

"어라하! 어라하!"

《삼국사기》에 따르면, 660년 백제가 멸망한 뒤 4년 동안 이어지던 백제부흥운동은 당 고종의 끈질긴 회유에 넘어간 흑치상지의 배신으로 막을 내렸다. 의자왕은 마지막 왕으로 시호를 받지 못하여 그의 본명인 '의자'로 불리고 있다.

부여의자

2018년 8월 1일 초판 1쇄 발행
지은이 · 김문주

펴낸이 · 김상현, 최세현
편집인 · 정법안
책임편집 · 손현미 | 디자인 · 김애숙

마케팅 · 김명래, 권금숙, 심규완, 양봉호, 임지윤, 최의범, 조히라
경영지원 · 김현우, 강신우 | 해외기획 · 우정민
펴낸곳 · 마음서재 | 출판신고 · 2006년 9월 25일 제406-2006-000210호
주소 · 경기도 파주시 회동길 174 파주출판도시
전화 · 031-960-4800 | 팩스 · 031-960-4806 | 이메일 · info@smpk.kr

ⓒ 김문주(저작권자와 맺은 특약에 따라 검인을 생략합니다)
ISBN 978-89-6570-680-9 (03810)

쌤앤파커스(Sam&Parkers)는 독자 여러분의 책에 관한 아이디어와 원고 투고를 설레는 마음으로 기다리고
있습니다. 책으로 엮기를 원하는 아이디어가 있으신 분은 이메일 book@smpk.kr로 간단한 개요와 취지,
연락처 등을 보내주세요. 머뭇거리지 말고 문을 두드리세요. 길이 열립니다.